Jenna Black est une auteure de *bit-lit* qui se décrit elle-même comme « avide d'expériences ». Élevée à Philadelphie, elle a fait des études d'anthropologie. Elle voulait devenir primatologue, mais n'a jamais cessé d'écrire et s'est finalement tournée avec succès vers la carrière d'écrivain. Entre autres choses, elle a chanté dans une chorale d'hommes, maîtrise tous les arcanes du bridge et a voyagé sur tous les continents (oui, même l'Antarctique).

Du même auteur, chez Milady :

Morgane Kingsley :
1. *Démon intérieur*
2. *Moindre mal*
3. *Confiance aveugle*

www.milady.fr

Jenna Black

Confiance aveugle

Morgane Kingsley – 3

Traduit de l'anglais (États-Unis) par Aurélie Tronchet

Milady

Milady est un label des éditions Bragelonne

Titre original : *The Devil's Due*

ISBN : 978-2-8112-0289-7

Bragelonne – Milady
35, rue de la Bienfaisance - 75008 Paris

E-mail : info@milady.fr
Site Internet : www.milady.fr

Au Heart of Carolina Romance Writers. Je ne peux vous dire à quel point votre soutien sans faille a été important pour moi.

Remerciements

Je remercie tout d'abord Anne Groell, ma fabuleuse éditrice, qui m'a évité de laisser, dans mon intrigue, un trou assez grand pour y faire passer un camion. Les éditeurs valent leur pesant d'or ! Merci également à mon agent, Miriam Kriss. Je ne saurais pas ce que je ferais sans ton enthousiasme et ton bon sens. Enfin et surtout, mes remerciements à tous les lecteurs qui m'ont écrit quelques mots pour me dire combien ils appréciaient mes livres. Cela me remplit de bonheur chaque fois !

Chapitre premier

C'était la première journée que je passais au bureau depuis plus d'une semaine. Pour une raison quelconque, mon travail d'exorciste ne me semblait plus aussi satisfaisant ces derniers temps. Découvrir qu'exorciser les démons ne les tuait effectivement pas m'avait privée de ma joie de vivre. Bien entendu, le fait que j'étais moi-même possédée par le roi des démons n'était pas étranger à mon état.

Cependant, héberger le roi des démons en essayant de le protéger de son frère, Dougal, l'usurpateur potentiel du trône, ne payait pas les factures qui s'entassaient. Cela faisait moins d'un mois que ma maison avait brûlé avec tous mes biens et il restait encore à ma compagnie d'assurance à me combler de ses largesses.

Avec le sérieux retard que j'avais accumulé, je fus très déçue de constater que la petite fée de la paperasse ne s'était occupée de rien en mon absence. J'émis un son entre le soupir et le grognement avant de me laisser tomber dans mon fauteuil et d'allumer mon ordinateur. En attendant que mon dinosaure rassemble l'énergie suffisante pour se mettre en route, je consultai ma boîte vocale. J'avais une flopée de messages de la Commission de l'Exorcisme américain qui me rappelait que (a) j'étais en retard dans le paiement de mes charges et que (b) j'étais en retard dans le traitement de la paperasse inhérente à mes trois derniers exorcismes.

Il y avait également les habituels démarchages téléphoniques m'invitant à tout prix à changer de compagnie de téléphone pour les appels longue distance, mais je fus beaucoup plus intéressée par les trois messages – chacun plus urgent que le précédent – laissés par une femme qui se présentait sous le nom de Claudia Brewster. Elle ne disait pas ce qu'elle voulait mais je supposai qu'un être cher devait être possédé par un démon illégal.

Je notai son numéro de téléphone en fronçant les sourcils parce qu'il s'agissait d'un numéro local. À Philadelphie et dans sa région, c'est presque toujours le système judiciaire qui me contacte lorsqu'un démon illégal ou criminel est emprisonné, et je n'avais entendu parler de rien. Il m'était arrivé d'être engagée par des familles désespérées (ce n'est pas pour me vanter, mais je détiens le record du nombre d'exorcismes des États-Unis), mais il s'agissait en général de cas en dehors de mon État.

Je composai le numéro à appeler en journée que Mme Brewster avait laissé et tombai sur sa secrétaire. Mme Brewster était en réunion, mais la secrétaire prit le message et m'affirma que Mme Brewster me rappellerait d'ici à deux heures. Je raccrochai et mes épaules s'affaissèrent aussitôt. C'en était fini de mon sursis concernant la paperasse redoutée.

Mon ordinateur ayant fini par s'arracher à son sommeil, j'entamai ma pénible progression dans mon travail en retard. Comme vous avez dû le deviner, ce n'est pas la partie de mon activité que je préfère et je dus lutter pour résister à la tentation d'une petite partie de Solitaire sur l'ordinateur.

Environ une heure plus tard, alors que j'éprouvais une certaine fierté en constatant ma productivité – ainsi que ma volonté –, on frappa avec hésitation à la porte du bureau. Je n'attendais personne et personne n'était au courant que je me trouvais là. Je sortis mon sac du tiroir du bureau pour prendre mon Taser. Hé, mieux vaut prévenir que guérir, non ?

— Entrez ! dis-je en tenant le Taser désormais sur mes genoux, caché par le bureau.

La porte s'ouvrit et une charmante quadragénaire entra dans la pièce. Vêtue d'un tailleur-pantalon bleu foncé à rayures fines qui semblait avoir été cousu sur elle, tout dans sa personne parlait d'Amérique conservatrice et *corporate*. Cette impression était accentuée par ses cheveux blonds qu'elle avait coiffés en un chignon parfaitement laqué et par un maquillage censé faire croire qu'elle n'en portait aucun. Elle n'aurait pas juré comme unique représentante féminine au beau milieu d'une salle de réunion emplie de vieilles badernes.

J'essayai de deviner l'identité de ma visiteuse.

— Madame Brewster ? demandai-je, en m'interrogeant sur la raison pour laquelle elle n'avait pas appelé avant de venir.

La paranoïa – qui correspondait à mon état d'esprit permanent ces derniers temps – me poussa à élaborer un certain nombre d'hypothèses désagréables. Aussi, au lieu de me lever et de lui serrer la main, je restai assise avec mon arme prête à l'emploi.

— Je vous en prie, appelez-moi Claudia, dit-elle avec un sourire crispé en fermant la porte derrière elle.

— Claudia, dis-je, en la détestant aussitôt sans aucune raison. Je reçois habituellement mes clients sur rendez-vous et je suis très occupée actuellement. (Je tapotai vaguement sur quelques touches de mon clavier en tournant mon visage vers l'écran tout en la surveillant du coin de l'œil.) Je peux vous recevoir demain à… (Je fis mine d'examiner un agenda.) …15 heures. Est-ce que cela vous convient ?

Je me tournai vers elle en affichant mon sourire le plus fade.

Claudia s'humecta les lèvres et changea sa prise sur le sac à main griffé qu'elle portait à l'épaule. Ce ne fut qu'à cet instant que je remarquai qu'elle agrippait la bandoulière de son sac comme une corde de survie.

—Je vous en prie, mademoiselle Kingsley, dit-elle, au bord des larmes. Cela fait une semaine que j'essaie de vous joindre et je… je ne sais plus quoi faire.

Je me radoucis. Je compris que ma réaction de rejet avait été motivée par l'impression que cette femme maîtrisait tout… contrairement à moi. Mais ni son tailleur de femme d'affaires ni son maquillage de luxe ne pouvaient camoufler son désespoir.

—Appelez-moi Morgane, dis-je en me laissant gagner par la curiosité. Asseyez-vous, je vous en prie.

J'indiquai les deux chaises face à mon bureau et, avec un soupir de soulagement, elle se laissa tomber sur celle de droite et posa son sac sur celle de gauche. Je croisai mes mains sur le bureau devant moi, le Taser toujours sur mes genoux, où je pouvais l'atteindre facilement en cas de besoin.

—Que puis-je faire pour vous, Claudia ?

Elle prit une profonde inspiration comme pour se donner du courage avant un effort considérable. La tension transparaissait aux coins de ses yeux et elle se passa une nouvelle fois la langue sur les lèvres.

—Je ne sais plus vers qui me tourner, dit-elle en m'adressant un regard implorant.

—D'accord, répondis-je lentement avant de lui faire signe de reprendre alors qu'elle essayait de gagner du temps.

—J'ai désespérément besoin de vos compétences.

Les gens étaient souvent réticents et mal à l'aise quand il s'agissait de faire appel à moi. Pour des raisons qui m'échappaient, ils étaient souvent gênés qu'un de leurs proches soit possédé. Pourtant, Claudia poussait la situation aux limites de l'absurde en hésitant de façon aussi étrange. J'avais compati pendant environ soixante secondes, ce qui je pense est un record personnel. Je décidai qu'il était grand temps de retrouver mon habituel franc-parler.

—Crachez le morceau, dis-je avec impatience. Vous voulez que j'exorcise un démon.

Une flamme fugace embrasa son regard. Il semblait que mon ton revêche de garde-malade l'avait un peu calmée.

—Oui, bien sûr, mais ce n'est pas si simple, sinon je serais passée par des voies plus traditionnelles.

Elle croisa les jambes, sans cesser de remuer un de ses pieds.

—C'est au sujet de mon fils, Tommy. (Elle grimaça.) Tom, se corrigea-t-elle, et je dus réprimer un sourire.

—Vous pensez que votre fils est possédé.

Elle secoua la tête.

—Je sais qu'il est possédé. (Elle parut remarquer les tressautements de son pied et se contraignit à y mettre fin.) Le démon est entré en lui alors que son père et moi étions en vacances.

Je ne comprenais toujours pas pourquoi elle était là.

—Jusque-là, cette histoire concerne la police, lui dis-je. Une fois que les policiers auront mis votre fils en cellule de confinement, je pourrais m'y rendre pour établir un diagnostic officiel. (Je levai la main pour contrer sa tentative d'interruption.) Je ne dis pas que je ne vous crois pas : je dis juste qu'il faut suivre la procédure standard. Une fois que j'aurai livré mon diagnostic…

—Mademoiselle Kingsley, me coupa-t-elle, je vais aller droit au but. Hormis le bon sens, tout tend à prouver que mon fils est un hôte consentant.

—Un hôte consentant, répétai-je d'un air stupide.

Je m'étais imaginé Tommy Brewster comme un adolescent irascible, mais il devait avoir au moins vingt et un ans pour être un hôte légal. J'augmentai de quelques années mon estimation de l'âge de Claudia.

Elle acquiesça.

— Ils ont les formulaires signés et tout le reste. Mais en aucun cas mon fils ne s'est porté volontaire pour héberger un démon.

Et moi qui avais pensé qu'elle avait tout sous contrôle! Je croyais être la reine du déni mais je venais de trouver une nouvelle prétendante au trône.

— Vous êtes au fait du processus d'enregistrement pour devenir un hôte légal, n'est-ce pas? demandai-je.

Elle émit un petit « tsk » impatient.

— Bien sûr que je le connais, mais…

J'en énonçai les différentes étapes en les énumérant sur mes doigts.

— Il doit signer les documents en présence de témoins. Dans une salle de tribunal. Enregistré sur vidéo. Et après avoir passé un entretien avec un psy qui établit son aptitude. Est-ce que vous essayez sérieusement de me dire qu'il a fait tout cela contre son gré? Et que personne ne s'en est rendu compte?

Elle pinça davantage les lèvres.

— Je sais que cela peut paraître bizarre. Et je sais que vous me considérez juste comme une mère désespérée qui ne peut pas accepter que son bébé ait grandi. (Elle se força à sourire mais c'était un rictus.) Le dernier point est sans doute vrai. (Le sourire forcé disparut.) Mais se porter volontaire pour héberger un démon est la dernière chose au monde que Tommy aurait faite. Il hait les démons. Il les hait de tout son cœur.

Moi-même je ne les portais pas non plus dans mon cœur – d'où mon choix de carrière professionnelle – mais je devais admettre que le fait de connaître Lugh, le roi des démons, avait réduit ma haine d'approximativement un cheveu.

— Les gens peuvent changer d'avis.

— Pas de cette façon. Vous savez, quand mon mari et moi-même sommes partis aux Bahamas, nous avions finalement abandonné tout espoir d'extirper Tommy – Tom – de Colère de Dieu.

J'en eus le souffle coupé. Colère de Dieu est le groupe de haine antidémons le plus actif qui soit. Leur spécialité, c'est de rôtir les gens vifs afin de détruire la « progéniture de Satan », comme ils appellent les démons. Ils sont tellement radicaux qu'ils détestent même les exorcistes parce que, lorsque nous chassons un démon hors de son hôte, ce dernier s'en sort vivant. Bien sûr, environ 80 % des hôtes exorcisés restent des légumes jusqu'à la fin de leur vie, mais Colère de Dieu ne considère pas cet état comme une punition assez sévère pour ces pécheurs qui ont invité des démons dans notre monde. Alors je dois admettre que l'idée qu'un membre de Colère de Dieu se porte volontaire pour devenir un hôte était un peu incongrue…

—Nous nous sommes absentés dix jours, poursuivit Claudia. Vous croyez vraiment qu'un militant officiel de Colère de Dieu peut consentir en dix jours à devenir l'hôte d'un démon ?

Cela semblait en effet très étrange. Bon sang, je ne voyais même pas comment un ancien membre de Colère de Dieu pouvait être accepté au sein de la Société de l'esprit en si peu de temps, encore moins obtenir un rendez-vous avec un juge, faire approuver toute la paperasse et organiser une cérémonie d'invocation.

—Je suppose que vous avez fait part de vos inquiétudes à la police ? demandai-je.

Elle acquiesça.

—Naturellement. Tous s'accordent à dire que la situation est inhabituelle, mais il n'y a aucune preuve qu'un crime ait été commis. (Sa voix se fit plus amère.) Tous ces gens m'assurent avec beaucoup de compassion qu'ils ne peuvent rien faire pour nous aider.

—Que croyez-vous qu'il se soit passé ?

Claudia cligna des yeux pour se débarrasser de ce qui me parut être une amorce de larmes.

— Je pense qu'il devait être déjà possédé quand il a signé les papiers.

Je secouai la tête.

— Ce genre d'histoire ne s'est pas produit depuis trente ou quarante ans.

Il y avait eu le cas célèbre, dans les années 1960, d'un jeune homme qui était en fait déjà possédé au moment de signer les formulaires de consentement. Depuis cette affaire, le demandeur devait au préalable être examiné par un exorciste.

— L'exorciste qui était de service a affirmé que Tommy n'était pas possédé, mais on a très bien pu lui graisser la patte.

C'était possible, même si c'était difficile à prouver.

— Qui était l'exorciste ?

— Sammy Cho.

Je parvins à éviter de faire une drôle de tête. Sammy était un exorciste de seconde zone : ce qui expliquait pourquoi il faisait des boulots de merde, comme examiner les aspirants hôtes. Pourtant, même le plus mauvais des exorcistes est capable de lire une aura et d'identifier un démon et Sammy avait un tel bâton dans le cul que je m'attendais à moitié que des feuilles lui sortent des oreilles au printemps.

— Aucune chance qu'on ait graissé la patte de Sammy, dis-je.

— Personne n'est incorruptible.

— Sammy l'est. Croyez-moi, je le connais bien.

Uniquement d'un point de vue professionnel, bien sûr, et étant moi-même une hors-la-loi invétérée, j'essayais de passer le moins de temps possible en sa présence. Mais j'en aurais mis ma réputation au feu : il mourrait plutôt que de se laisser corrompre.

Claudia repoussa mon affirmation d'un geste de la main.

— Finalement, peu importe de quelle manière cela s'est passé. Le fait est que mon fils a été possédé contre son gré. (Elle déglutit avec peine.) Je sais qu'il est peut-être déjà trop tard, qu'il se peut qu'il ne s'en sorte jamais, mais je dois faire sortir ce démon de son corps.

Et je pris alors conscience de ce qu'elle attendait de moi.

— Vous voulez que je procède à un exorcisme illégal.

Elle releva le menton d'un air de défi.

— Mon époux et moi avons de l'argent. Nous sommes prêts à payer le prix que vous demanderez.

Je ne savais si je devais me sentir offensée qu'elle imagine que je puisse être achetée, ou compatir avec elle de la terrible épreuve qu'elle traversait. Ce que je savais en revanche, c'était qu'il était hors de question que je pratique un exorcisme illégal.

— Vous pourriez me payer des sommes fabuleuses que ça ne changerait rien pour moi… parce que je finirais en prison. L'exorcisme illégal est considéré comme un meurtre.

Et uniquement parce que les autorités ignoraient que les démons ne mouraient pas mais qu'ils étaient seulement réexpédiés au Royaume des démons. Personne ne me croirait si je déclarais cela pour me défendre. De plus, j'avais déjà été arrêtée une fois pour exorcisme illégal et je gardais un mauvais souvenir de cette expérience.

— Je comprends qu'il s'agirait pour vous d'un risque considérable, dit-elle, sa voix s'adoucissant malgré tout son désespoir. Mais une fois que nous aurons récupéré Tommy, il pourra confirmer qu'il n'était pas consentant et…

— Vous avez dit vous-même qu'il se pouvait qu'il soit trop tard.

Si Tommy Brewster hébergeait réellement un démon illégal, alors il y avait bien plus de 80 % de chances qu'il reste un légume après le départ du démon. Une petite information supplémentaire de ma connaissance, durement acquise, des sinistres secrets que les démons dissimulent à la race humaine : les dommages cérébraux de l'hôte sont causés par les mauvais traitements infligés par son démon et il arrive même que des démons légaux ne traitent pas très bien leur hôte.

Avec un pincement au cœur, je pensai à mon frère, Andrew. Il avait hébergé le frère de Lugh, Raphael, pendant dix années, et il avait passé des semaines en état de catatonie après le départ de son démon. La bonne nouvelle, c'était qu'il s'en était sorti. La nouvelle vraiment merdique, c'était que Raphael l'avait de nouveau possédé.

Je me contraignis à me concentrer sur le problème actuel. Qu'est-ce que je disais ? Ah oui.

— S'il devient un… (Je m'interrompis car je trouvais délicat d'utiliser maintenant le terme de « légume ».) S'il se retrouve en état de catatonie une fois que le démon l'a quitté, il ne pourra rien confirmer du tout. Il n'y a pas que mes fesses que je tiens à garder sauves, ce sont les vôtres aussi. Votre mari et vous seriez considérés comme des complices. Je suis désolée mais je ne peux pas. Et si vous trouvez un autre exorciste qui accepte, vous pouvez être sûre à 99 % que vous allez vous faire rouler. Personne ne prendra le risque d'être inculpé pour meurtre… D'autant que le nombre de suspects sera extrêmement réduit.

Il n'y a que deux cents exorcistes aux États-Unis et nombre d'entre eux produiraient des alibis. Si l'un d'eux était assez stupide pour prendre l'argent des Brewster, il se retrouverait en prison en un rien de temps.

— Alors que me suggérez-vous ? demanda Claudia avec amertume. Décréter que mon fils est mort ? Regarder cette… chose vivre la vie de mon fils ? (Elle fut prise d'un frisson.) Je ne peux pas m'y résoudre. Je ne le ferai pas.

Une larme serpenta le long de sa joue et elle l'essuya d'un geste de colère. Elle ne m'avait pas semblé être une femme qui pleurait facilement, mais c'est étonnant à quel point la famille peut être une source de douleur.

Elle se leva en arrachant son sac de la chaise près d'elle. Mon cœur se serra. La situation que j'avais traversée avec mon frère me faisait ressentir sa douleur avec encore plus d'acuité. On pouvait toujours penser que le monde ne se porterait pas plus mal avec un cinglé de Colère de Dieu en moins, qui passait son temps à piétiner dans tous les coins, déterminé à faire griller tout le monde. Mais j'aurais préféré voir ce cinglé enfermé dans une geôle de brique et de mortier plutôt que prisonnier de son propre corps, sans pouvoir rien faire.

— Écoutez, ne prenez pas de décision hâtive, lui conseillai-je alors qu'elle se dirigeait à grands pas vers la porte.

Elle s'arrêta et me regarda par-dessus son épaule.

— Je ferai ce que je dois faire pour sauver mon fils. Il a déjà traversé assez d'épreuves. Je ne l'abandonnerai pas.

— Ouais, j'ai compris. J'ai un ami, euh, dans la police.

Appeler Adam mon « ami », c'était un sacré grand écart, mais je ne voyais pas d'autre manière de le décrire en moins de cinq minutes.

— Laissez-moi lui en parler pour voir ce qu'il suggère.

— Ils m'ont déjà dit qu'ils ne pouvaient pas m'aider.

— Je sais, mais mon ami pourrait peut-être tirer quelques ficelles. Faire en sorte que les policiers s'intéressent d'un peu plus près à votre affaire, pour voir s'il y a moyen de trouver une preuve de coercition.

En fait, Adam est directeur des Forces spéciales, la branche de la police qui traite tous les crimes liés aux démons. Il a également l'habitude de prendre quelques libertés avec la loi, ce qui signifiait qu'il serait peut-être en mesure d'agir comme un flic réglo ne pourrait pas le faire.

Claudia avait l'air sceptique, mais elle réussit à m'adresser un signe de la tête.

— Merci. Bien entendu, je vous rémunérerai pour votre temps.

J'aurais su de quelle manière dépenser son argent, mais je ne trouvais pas juste de la faire payer alors que c'était Adam qui allait faire tout le boulot.

— Pas besoin. Si je finis par pratiquer un exorcisme légal pour vous, vous pourrez alors me rétribuer. En attendant, est-ce que je peux avoir l'assurance que votre mari et vous ne tenterez rien d'illégal pendant que je me renseigne ?

Elle hésita avant d'acquiescer.

— D'accord. J'apprécie votre aide et je suis désolée de vous avoir demandé de prendre de tels risques.

Non, elle n'était pas désolée, mais je ne pouvais pas vraiment lui en vouloir. Aussi j'acceptai ses excuses.

Chapitre 2

Je retardai le moment d'appeler Adam si longtemps que quand je lui parlai enfin, il était près de 18 heures et il m'invita à dîner pour discuter de cette affaire. Tel le chien de Pavlov, je me mis à saliver à cette perspective. Le petit ami d'Adam, Dominic, est très probablement le meilleur cuisinier au monde et il m'était presque impossible de refuser de goûter ses plats en dépit de ma réticence à me rendre chez Adam.

Ce dernier adorait me mettre mal à l'aise. J'allais devoir subir les démonstrations d'affection et les sous-entendus sexuels. C'était le prix à payer pour un repas gratuit, mais, en songeant au contenu de ma propre cuisine, je fus submergée par la tentation.

J'arrivai chez Adam aux environs de 18 h 30. Dès qu'il ouvrit la porte, je compris que cela allait être un de ces soirs qui me font regretter d'avoir laissé mon estomac décider à ma place. Ses yeux étaient dilatés par l'excitation et il était légèrement à bout de souffle, ce qui me fit comprendre que mon arrivée avait interrompu un épisode dont je ne voulais rien savoir. Bien sûr, il savait que j'allais arriver, aussi mon interruption n'était pas vraiment accidentelle.

Il m'adressa son habituel sourire vorace. J'espérai que je n'étais pas déjà en train de rougir.

— Entre, dit-il en s'écartant pour me laisser passer.

J'aurais bien battu en retraite si je n'avais happé, à cette seconde, les arômes s'échappant de la cuisine. Mon estomac gargouilla bruyamment et, tel un zombie, je suivis ce parfum, Adam sur mes talons comme pour bloquer mon évasion.

Dominic est vraiment un beau mec. Grand, le teint olivâtre, un corps sculpté et un regard fondant et chaud. En dépit de son orientation sexuelle, il transpire la virilité, même penché au-dessus des fourneaux. Ce soir-là, il portait un tablier de cuisine, ce que je ne l'avais jamais vu faire, et il m'accueillit d'un geste de la main sans se tourner vers moi.

Je soupçonnai aussitôt qu'il tentait de dissimuler une érection et mes joues s'empourprèrent. Pis encore: je remarquai le battoir qu'Adam avait posé sur le comptoir sans réfléchir quand il était venu m'ouvrir.

Ouais, sans réfléchir, mon cul. Il adorait me frotter le museau dans les détails les moins conventionnels de sa relation avec Dominic.

Adam et Saul, le démon de Dominic, avaient été amants, bien que d'après ce que j'avais pu en deviner, ils n'aient jamais été amoureux. Dans un moment de sincérité, Dom m'avait confié que cela avait toujours été lui, et pas Saul, qui avait aimé Adam, bien qu'il n'ait été autorisé à aimer ce dernier que de loin.

Quand Saul avait été déclaré criminel après avoir perdu les pédales au cours d'un guet-apens organisé par des membres de Colère de Dieu, j'avais été appelée pour l'exorciser. Cela ne m'avait pas rendue aimable aux yeux d'Adam et de Dom, mais, d'après mon point de vue réputé partial, ils se portaient beaucoup mieux sans Saul. C'était une évidence pour tous qu'ils étaient très attachés l'un à l'autre. Je savais pourtant qu'Adam n'était pas complètement satisfait de leur relation physique.

Les démons n'ont pas de corps dans leur monde et certains d'entre eux – comme Adam et Saul – considèrent que toutes les sensations physiques sont fascinantes, même la douleur. La fascination d'Adam, pourtant, s'exprimait plus dans le fait d'infliger la douleur que de la recevoir. À l'époque où Dominic avait été possédé par Saul, Adam pouvait lui faire subir autant de sévices qu'il le désirait, parce que Saul était en mesure de guérir le corps de son hôte. Saul pouvait également protéger Dominic afin que ce dernier ne ressente pas plus de douleur qu'il pouvait en supporter. Depuis que j'avais exorcisé Saul, Adam devait se contenter de ce que Dominic pouvait tolérer en tant qu'être humain et j'avais cru comprendre que le frisson n'était pas toujours au rendez-vous.

Ce qui ne voulait pas dire que Dominic et Adam ne passaient pas du bon temps ensemble. Et, à mon grand embarras, les imaginer tous les deux me faisait partir au quart de tour. Ils étaient si incroyablement sexy, ces deux-là, et ils se désiraient tellement que j'aurais juré qu'ils dégoulinaient parfois de phéromones.

— Le dîner sera servi dans une minute, déclara Dominic, toujours le dos tourné.

En m'approchant de la table qui avait été préparée pour trois personnes, je vis que Dom était en train de servir d'énormes parts de lasagnes. Je lui aurais bien proposé mon aide, bien élevée comme je l'étais, mais je savais d'expérience qu'il refuserait. La cuisine était son territoire et il n'était pas près de se laisser envahir par une barbare culinaire telle que moi.

J'attendis en silence – la faim au ventre – pendant que Dominic apportait les assiettes sur la table avant de sortir du pain à l'ail du four et de le laisser tomber dans un panier garni de tissu. Je dus encore attendre que Dominic se serve du vin et serve Adam ; puis il ôta finalement son tablier – il semblait que le temps des préparatifs lui avait permis de se calmer – et s'assit.

Je plongeai vers le panier et ses petits pains. Naturellement, ils étaient faits maison et auraient été tout aussi délicieux sans beurre, ail ni épices. Je faillis gémir d'extase à la première bouchée.

— Tu as déjà envisagé d'ouvrir un restaurant ? demandai-je, la bouche pleine.

Du temps de sa possession, Dominic avait été pompier mais il avait quitté ce métier dès que j'avais exorcisé Saul. Il bénéficiait toujours de l'entraînement et de l'expérience du temps passé avec Saul mais, parce que le démon possédait cette capacité inhumaine de guérir très vite, l'activité de Dom aurait très bien pu le mener à prendre des risques inconsidérés. J'étais certaine que Dom avait pris la décision de ne plus être pompier mais il était fort probable qu'on l'ait encouragé à démissionner. Je ne savais pas combien de temps il se contenterait d'être une ménagère à plein-temps ou Dieu sait ce qu'il était exactement en ce moment. Il avait quitté sa maison merdique du sud de Philadelphie pour emménager avec Adam, mais je ne connaissais pas ses plans à long terme.

— L'idée m'a traversé l'esprit, admit Dominic en goûtant ses lasagnes avant de froncer les sourcils. Trop d'origan, marmonna-t-il.

Ce qui nous poussa, Adam et moi, à nous empresser de manger une bouchée et d'assurer à Dom que tout était parfait. Il rougit du compliment mais celui-ci était mérité. Je me demandais comment il se faisait qu'aucun de ces deux-là ne pèse cent cinquante kilos s'ils mangeaient comme ça tous les soirs. Je continuai à dévorer longtemps après être rassasiée, incapable de m'arrêter tant c'était délicieux.

Malheureusement, comme je m'étais empiffrée de lasagnes, je dus refuser les cannoli faits maison servis en dessert. J'acceptai une tasse d'expresso comme lot de consolation puis en arrivai finalement à expliquer à Adam pourquoi j'avais pris contact avec lui.

Ils écoutèrent avec attention le résumé que je fis de l'histoire de Claudia Brewster, mais ils restèrent étrangement silencieux ensuite. Mon regard passa de l'un à l'autre. Adam me regardait comme si j'étais un tas d'algues. Dominic contemplait sa tasse de café comme si celle-ci contenait les secrets de l'univers.

Je me rappelai trop tard que Dominic – en fait, Saul – avait été agressé et sauvagement molesté par des membres de Colère de Dieu. Je devais être bien naïve pour croire qu'Adam et Dominic puissent avoir la moindre envie d'aider un des partisans de cette organisation.

Le silence se fit de plus en plus douloureux seconde après seconde et je m'efforçai de trouver un moyen de me sortir de ce pétrin.

— Écoutez, je n'éprouve aucune sympathie pour ce gamin, dis-je, bien qu'à proprement parler ce ne soit pas vrai.

Étant donné mes propres aversions, j'étais réellement désolée que Tommy Brewster ait été forcé d'héberger un démon dans son corps, et ce, en dépit des problèmes idéologiques que me posait la secte Colère de Dieu.

— Mais j'éprouve de la compassion pour ses parents. Claudia Brewster était tellement désespérée qu'elle a essayé de m'engager pour pratiquer ce que la loi considère comme un meurtre. Elle devait savoir qu'elle risquait elle aussi d'être arrêtée mais elle était prête à prendre le risque pour libérer son fils. Elle n'approuvait pas son implication dans Colère de Dieu, mais parfois on aime les membres de sa famille sans pour autant approuver tous leurs actes.

Malgré les rivières de mauvais sang qui coulaient entre ma mère et moi-même, j'étais certaine que nous nous aimions. Du moins un petit peu. Mon bonheur augmentait avec la distance qui nous séparait, mais j'aurais été attristée si quelque chose de terrible lui était arrivé. Cette réflexion me mena aussitôt à la pensée de la terrible tragédie qui avait emporté mon père et je coupai court à cette digression dans l'urgence.

— Tu ne manques pas de culot, me balança Adam en rapprochant sa chaise de celle de Dominic et en passant un bras protecteur autour des épaules de son amant.

— Non, Adam, rétorqua doucement Dom, même s'il se blottissait dans l'étreinte d'Adam. Il y a une sorte de justice poétique dans ce qui arrive à ce type, mais si c'est réellement un cas de possession non consentie, comment pouvons-nous savoir qu'il est la seule victime ? Peut-être que cela se produit plus souvent qu'on le pense et ce gamin serait le seul cas assez bizarre pour éveiller les soupçons.

Je n'y avais pas pensé, mais ça se défendait. Je décidai de la fermer, pourtant. Quoi que je dise, je ne ferais que creuser davantage mon trou. Alors que Dominic serait capable de convaincre Adam de s'intéresser au fils Brewster.

Adam se renfrogna.

— Des conneries ! Il existe trop de procédures de sécurité pour qu'on puisse croire que ce type n'était pas consentant. Il y a bien une raison pour que la police ait dit à cette mère qu'ils ne pouvaient pas lui venir en aide.

— Et si Brewster avait vécu une sorte de soudaine conversion religieuse et avait décidé qu'il était temps pour lui d'héberger un démon ? avança Dom. Mais cela semble fort improbable. Peu importent les faits, je trouve difficile à croire qu'un membre de Colère de Dieu puisse se transformer en hôte consentant en seulement dix jours.

Adam retira le bras protecteur des épaules de Dom et, après m'avoir jeté un autre regard furieux, il tourna sa chaise pour faire face à son amant.

— J'ai du mal à imaginer que quelqu'un puisse prendre la peine de mettre au point un plan aussi élaboré uniquement pour posséder un petit larbin de Colère de Dieu. Qu'est-ce qu'il y a à gagner là-dedans ?

— En effet, c'est une bonne question, n'est-ce pas ? Ça ne serait peut-être pas mal de mener une petite enquête, non ? De jeter un coup d'œil à sa vidéo d'enregistrement pour voir si tu peux déceler quelque chose qu'un être humain ordinaire ne verrait pas. Fouiller un peu le passé de Tommy Brewster, voir s'il y aurait une raison pour laquelle la Société de l'esprit le considérerait comme une menace. Après tout, on a plutôt le sentiment que la plupart des membres de la Société sont des marionnettes à la solde de Dougal. On ne sait jamais, ça pourrait nous mener à quelque chose d'important.

Adam lui adressa un regard acerbe.

— Tu vas peut-être un peu trop vite. (Il émit un bruit entre le soupir et le grognement.) Tu veux vraiment que je mène ma petite enquête ?

Dominic y songea pendant une minute avant d'acquiescer.

— Oui, j'aimerais bien. Peut-être que ce n'est rien. Peut-être que cela ne nous regarde pas. Mais je me sentirais mieux si j'en étais sûr.

Adam tourna son regard revêche vers moi, mais je savais qu'il ne refuserait pas ce que Dominic lui avait demandé, aussi je le regardai calmement.

— Tu vas m'être redevable, dit-il, et le ton de sa voix provoqua un frisson qui dévala mon dos.

J'essayai de trouver quoi répondre, un truc malin, mais rien ne me vint à l'esprit. Dominic mit fin à notre bras de fer visuel en attrapant un autre cannolo et en le posant dans l'assiette d'Adam.

— Tiens, dit-il avec un petit sourire. Mange ça et vois si cela t'adoucit l'humeur. Je vais raccompagner Morgane à la porte. (Le sourire se fit malicieux.) On a quelque chose à finir, tu te rappelles ?

Je me contraignis à ne pas jeter un coup d'œil vers le battoir qui était toujours posé sur le comptoir, bien en vue. Et je fis de mon mieux pour ne pas visualiser ce que les deux hommes feraient dès que j'aurais passé la porte. Cela ne m'aida pas quand Adam prit le cannolo dans ses doigts et en lécha la garniture de crème. Dominic et moi rougîmes et je m'empressai de sortir de la cuisine sans un regard de plus.

CHAPITRE 3

Je rentrai chez moi après le dîner, prévoyant une soirée tranquille à légumer devant la télévision. Je n'avais guère eu le loisir de soirées paisibles ces derniers temps et cette perspective m'apparaissait, de manière surprenante, fort attrayante.

Il s'était passé tellement de choses dans ma vie dernièrement que je ne rentrais jamais tranquillement chez moi comme s'il s'agissait d'un havre de sécurité. Avant de déverrouiller la porte, j'activai et armai mon Taser. Une fois à l'intérieur, je m'adonnai à une inspection rigoureuse de chaque pièce avant de m'autoriser à me détendre.

Pendant un temps, j'avais essayé le vieux truc du bout de ficelle coincé entre le cadre de la porte et son battant pendant mon absence. En théorie, si la ficelle était toujours en place à mon retour, cela voulait dire que personne n'avait ouvert la porte. Le problème, c'était que je ne pensais pas toujours à la mettre en place avant de sortir et chaque fois que je rentrais chez moi et que je ne voyais pas la ficelle, mon cœur s'emballait et des images de hordes de démons envahissant mon appartement me venaient alors à l'esprit. Même quand la ficelle se trouvait à l'endroit où je l'avais laissée, je ne me sentais pas complètement à l'aise avant d'avoir vérifié de mes propres yeux que j'étais bien seule. Je me sentais toujours un peu stupide en finissant mon inspection, mais cela ne m'empêchait pas de la faire.

Satisfaite de ne pas avoir trouvé de croque-mitaine attendant pour me tuer, je me laissai tomber sur le canapé, me saisis de la télécommande et essayai d'allumer le téléviseur. Rien ne se produisit. J'avais oublié que les piles étaient mortes… J'avais prévu d'en acheter des neuves sur le chemin du retour.

Je rassemblai assez d'énergie pour me lever et allumer la télévision à la main quand une douleur soudaine me poignarda l'œil.

— Oh ! Merde !

J'appuyai mon doigt entre mon œil et mon nez, là où la douleur était la plus intense, mais elle avait disparu avant même que ma main se pose sur mon visage.

Ces derniers jours, c'était le seul moyen de communication que Lugh utilisait avec moi pendant que j'étais consciente. Il m'était arrivé, au cours de périodes de stress intense, d'être capable d'entendre sa voix dans ma tête, mais mon inconscient avait appris à le bloquer. Je préférais en fait la douleur à l'œil à sa voix dans ma tête qui me donnait l'impression d'être une cinglée.

— Est-ce qu'on est obligés de faire ça maintenant ? me plaignis-je, et Lugh répondit d'un nouveau coup de poignard.

Je grommelai de plus belle, mais supposai qu'il valait mieux en finir.

Une fois, alors que les méchants avaient été sur le point de me brûler vive sur le bûcher, j'avais volontairement laissé Lugh prendre le contrôle de mon corps pour me sauver la mise. Cela m'avait demandé un effort monumental et, bien qu'il m'ait redonné le contrôle par la suite, cette expérience m'avait profondément marquée. Récemment, alors que j'avais désespérément eu besoin de le laisser émerger, je m'étais retrouvée incapable de le faire. Lugh avait finalement réussi à prendre le dessus, mais à un moment où je ne le désirais plus du tout.

Je lui en avais vraiment voulu d'avoir pris le contrôle de mon corps sans ma permission et il m'avait promis que cela ne se reproduirait pas… à une condition : que j'apprenne à le laisser volontairement faire surface quand la situation l'exigeait.

C'est pourquoi je m'appliquais consciencieusement chaque soir à céder volontairement le contrôle à Lugh. Jusque-là, je n'y étais pas parvenue et j'avais le sentiment angoissant que cela n'allait pas évoluer. Je suis une obsédée du contrôle par nature et laisser un démon – même un démon aussi bienveillant que Lugh – maîtriser mon corps, c'était rendre réel mon pire cauchemar.

Je pris une profonde inspiration et fermai les yeux, essayant de me détendre suffisamment, histoire d'avoir un faible espoir de succès. Mes muscles restaient tendus et j'étais nerveuse au point d'avoir du mal à garder les yeux fermés, aussi je me levai et éteignis toutes les lumières avant de m'étendre sur mon canapé inconfortable en espérant que l'ambiance serait plus relaxante.

J'étais toujours raide et je pris même conscience que je serrais les dents. Après avoir expiré profondément, j'entrepris de mettre en pratique les exercices de relaxation que Lugh m'avait enseignés. Comme d'habitude, mon esprit continuait à tourner dans sa fichue roue pour hamster, analysant les réponses de mon corps au lieu de céder et de se laisser aller. J'eus l'impression de sentir le pincement d'une frustration qui n'était pas mienne, mais difficile d'en être sûre.

Je fis de mon mieux pendant une demi-heure sans parvenir à me détendre, encore moins à laisser Lugh prendre le contrôle. Il m'assena un nouveau coup de poignard douloureux, mais il devait se douter qu'il était inutile que je continue. Il me laissa donc en paix.

Je n'allai pas me coucher avant minuit passé, non pas parce que je n'étais pas fatiguée, mais parce que je savais que Lugh allait vouloir me dire deux mots cette nuit et je voulais retarder ce moment autant que possible. Ce ne fut que lorsque je commençai à m'assoupir sur le canapé que je décidai qu'il était temps d'affronter l'orage. Si je devais m'endormir et rêver de Lugh, je le ferais confortablement dans mon lit.

Une chose est sûre, dès l'instant où je perdis conscience, je me réveillai dans le salon imaginaire de Lugh. J'étais étendue dans l'étreinte douce comme du beurre d'un canapé en cuir, mes pieds nus posés sur les genoux de Lugh tandis que ce dernier me faisait face sur une ottomane.

J'ouvris la bouche pour protester contre le caractère intime de la situation mais, au même moment, je sentis son pouce chaud courir au centre de la voûte plantaire de mon pied droit. La pression était idéale et je me mordis la langue pour réprimer un gémissement tandis que mes orteils se tordaient de plaisir.

Ce soir, Lugh portait ses cheveux détachés, ses longues boucles noires de jais dissimulant en partie son visage, mais je vis qu'un coin de sa bouche se relevait d'un air amusé et satisfait. Le salopard savait toujours sur quels boutons appuyer.

Avant que j'aie le temps de m'en agacer, il prit mon pied dans ses mains et se servit de ses deux pouces pour rechercher le moindre nœud de tension afin de le soulager. Je décidai que protester contre quelque chose de si bon aurait été extrêmement stupide. Aussi, je fermai les yeux pour savourer ces sensations.

J'étais détendue quand il en finit avec mon pied droit et il aurait pratiquement pu faire de moi ce qu'il voulait quand il en finit avec le gauche. Puis il fit glisser ses mains le long de ma cheville, tout en malaxant mes muscles. C'était fichtrement bon, mais je ne pus m'empêcher d'ouvrir les yeux et de découvrir que le bas de survêtement que je portais au début du rêve avait disparu. Je n'étais vêtue que d'un tee-shirt et d'une petite culotte.

Comme mes pieds étaient toujours posés sur les genoux de Lugh, j'enfonçai instinctivement un de mes talons dans son bas-ventre pour décourager ses mains vagabondes. Bien sûr, puisque son corps n'était qu'une illusion, cela ne le découragea pas le moins du monde. Pire, il referma les cuisses autour de mon pied, le maintenant en place et l'appuyant contre son érection. Je dus réprimer un frisson. J'ai de grands pieds pour une femme et sa trique s'étirait de mon talon à mes orteils.

— À moins que tu auditionnes comme star de films porno, tu devrais envisager d'adopter des proportions plus réalistes, lançai-je, bien que je sois à bout de souffle.

Il éclata de rire, un bruit aussi délicieux que le chocolat le plus noir.

— L'avantage des rêves, c'est qu'ils ne sont pas assujettis à la réalité.

J'essayai de dégager mon pied emprisonné mais je ne pourrais rien faire sans qu'il me l'autorise. C'était une des raisons pour lesquelles je n'avais pas particulièrement tenu à le voir ce soir : ses approches de flirt étaient de plus en plus insistantes. Et de plus en plus difficiles à combattre.

— Tu vas arrêter, oui ? Je ne suis pas d'humeur joueuse.

Il me regarda intensément, penchant sa tête sur le côté, l'air pensif. Puis il relâcha mon pied et mon bas de survêtement réapparut.

— Oui, je vois ça, admit-il.

Un point pour moi !

— Bien entendu, je ne suis pas non plus d'humeur à me faire remonter les bretelles, alors si c'est ce que tu as en tête, tu ferais mieux de laisser tomber tout de suite.

Je m'assis bien droite et posai mes pieds par terre.

L'ottomane disparut, remplacée par un fauteuil qui se trouvait trop près du canapé. Lugh savait parfaitement à quel point j'appréciais mon espace personnel, mais cela m'aurait demandé trop d'énergie de protester.

— Tu dois apprendre à me laisser prendre le contrôle, dit-il simplement.

Je me renfrognai.

— Ouais, je sais, je fais ce que je peux.

— Non, c'est faux.

Il y a des gens qui ont un de ces culots !

— Je ne sais pas ce que tu attends de plus de moi. J'ai essayé toutes les techniques de relaxation que tu m'as apprises. Je ne sais simplement pas comment mettre en veilleuse mon besoin de tout contrôler.

— Tu y arriverais si tu en avais vraiment envie, mais tu résistes encore.

— C'est faux ! rétorquai-je d'une voix d'enfant irascible sans pouvoir m'en empêcher.

J'avais passé au moins une demi-heure ce soir-là à tout tenter pour m'efforcer de le laisser prendre le contrôle et cela faisait deux semaines que je pratiquais cet exercice tous les soirs. Je ne crois pas avoir jamais essayé quelque chose aussi fort de toute ma vie.

Lugh croisa les bras sur sa poitrine et s'appuya au dossier du fauteuil, l'air sérieux.

— Je t'accorde que tu y passes du temps, mais le cœur n'y est pas. Tu crains toujours que je ne te redonne pas le contrôle si tu me laisses émerger.

Je retins la protestation que j'étais sur le point de formuler, parce que je savais reconnaître la vérité quand je l'entendais. La confiance n'avait jamais été mon fort et le peu dont je savais faire preuve avait été mis en pièces par une série de trahisons qui m'avaient laissée chancelante.

Je baissai les yeux sur mes mains, car il m'était trop difficile de soutenir le regard plein de reproches de Lugh.

— La dernière fois que tu as pris le contrôle, tu m'as bloquée et tu as tué mon père.

Être prisonnière de mon propre corps avait été l'expérience la plus terrible que j'avais jamais vécue. Et étant donné la vie que je menais, c'était beaucoup. J'avais été complètement coupée de ce qui s'était passé dans le monde réel, ma conscience retenue au fond d'une oubliette profonde, sombre et étouffante. J'aimerais croire que le fait qu'il ait utilisé mon corps pour tuer mon père – du moins, l'homme qui m'avait élevée comme sa propre fille durant toute sa vie, même s'il n'était pas mon père biologique – était la partie la plus éprouvante de ce souvenir, mais je sais que c'est faux.

— J'ai fait ce qui était nécessaire étant donné les circonstances, dit-il doucement.

— Je sais.

Mon père était possédé par un démon psychopathe qui en savait beaucoup trop pour qu'on le laisse retourner dans le Royaume des démons. Il devait mourir. Mais en dépit de la relation loin d'être excellente que j'avais entretenue avec mon père, en aucun cas je n'aurais pu le tuer. Alors mon ex-petit ami à mi-temps, Brian, m'avait immobilisée pendant que Lugh luttait pour faire surface. Il me restait encore à leur pardonner à tous les deux.

— Savoir que c'était nécessaire n'aide pas, dis-je.

Lugh apparut soudain à côté de moi sur le canapé et je sursautai.

— Tu ne pourrais pas tout simplement te lever et marcher du fauteuil au canapé ? Est-ce que tu es vraiment obligé de disparaître et de me faire peur ?

Il ne répondit pas. Typique.

— Nous sommes inextricablement liés l'un à l'autre dans un avenir proche.

— Ouais, comme si j'avais besoin que tu me le rappelles.

— Si tu n'apprends pas à me faire confiance, nous mourrons tous les deux.

Un rire amer m'échappa.

— Super, Lugh. « Fais-moi confiance ou crève ». Des paroles de sagesse qui empliront certainement mon cœur de sentiments chaleureux et légers.

Il émit un grommellement de frustration. Je m'attendais qu'il discute davantage. Au lieu de quoi, le rêve prit fin et je dormis jusqu'au matin.

Je ne comprenais pas pourquoi Lugh m'avait laissée en paix la nuit précédente et je me réveillai perplexe. Il n'était pas du genre à laisser tomber et je me demandais ce qu'il tramait.

Quoi qu'il soit en train de manigancer, il était évident que je ne pouvais pas faire grand-chose pour l'en empêcher, aussi je me persuadai de cesser d'y penser. Pour me changer les idées, je m'octroyai un moment de distraction en me connectant à Internet afin de chercher ce que je pouvais grappiller sur la famille Brewster.

Je ne m'attendais pas à trouver quoi que ce soit d'intéressant ni même de particulièrement pertinent. Tout ce que j'espérais, c'était détourner mes pensées de Lugh. Pourtant j'appris bien plus que je m'y étais attendue.

Claudia Brewster était exactement ce à quoi elle ressemblait : une femme d'affaires extrêmement brillante. Diplômée de Harvard, elle avait réussi à négocier son diplôme contre une place de vice-présidente dans une société de conseil en management. Son époux, Devon Brewster III, était l'héritier d'une vieille famille aisée et je ne trouvai aucune preuve qu'il ait jamais travaillé pour gagner sa vie.

Mais ce ne fut pas ce qui retint mon attention. Il s'avéra qu'il y avait bien plus de matière concernant Tommy Brewster que ce que Claudia avait daigné mentionner. À commencer par le fait que celui-ci n'était pas son fils biologique.

Personne ne semblait savoir exactement qui était vraiment Tommy Brewster. À l'âge de trois ans, il avait été découvert sur une scène de crime particulièrement terrible à Houston, après qu'un démon déchaîné eut tué quatre personnes. Un flic avait entendu des cris et était accouru. Le démon s'était saisi de Tommy et avait été sur le point de lui écraser la tête contre un mur quand le flic était arrivé. Il avait tiré dans la tête du démon, tuant son hôte mais sauvant Tommy du même coup.

La suite de l'histoire était encore plus étrange. Les policiers avaient été incapables d'identifier le moindre des quatre corps des victimes, bien que les analyses de sang aient démontré que deux d'entre elles étaient les parents de Tommy. L'enfant était trop traumatisé pour donner autre chose que son prénom aux policiers. Il avait été intégré dans le système de placement et avait fini chez les Brewster qui l'avaient adopté à l'âge de dix ans, après qu'il eut vécu avec eux pendant plusieurs années.

Les policiers n'étaient pas idiots. Ils savaient que le démon qui avait tué les parents de Tommy n'était pas mort – la seule façon de tuer un démon est de brûler vif son hôte – et ils savaient qu'il était possible qu'il revienne dans la Plaine des mortels pour finir le boulot qu'il avait commencé. Quand Tommy avait été placé, les services sociaux avaient pris soin de bien couvrir ses traces afin qu'il soit impossible pour le démon de le localiser.

Alors comment avais-je pu apprendre tout ça sur lui s'il s'agissait d'un tel secret ? Parce que Tommy avait mis en ligne toute cette sordide histoire sur sa page Myspace, le tout assaisonné d'assez d'invectives antidémons pour que son profil soit supprimé si quelqu'un prenait la peine de s'en offusquer.

Il était fort possible que cette histoire soit un ramassis de conneries. J'avais cherché des articles sur le massacre et on ne pouvait absolument pas nier que ce crime avait eu lieu et qu'un enfant avait été découvert sur la scène. Mais ça ne signifiait pas que Tommy était bel et bien cet enfant. Pourtant, si c'était le cas, une telle histoire expliquerait le dévouement de Tommy pour Colère de Dieu.

Je savais qu'Adam saurait découvrir si Tommy était bien celui qu'il prétendait être. Et si son histoire se révélait vraie, alors son cas était encore plus suspect.

Qui était le démon qui avait massacré ces quatre personnes et qui aurait tué Tommy si le policier n'était pas arrivé à temps pour sauver ce dernier ? Pourquoi ce démon avait-il provoqué un tel carnage ? Et était-ce une coïncidence si, peu de temps après que Tommy eut vingt et un ans – l'âge légal auquel il pouvait s'inscrire en qualité d'hôte –, il se révélait être possédé ?

Les démons semblaient avoir eu beaucoup trop d'influence dans la vie de ce gamin. Au fond de moi, je sentais qu'il m'incombait de découvrir pourquoi.

Chapitre 4

Adam était de service le samedi, je ne fus donc pas surprise de ne pas avoir de ses nouvelles. Quelles que soient les recherches qu'il avait prévu de faire sur Tommy Brewster, elles seraient sans doute confidentielles et il ne s'y attellerait sûrement pas avant le lendemain. Ce qui ne m'empêchait pas de ronger mon frein. J'étais en effet trop désireuse de trouver une excuse pour annuler mon programme de la soirée : un dîner avec Brian.

Je lui avais à peine adressé la parole depuis qu'il avait aidé Lugh à tuer mon père. Il avait appelé à plusieurs reprises et j'avais même répondu une ou deux fois, mais mes émotions avaient été bien trop à vif pour que nous puissions avoir une véritable discussion. J'étais absolument incapable de savoir ce que j'éprouvais pour lui… Pourtant, sous toutes les autres couches de sentiments, je sentais bien que je l'aimais toujours.

Ou, du moins, j'aimais encore l'homme que j'avais cru connaître. Seulement je n'étais plus tout à fait sûre que cet homme existait.

Jusqu'à cette soirée terrible, j'avais toujours considéré Brian comme la quintessence du boy-scout : vertueux, gentil, et respectueux de la loi. Jamais je n'aurais imaginé qu'il puisse prendre part à la mort effroyable de mon père et c'était la désillusion, plus que l'acte en lui-même, qui me projetait dans un tel abîme d'incertitude.

Quand Brian m'avait invitée à venir dîner chez lui afin que nous puissions parler, ma première réaction avait été de refuser. Je suis du genre à toujours suivre mes intuitions, mais Brian est avocat, et un bon avocat, et chaque fois que je me laissais entraîner dans une dispute – ou une « discussion », comme il dit –, je perdais invariablement. Voilà pourquoi j'avais fini par lui promettre d'aller chez lui ce soir-là à 19 heures.

Je ne suis pas ce qu'on appelle une fille féminine et cela ne me ressemble pas du tout de passer vingt minutes à me demander comment je vais m'habiller. Mais c'est ce que je fis malgré tout... même si ma garde-robe était sérieusement limitée depuis que tout ce que je possédais était parti en fumée. Je savais que je ne faisais que repousser le moment du rendez-vous, mais j'étais incapable de m'en empêcher.

Je finis par choisir un jean noir taille basse et un tee-shirt vert en soie moulant qui allait parfaitement avec mes cheveux roux. C'était – d'après moi, au moins – d'un genre sexy discret. Pas une tenue qui criait « baise-moi », mais pas non plus une tenue qui disait « bas les pattes ».

Je complétai le tout d'une paire de sandales en cuir noir, avec juste assez de talon pour empêcher le bas de mon pantalon de traîner par terre. Après un coup d'œil final dans le miroir en pied fixé au dos de ma porte de salle de bains, je décrétai que je ne pouvais rien faire de plus. Je consultai alors ma montre et constatai que j'avais déjà un quart d'heure de retard.

Jurant à voix basse, je me précipitai vers la porte... mais pas avant de vérifier que les batteries de mon Taser étaient rechargées. L'appartement de Brian se trouvait à six blocs du mien. Vu mon retard, peut-être aurais-je dû prendre la voiture, mais je préférai parcourir la distance des six pâtés de maisons d'un pas énergique.

Quand j'arrivai chez lui, les lanières de mes sandales avaient fait naître des ampoules entre mes orteils – ce n'étaient pas les meilleures chaussures pour de la marche – et j'étais sûre d'avoir mâchouillé tout mon rouge à lèvres. J'inspirai plusieurs fois profondément pour me calmer – comme si cela avait une chance de fonctionner – avant de sonner à la porte.

Je m'attendais que Brian soit agacé. À force d'hésitations, j'avais réussi à être plus d'une demi-heure en retard et j'avais été trop préoccupée pour penser à l'appeler. Mais il se contenta d'un simple haussement de sourcils quand il ouvrit la porte pour me laisser entrer. Je déglutis en passant le seuil. J'étais une adulte responsable. Les adultes responsables ne fuient pas les conflits comme des fillettes apeurées. D'accord, peut-être que je n'étais pas vraiment une adulte responsable.

Contrairement à ceux de Dominic, les talents culinaires de Brian étaient en majeure partie limités à des plats simples comme des hamburgers et des spaghettis agrémentés de sauce toute préparée. Il avait décidé que cela ne suffisait pas pour ce soir-là. À Philadelphie, on trouve de très bons restaurants italiens tous les cent mètres et Brian avait commandé des plats à emporter dans l'un d'eux. La nourriture était encore chaude, ce qui prouvait qu'il n'était pas surpris que je sois en retard.

La tension grésillait et crépitait entre nous. Je m'agitai pendant que Brian mettait la table. Je constatai que nous allions dîner dans des assiettes en carton et je me demandai s'il essayait d'être aussi informel que possible dans sa vaine tentative de me mettre à l'aise ou s'il avait peur de ce que je pourrais faire s'il posait de la vaisselle cassable devant moi.

Quand enfin nous nous assîmes, mon estomac était tellement noué que je doutais d'être capable d'avaler quoi que ce soit. Brian avait à peine parlé, mais j'étais tout à fait consciente de son regard scrutateur. Je coupai un morceau d'aubergine au parmesan, mais l'idée de le porter à ma bouche me donna la nausée.

Mon visage devait laisser transparaître mes émotions – ce qui était assez habituel chez moi – car Brian repoussa son assiette et s'empara de ma main.

— C'est ma faute, dit-il doucement. J'aurais dû savoir que nous aurions besoin de soulager notre tension avant de manger.

J'expirai en souhaitant que la tension me quitte avec l'air de mes poumons, avant de m'affaler sur ma chaise. Doucement, je libérai ma main de celle de Brian et repoussai mon assiette. Je ne pouvais affronter ses yeux marron whisky, j'avais peur de ce que j'y verrais.

— On peut essayer, dis-je. Mais tu sais que je n'aime pas ça.

Bien que je n'aie pas encore trouvé le courage de lever les yeux vers lui, je devinai qu'il fronçait les sourcils.

— Qu'est-ce que tu entends par « ça » ?

Je me tortillai sur place.

— Parler.

— Ah oui, je sais.

Cela me fit grimacer et je finis par le regarder.

— Tu n'es pas obligé d'être d'accord, marmonnai-je.

Un des coins de sa bouche se releva en un sourire ironique.

— Tu n'aurais pas apprécié que je mente.

— Le silence, c'est toujours bien.

— Oui, et ça a bien marché pour nous.

Ne jamais se disputer avec un avocat. C'est perdu d'avance.

— Qu'est-ce que tu veux que je te dise, Brian ? Que cela ne me fait rien que tu aies aidé Lugh à tuer mon père ? Eh bien, cela me fait quelque chose et tu le sais.

Brian se pencha en avant, les coudes appuyés sur la table, et me regarda intensément.

—Tu as raison, je le sais. Mais si c'était à refaire, cela ne changerait rien. Si nous avions laissé ce démon retourner au Royaume des démons avec tout ce qu'il savait, tu serais déjà morte. Je préfère que tu me haïsses plutôt que te perdre.

Je roulai les yeux.

—Je ne te hais pas, dis-je, bien que je sache qu'il me manipulait pour que j'en arrive à cette conclusion.

Il haussa les épaules.

—Peut-être pas, mais pour le moment, tu me détestes intensément.

Malgré ma confusion d'esprit, je ne pouvais imaginer haïr Brian. Je pouvais être déçue et j'avais supposé des choses à son sujet qui s'étaient révélées fausses mais, quelles que soient ses erreurs, c'était vraiment un type gentil. Du moins, j'en étais sûre. L'avais-je mis sur un piédestal pendant tout ce temps en ne voyant que ce que j'avais envie de voir de lui ?

J'attrapai la serviette en papier posée sur mes genoux et entrepris de la réduire calmement en lambeaux.

—L'homme que je pensais connaître n'aurait jamais pris part à un meurtre. Tu n'as même pas menti à la police pour me fournir un alibi quand on m'a arrêtée pour exorcisme illégal.

Il laissa échapper un long soupir douloureux.

—Je n'ai pas menti parce que j'aurais pu être pris en flagrant délit de mensonge et que cela t'aurait rendue davantage coupable. Écoute, je n'aime pas ce que j'ai fait. Rien que le fait d'y penser me rend malade. Mais je t'aime. Je t'ai toujours aimée. Comment aurais-je pu te laisser foutre ta vie en l'air comme ça ?

Bien entendu, il avait raison. *Der Jäger*, le démon qui avait possédé mon père, devait mourir. Pas seulement pour ma sécurité mais pour celle de Lugh. Si Lugh mourait et que Dougal montait sur le trône, il mettrait tout en œuvre pour réduire la race humaine en esclavage. C'était trop risqué de laisser *der Jäger* en vie. D'une certaine façon, Brian m'avait même rendu service en aidant Lugh à prendre le contrôle afin que je ne sois pas directement responsable de la mort de mon père. La logique me disait que je n'avais aucune raison d'en vouloir à Brian. Maintenant, si les émotions obéissaient à la logique...

Je pinçai l'arête de mon nez, sentant monter une migraine qui n'avait rien à voir avec Lugh. La serviette reposait sur la table en fines bandelettes. Je luttai contre l'envie de déchirer ces bandes. Je dus ravaler une boule douloureuse dans ma gorge avant de pouvoir parler.

— Je sais tout ça, d'accord ? Je comprends pourquoi tu as agi ainsi et je sais que tu as eu raison, mais il semble que je n'arrive toujours pas à l'accepter.

Je ne suis pas aussi gentille que Brian. Je nourris mes rancœurs et mes colères comme un enfant gâté. Qu'un homme comme lui puisse aimer une femme comme moi dépasse mon entendement.

La chaise de Brian grinça sur le sol quand il s'écarta de la table, et je grimaçai. Était-il sur le point de reprendre ses esprits et de se laver les mains de toute cette histoire ? Mon estomac se resserra de terreur.

Je devais avoir l'air angoissée. Brian m'adressa un demi-sourire réconfortant puis contourna la table pour se poster derrière ma chaise. Quand j'essayai de me lever, il posa fermement ses mains sur mes épaules et me maintint en place. Je sentis la chaleur de son souffle sur ma nuque quand il se pencha sur moi.

— Peut-être devrions-nous faire autre chose que parler pour soulager la tension, murmura-t-il.

Il me mordilla doucement le lobe de l'oreille juste au cas où je n'aurais pas compris où il voulait en venir.

Je m'efforçai de protester avec cohérence. C'est certain, nous n'aurions certainement pas dû penser au sexe alors que tant de questions restaient sans réponse entre nous. Je laissai même échapper un grognement rauque qui ressemblait au début d'un mot. Puis il fit glisser ses mains de mes épaules à mes seins et la protestation mourut dans ma gorge.

— Il existe toujours plusieurs manières de s'attaquer à un problème, chuchota Brian béatement tandis que mes tétons pointaient.

Malgré moi, mon dos se cambra sous le plaisir provoqué par ses caresses. D'après mon esprit, c'était une très mauvaise idée, mais mon corps s'en fichait. J'essayai encore une fois de me lever, imaginant que c'était le moment de déplacer l'action dans la chambre, mais Brian referma les mains sur mes seins et m'immobilisa. C'était étrange d'être maintenue en place de cette manière, mais je risquais de me faire mal si je tentais de me lever sans qu'il me lâche, ce qu'il ne semblait pas disposé à faire.

Contre toute logique, la moiteur envahit mon entrejambe. J'essayai de parler, de dire n'importe quoi, mais ma gorge était trop serrée, mon souffle trop court.

Quand il sentit que je capitulais, Brian relâcha son emprise, pétrissant un sein d'une main tandis que l'autre descendait plus bas pour remonter mon tee-shirt. Je n'avais pas imaginé avoir à me dévêtir devant Brian ce soir-là, aussi je portais un soutien-gorge ultrapratique couleur chair plutôt qu'un de mes modèles plus sexy. Cela ne sembla pas le gêner. Il me mordillait le lobe, sa langue visitant par intermittence la caverne de mon oreille tandis qu'il s'emparait de nouveau de mes seins.

Je me poussai contre ses mains en gémissant, ma peau prenait vie sous ses caresses. Ce fichu soutien-gorge se fermait dans le dos – encore une preuve que je n'avais pas prévu de baiser ce soir-là – mais, au lieu de prendre la peine de l'ouvrir, Brian se contenta d'en soulever les bonnets. Comme je ne suis pas ce qu'on appelle une planche à pain, l'armature imprima une pression douloureuse sur ma poitrine quand il fit passer le sous-vêtement sur la partie la plus pleine de mon anatomie. J'ouvris la bouche pour m'en plaindre, mais mes seins furent aussitôt délivrés de leur entrave et les mains de Brian retrouvèrent leur place. J'oubliai tout des raisons de ma protestation.

Brian a toujours été un amant fantastique et l'alchimie fonctionnait à ce point entre nous qu'il lui suffisait d'un regard provocant pour que je mouille ma culotte, mais ce soir, il était... différent. Il jouait avec mes tétons, les tirait et les pinçait, provoquant une sensation entre la douleur et le plaisir.

Puis soudain, passant un bras autour de moi juste sous mes seins, il me mit debout et repoussa d'un coup de pied la chaise qui nous séparait. J'eus le souffle coupé quand la chaise traversa la salle à manger avant de percuter le mur avec fracas. Brian enfouit son visage dans ma nuque. Sa langue suivait la veine qui y palpitait tandis qu'il me serrait contre lui, collant son érection contre ma croupe.

Sentir son excitation, malgré les couches de vêtements entre nous, m'arracha un autre gémissement. Je voulais me tourner, verrouiller ma bouche à la sienne et entourer sa taille de mes jambes, mais il me serrait trop fort et son étreinte ne se relâcha pas, même quand il se rendit compte que je souhaitais faire volte-face. Un frisson parcourut mon dos et je ne sus si c'était d'excitation ou de malaise.

J'oubliai de m'en soucier quand Brian entreprit de descendre la fermeture Éclair de mon jean. Ma culotte était tout aussi pratique que mon soutien-gorge, mais je doute qu'il eût prêté la moindre attention aux sous-vêtements les plus sexy en cet instant. Son souffle était chaud et rapide dans mon cou et il émit de petits bruits affamés de fond de gorge quand il fourra sa main entre mes cuisses.

J'étais tellement mouillée que c'en était embarrassant, mais Brian semblait approuver. Il me caressa, fort, et je tentai de passer la main dans mon dos pour lui attraper la queue. À ma grande surprise, il arrêta mon mouvement en abaissant mes épaules vers la table.

Par réflexe, je stoppai ma chute en m'appuyant sur la paume de mes mains. J'essayais encore de retrouver l'équilibre quand Brian baissa mon jean et ma culotte jusqu'aux genoux et m'écarta les jambes aussi largement que possible... ce qui était peu, étant donné le jean serré.

L'air s'échappait en sifflant de mes poumons et mon cœur tambourinait dans ma poitrine. Je perçus le bruit familier d'une fermeture Éclair qu'on baisse et le son tout aussi distinct d'un emballage de préservatif qu'on déchire. Je respirais si vite que j'étais au bord de l'hyperventilation.

Brian ne m'avait jamais prise par-derrière. Jamais. Je n'appréciais pas trop cette position et Brian était trop gentil – et un trop bon amant – pour insister sur le sujet. Mais pas besoin d'être un génie pour deviner ce qu'il s'apprêtait à faire.

En fait, ce n'est pas tant que je n'appréciais pas la position : je la détestais. Je me sentais trop... soumise. La partie de mon cerveau qui s'occupait de ce genre de choses m'assura que, peu importait le comportement étrange de Brian, si je lui demandais d'arrêter, il le ferait. J'essayai de parler, de me lever, de refermer les jambes. Mais sur le moment, les besoins de mon corps surpassaient ceux de mon cerveau et je restai dans la position dans laquelle Brian m'avait installée.

La sensation de son sexe glissant en moi releva à la fois du paradis et de l'enfer. D'un côté, il avait toujours l'air tellement à sa place en moi, comme si sa queue avait été spécialement conçue pour mon sexe. Toutes les terminaisons sexuelles de mon corps chantaient de plaisir. De l'autre côté, j'étais ignominieusement pliée sur la table de la cuisine à contempler une assiette froide pleine d'aubergine au parmesan tandis que mon gentil et doux Brian me baisait brutalement par-derrière.

Les émotions se rebellaient en moi, se percutant et s'enchevêtrant de manière si sauvage que je n'aurais su en nommer une seule. J'essayai de ne pas verrouiller mes genoux et mes coudes pour résister aux assauts de Brian... J'avais la tête qui tournait déjà et j'étais dans un état second proche de la perte de connaissance.

Une goutte de sueur coula le long de mon visage, mais je la sentis à peine tant je me concentrais sur l'endroit où Brian et moi nous rejoignions. Les autres émotions devinrent sans importance tandis que la tension montait en cet endroit, s'enroulant sur elle-même de manière de plus en plus serrée, jusqu'à ce que je ne puisse plus me tenir sur le bord de ce précipice plus longtemps. Et pourtant j'étais là, à attendre la chute, à espérer la chute, presque incapable de respirer tant mon besoin était intense.

Quand la boucle se desserra enfin, je hurlai, incapable de contenir le plaisir : vague après vague, il affaiblissait mes genoux jusqu'à ce que je ne puisse plus tenir debout. J'entendis vaguement Brian atteindre sa propre jouissance, son cri comme l'ombre du mien.

Il me fallut attendre la disparition de la dernière vague de plaisir pour reprendre conscience du reste de mon corps. J'étais trempée de sueur, frissonnant dans un courant d'air qui n'était qu'en partie réel. Mes bras et mes épaules me faisaient mal tant je m'étais tendue et l'élastique de mon soutien-gorge encore attaché creusait douloureusement ma chair au-dessus de mes seins.

Brian se retira et j'essayai de me relever, mais mes genoux vacillèrent. S'il ne m'avait pas rattrapée d'une main, je jure que je me serais effondrée.

J'avais du mal à digérer ce qui venait de se passer entre nous, j'avais du mal à croire que c'était vrai. Je bataillais pour trouver les mots mais, avant que je parvienne à formuler une pensée cohérente, Brian m'avait prise dans ses bras pour m'emporter dans la chambre. Là, il me déshabilla et m'installa dans son lit avant de m'y rejoindre et de me serrer dans ses bras, redevenant le doux et gentil amant que je connaissais. Et alors que je tremblais encore, en proie à la confusion, Brian – si typiquement masculin – s'endormit aussitôt.

Je restai allongée près de lui jusqu'à ce que ses ronflements me confirment qu'il était plongé dans un sommeil profond. Il devait être épuisé par l'intensité de notre étreinte. Je l'étais également, mais j'étais loin d'être assez détendue pour dormir. Au lieu de quoi, je m'extirpai de sous son bras, allai me laver un peu et m'habillai.

Mon corps était irrité et douloureux. Je sortis de la chambre et refermai en silence la porte derrière moi. Notre prétendu dîner se trouvait encore sur la table de la cuisine, les odeurs mélangées du sexe et de la cuisine italienne formant une combinaison inhabituelle, c'était le moins qu'on puisse dire. Hébétée, je me laissai tomber sur le canapé de Brian en essayant de comprendre ce qui venait de se passer.

Brian ne s'était jamais comporté de cette manière auparavant. Oh, de temps à autre, nous avions eu une bonne séance de baise au lieu de nos tendres câlins. La dernière fois que nous avions fait l'amour, j'en avais gardé des bleus sur les poignets. Mais cette fois-là, cela n'avait pas été intentionnel, mais le résultat de la passion du moment et de notre frustration sexuelle. Ce qu'il avait fait ce soir m'avait vraiment paru intentionnel… et prémédité. Était-ce parce qu'il m'en voulait de lui en vouloir ?

Mais non, malgré son comportement dominant et brutal, je savais qu'il n'y avait eu aucune colère. Alors qu'est-ce qui l'avait poussé à me prendre de cette manière ? Et comment avait-il pu deviner qu'une accro du contrôle comme moi allait le laisser faire ?

Je suffoquai quand un horrible soupçon s'immisça dans mon esprit.

Quelle était la personne qui me connaissait et me comprenait assez, en dépit de tous mes masques, pour deviner qu'une petite séance de domination pourrait m'exciter ? Mais non. Il n'oserait pas fourrer son nez dans ma vie amoureuse comme ça ! Brian avait dû deviner tout seul. C'était, après tout, un amant fantastique.

La main tremblante – car je ne voulais pas croire à ma propre logique –, je me déplaçai sur le canapé pour atteindre le téléphone de Brian, puis je commençai à parcourir sa liste d'identification d'appels. Il ne me fallut pas longtemps pour trouver ce que je cherchais : un appel depuis mon numéro, passé à 3 heures ce matin, alors que je dormais.

— Va au diable, Lugh, marmonnai-je tandis que cette bonne vieille colère envahissait mon système.

Là, maintenant, si j'avais pu l'exorciser et l'expédier au Royaume des démons, je crois que je l'aurais fait, peu importent les conséquences pour l'espèce humaine.

Chapitre 5

Je quittai l'appartement de Brian sans le réveiller. Peut-être aurais-je dû l'affronter, lui demander ce que Lugh avait bien pu lui raconter quand il avait pris mon corps en otage pendant mon sommeil, mais je n'étais pas certaine de vouloir savoir. Et puis j'avais eu mon content de confrontations pour ce soir. Brian serait déçu de découvrir en se réveillant que je n'étais plus là, mais il me connaissait trop bien pour être surpris.

J'achetai des plats chinois sur le chemin du retour pour être prête quand mon appétit se réveillerait, mais ils allèrent directement dans le réfrigérateur où ils restèrent. J'essayai de regarder la télévision pour éviter de me repasser en boucle les événements de la soirée. En vain. Mais ressasser ne me permit pas pour autant de donner un sens à tout cela.

Je me couchai à 22 heures, épuisée de corps et d'esprit. Je n'étais pas certaine d'avoir envie de voir Lugh ni du contraire mais, quoi qu'il en soit, il ne se montra pas. Je dormis jusqu'à 8 heures et me réveillai presque reposée; l'esprit toujours confus, mais reposée.

Je sirotais mon café en parcourant le journal du dimanche quand le concierge de l'immeuble m'appela pour m'avertir de la présence d'un visiteur. Avant que j'aie une chance de donner libre cours à ma paranoïa, le gardien m'informa qu'il s'agissait d'Adam White. Je ne peux pas dire que cette nouvelle me réjouit mais, assez bizarrement, il existait des gens que j'avais encore moins envie de voir que lui. Allez comprendre.

Naturellement, quand Adam frappa à ma porte, je jetai un coup d'œil par le judas juste pour m'assurer qu'il n'y avait pas eu d'erreur sur l'identité. Quand j'eus confirmation qu'il s'agissait bien de lui, j'ouvris la porte pour le laisser entrer. Il portait un sac à dos en nylon tout abîmé et, après m'avoir adressé un salut purement formel, il le balança sur une des chaises de la salle à manger, l'ouvrit et en sortit un dossier débordant de documents.

—J'ai pensé que tu voudrais savoir ce que j'ai appris sur le fils Brewster, dit-il en laissant tomber le dossier sur la table.

Je ne suis pas au mieux de ma forme le matin et le fait d'avoir Adam dans les parages n'arrangeait pas mon état.

—Tu ne pouvais pas appeler?

Il m'adressa un regard salace.

—J'ai pensé que tu préférerais voir ce que j'ai trouvé plutôt que l'entendre, dit-il en désignant le dossier d'un signe de tête. Si tu veux que je rassemble mes jouets et que je rentre chez moi…

Je soupirai.

—Non, je t'en prie, assieds-toi. Tu veux un café?

Loin de moi l'idée de m'excuser mais j'étais au moins capable d'un geste de paix.

—Je ne refuse jamais un café.

Je remplis de nouveau mon mug puis en préparai un pour Adam avant de le poser sur la table.

—Où est Dom? demandai-je, car Adam venait rarement chez moi sans Dominic dans son sillage.

Ce qui était en général une bonne chose puisque Dominic était un très bon arbitre.

Adam m'adressa un sourire mauvais par-dessus le bord de son mug.

—Je l'ai laissé à la maison pour qu'il se repose. Il est vanné, pauvre petite chose.

Il ajouta un clin d'œil juste au cas où je n'aurais pas saisi le sous-entendu.

Je m'efforçai de ne pas rougir, mais mon esprit dépravé invoqua une vision de Dominic penché sur une table, merveilleusement nu pendant qu'Adam le montait. Je me souvins ensuite de ce que j'avais fait avec Brian la veille et n'eus alors plus aucun espoir de réprimer le rougissement.

Adam éclata de rire.

—Bon sang, Morgane. C'est tellement simple de te faire rougir, c'est un jeu d'enfant. Au moins, laisse-moi croire que j'y suis pour quelque chose.

Mon éloquente réponse se résuma à un doigt d'honneur ce qui, bien entendu, l'amusa encore plus. Si je ne changeais pas rapidement de sujet, cela risquait d'empirer.

—Je suppose que tu as trouvé le profil Myspace de Brewster Junior ? demandai-je.

Adam eut l'air d'hésiter un instant entre l'urgence de parler boulot avec moi et son envie de me faire rougir. Dieu merci, il prit la bonne décision.

—Je suppose que tu as fait des recherches de ton côté ?

Je haussai les épaules.

—Juste les trucs de base. Alors est-ce que c'est vrai ?

Il but une longue gorgée de café et acquiesça.

—Toute l'histoire, même si cela a été très difficile d'en avoir la confirmation. Le système judiciaire a fait tout son possible pour garder son identité secrète. S'il ne s'était pas laissé aller au bavardage sur Internet, je n'aurais jamais découvert qui il était, même avec mes moyens. Je suppose que nous avons de la chance qu'il soit un tel détraqué.

D'une certaine manière, je doutais que Claudia Brewster l'entendrait de cette oreille. Je serrai mon mug entre mes mains. J'avais besoin de chaleur pour chasser le frisson qui me parcourut quand je posai la question qui n'avait cessé de m'obséder depuis que j'avais lu l'histoire de Tommy.

— Tu ne crois pas que les démons ont été mêlés à sa vie plus qu'ils auraient dû, quand on considère qu'il ne fait pas partie de la Société de l'esprit ?

Adam acquiesça.

— Ouais. Et toute l'histoire de ses origines est encore plus étrange que ce qui a été publié dans les journaux.

Il ouvrit le dossier et en sortit des photos de vingt centimètres sur vingt-cinq qu'il posa devant moi sur la table.

Il me fallut une seconde pour comprendre ce que je regardais et, quand je compris, j'eus l'impression de dévaler les montagnes russes les plus abruptes jamais construites. Mon visage dut passer par plusieurs couleurs intéressantes et pas très saines, mais Adam ne le remarqua pas tout de suite.

— Tu vois quelque chose d'inhabituel ? demanda-t-il avec la nonchalance du type qui voit des photos comme celles-ci tous les jours.

Comme je ne répondais pas, il leva les yeux des clichés pour me regarder et il découvrit alors mon expression. Il vit aussi à quel point mes mains tremblaient tandis que je m'agrippais à ma tasse. Il me la prit avant que je la laisse tomber, puis il rassembla prestement les photos et les rangea dans le dossier.

— Désolé, marmonna-t-il. J'oublie parfois que les gens ne sont pas habitués à voir des trucs pareils.

J'hésitais entre me précipiter aux toilettes pour vomir et rester assise à la table en espérant garder mon café dans mon estomac. Le sprint vers les toilettes était sûrement l'option la plus sage. Mais mon entêtement et la furieuse envie de ne pas avoir l'air faible devant Adam me firent rester sur ma chaise. Je déglutis convulsivement plusieurs fois.

— Alors, qu'est-ce qui n'était pas habituel ? demandai-je, la voix rauque et tremblante. À part le fait que leurs organes internes n'étaient plus internes ?

Mon cœur se souleva à cette évocation, mais de nouvelles déglutitions convulsives forcèrent le café à redescendre.

— Plusieurs choses, répondit Adam. D'abord, aucune des quatre victimes ne portait de chaussures. La plante de leurs pieds était contusionnée et déchirée, et cela n'avait rien à voir avec les dommages causés par le démon. Ensuite, les victimes étaient toutes habillées de la même façon, dans une combinaison quelconque.

Tout cela était absolument fascinant et je ne doutais pas qu'il y ait un sens profond derrière toute cette histoire. Mais j'étais trop occupée à lutter contre la nausée pour le chercher.

— Où veux-tu en venir ?

— C'est juste une hypothèse et il se peut que je sois à côté de la plaque.

— D'accord.

— Mais si le Cercle de guérison n'était pas le seul établissement dirigé par des démons à être plus qu'un hôpital ?

Pendant l'enquête que nous avions menée sur mes propres origines, nous avions découvert que Dougal et Raphael avaient été impliqués pendant des siècles dans une sorte de programme eugénique et avaient essayé de créer une espèce d'hôtes parfaits pour les démons. Leur définition de la perfection équivalait à un corps de superhumain doté de l'intelligence d'un concombre de mer. Mon père biologique s'était évadé d'un de ces programmes, mais maintenant qu'Adam le mentionnait, il semblait terriblement naïf de croire qu'il n'existait qu'un seul laboratoire secret. Et à Houston se trouvait l'hôpital Haven, un des hôpitaux les plus réputés… dirigé par des démons.

— Nous avons quatre victimes non identifiées sans aucune déclaration de disparition correspondantes. Elles sont vêtues d'une combinaison d'hôpital, sans chaussures, et leurs pieds sont mutilés.

— Comme si ces personnes s'étaient évadées, avançai-je.

— Exactement. Ce démon criminel aurait donc été envoyé afin de les pourchasser.

— Et à quelle distance de l'hôpital l'attaque a-t-elle eu lieu ?

— Si tu avais pu voir au-delà de l'horreur de ces photos, tu aurais remarqué qu'on voit l'hôpital en arrière-plan de quelques-uns des clichés. Ils n'ont pas parcouru plus de deux blocs avant d'être rattrapés. Le démon s'est occupé des adultes en premier, supposant probablement qu'un enfant de trois ans n'irait pas bien loin tout seul. D'après les journaux et la page Myspace de Tommy, le démon essayait de le tuer. Mais je soupçonne qu'il l'aurait en fait ramené à l'hôpital.

Je frissonnai.

— À moins que Tommy appartienne à une espèce de rebut que les démons avaient décidé de détruire.

Raphael en personne avait donné l'ordre de tuer la lignée de mon père… et je devais ma naissance au fait que mon géniteur avait échappé à cette purge.

— Je suppose que c'est possible. Quoi qu'il en soit, le gamin a été sauvé et a disparu dans le système des adoptions jusqu'à ce qu'il décide de poster son histoire sur Internet.

J'acquiesçai, l'air pensif.

— Et le fait qu'il se souvienne assez de l'événement pour raconter son histoire a rendu nerveux les démons qui se cachaient derrière ce projet, alors ils ont… quoi ? Comment sont-ils parvenus à lui faire accepter de devenir un hôte ? Tu as regardé la vidéo de son entretien ?

— Ouais. Il n'y a rien qui indique une quelconque coercition. Aucun signe de nervosité ou de réticence. Pas de regards furtifs. Son langage corporel est complètement détendu.

— Alors Claudia doit avoir raison. Il devait déjà être possédé quand il a signé les papiers. (Je secouai la tête.)

Tu connais Sammy Cho. Tu peux l'imaginer en train de mentir à propos d'une chose pareille ? Même s'il essayait de mentir, ça se verrait.

Adam acquiesça.

— Tu as raison, dit-il, mais il avait l'air renfrogné.

— Quoi ? demandai-je.

— Si un partisan du clan de Dougal voulait à ce point Tommy Brewster, ils auraient pu s'arranger pour le posséder. Alors il était à la fois consentant et capable de mentir.

Je méditai cette dernière réflexion. Un tel stratagème fonctionnerait certainement mais c'était terriblement risqué. Les prétendants au titre d'hôte sont bien assez rares pour requérir la présence de plus d'un exorciste afin d'inspecter les auras. Mais c'était déjà arrivé. Et, si un autre exorciste avait jeté un œil à l'aura de Sammy – ou si Sammy avait commencé à éviter les inspections multiples jusqu'à éveiller le soupçon –, le démon pouvait s'attirer de sérieux ennuis.

— Je vais essayer de rendre visite à Sammy, dit Adam. En passant quelques minutes avec lui, je devrais savoir s'il est possédé ou non.

J'acquiesçai. Quand j'avais contacté Adam pour la première fois au sujet de mon propre auto-stoppeur indésirable, il avait examiné mon aura pour déterminer s'il voyait Lugh. À la différence d'un exorciste humain, il n'avait pas besoin de rituel fantaisiste ou d'une transe pour déceler les auras : il lui suffisait d'un contact de la main et de quelques secondes de concentration.

Quand je compris à qui d'autre nous allions devoir nous adresser pour avoir des explications, je grognai intérieurement. Je croisai le regard d'Adam et je vis qu'il était arrivé à la même conclusion.

— Si tu veux, dit-il avec une gentillesse inhabituelle, je parlerai moi-même à Raphael.

J'aurais vraiment aimé accepter son offre. Parler à ce salopard de démon qui tenait mon frère en otage était la dernière chose dont j'avais envie. En plus d'être en colère contre lui pour ce qu'il avait fait à Andy, je ne lui faisais absolument pas confiance. Il prétendait être du côté de Lugh et souhaiter qu'il monte sur le trône où était sa place. Mais je n'étais pas encore complètement sûre que Raphael ne nous avait pas trahis en nous vendant à *der Jäger*.

— Merci, dis-je en le pensant sincèrement pour une fois. J'apprécie ton offre, mais j'ai peut-être plus de chances qu'il me dise la vérité.

Seulement s'il disait vrai quand il déclarait être de notre côté et seulement s'il respectait vraiment Lugh autant qu'il le prétendait, mais on devait de toute façon compter là-dessus si on s'apprêtait à l'interroger.

— Tu me diras ce que tu auras appris. (Adam termina son café.) Et je suis vraiment désolé pour les photos de scène de crime. J'aurais dû réfléchir avant de te les montrer.

Je lui adressai un regard soupçonneux. Ça ne lui ressemblait pas d'être aussi gentil ou à ce point conciliant. Il ne me détestait peut-être pas, mais il ne m'aimait pas, c'était certain. Peut-être aurait-il dû réfléchir avant de me montrer les photos, mais il me les avait montrées quand même, par pure malveillance.

— Ton hôte ne t'a pas prévenu qu'il ne fallait pas exhiber des photos de scènes de crime à un civil ? demandai-je, et je suis certaine qu'il perçut le doute dans ma question.

Son regard se fit dur, me confirmant qu'il avait bien compris.

— Non. Il est insensible à ce genre de spectacle, tout comme moi. (Il grimaça.) Et il me demande de te présenter ses excuses également.

J'avais rencontré l'hôte d'Adam pendant un court moment quand Adam s'était transféré – le plus illégalement qui soit – dans Dominic pour soigner ce qui aurait dû être une blessure mortelle. Je connaissais à peine l'humain Adam, mais je soupçonnais qu'il était assez semblable à son démon.

— Dis-lui que j'accepte ses excuses.

Adam me jeta un de ses regards à vous glacer le sang. Il n'avait pas manqué de remarquer que je n'avais pas accepté ses excuses à lui. Mais il ne me le signala pas. Au lieu de quoi, il fourra le dossier contenant les photos atroces dans son sac à dos puis sortit sans un mot.

Chapitre 6

Mon frère était possédé mais ce fait n'était pas connu de tous. D'après la version officielle, Raphael avait fui le corps de mon frère et était retourné dans le Royaume des démons pour ne jamais revenir. Comme j'aurais aimé que cela soit le cas !

Ce que cela impliquait d'un point de vue pratique, c'était qu'Andy se retrouvait sans emploi. Comme Dominic, il avait exercé le métier de pompier pendant sa période de possession. Il était également hôte depuis ses vingt et un ans, ce qui signifiait qu'il n'avait pas fini ses études et ne possédait pas de compétences professionnelles particulières. La Société de l'esprit lui verserait une pension pendant un ou deux ans. Mais Andy était encore jeune et les membres espéraient qu'il accepterait de redevenir un hôte. Dans le cas contraire, il devrait se débrouiller tout seul.

La pension ne lui suffisait pas pour vivre. Quand j'arrivai chez Andy, je le trouvai donc en train d'étudier les petites annonces du dimanche. Cette occupation était si typiquement humaine que je faillis presque oublier qu'il ne s'agissait pas du vrai Andy. Je secouai la tête pour me remettre les idées en place.

— Est-ce que tu vas vraiment chercher du travail ? demandai-je.

Il m'adressa un regard sardonique.

— Je dois gagner ma vie, tu sais. Ou préférerais-tu que je m'enracine dans cet appartement et que je passe le reste de ma vie à jacasser avec malveillance ?

J'aurais aimé imaginer un stratagème pour extirper cette sangsue du corps de mon frère. Raphael faisait malheureusement partie de la famille royale, c'était un démon à la force inhabituelle. Trop puissant pour que je puisse l'exorciser. Lugh aurait pu le vaincre, mais je devais le laisser prendre le contrôle pour avoir une chance d'y arriver et nous avions déjà déterminé que j'en étais incapable.

— Je te hais vraiment, tu sais, dis-je sur un ton irascible.

Raphael soupira, comme si je l'avais blessé.

— Je t'ai donné ma parole. Cette fois, je vais prendre soin d'Andy.

— Et tu t'attends que je te croie ?

Il secoua la tête.

— Je suppose que non. Mais je peux te dire en tout cas qu'Andy va bien. Nous ne nous apprécierons jamais, mais nous avons atteint ce qui ressemble à une sorte de trêve.

Il éclata subitement de rire, sans que je sache pourquoi.

— Qu'est-ce qui est si marrant ?

— Il teste les limites de cette trêve. Il veut que je te dise qu'il va bien. Il veut aussi que je te dise, je le cite : « Sors ce salopard de mon corps ! »

Comment aurais-je pu savoir si ce message émanait réellement d'Andy ou si Raphael essayait de me bouleverser ?

— J'y songe, frangin, répondis-je, juste au cas où il s'agissait bien d'un message d'Andy.

Bien sûr, je n'y songeais pas tant que ça. Non pas parce que je ne le voulais pas, mais parce que je n'avais aucune idée de la manière d'y parvenir.

À ma grande surprise, Raphael me tapota l'épaule.

— Si toi et moi parvenons à une trêve et si tu peux me trouver un nouvel hôte, je quitterai ton frère. Tu as ma promesse, peu importe ce que tu en penses.

Je réprimai aussitôt l'envie de lui dire exactement ce que je pensais de ses promesses, mais mon expression communiqua ma pensée sans ambiguïté. Raphael eut l'air déçu.

— Pourquoi es-tu venue ? demanda-t-il. Ce n'est sûrement pas pour le plaisir de me voir.

Sans doute aurais-je dû être plus gentille avec lui, puisque j'étais venue en quête d'informations… et tout particulièrement d'informations qu'il était peu enclin à livrer. Mais j'étais tout simplement incapable de gentillesse envers Raphael, qui était à l'origine de nombre de mes problèmes.

Au lieu de lui répondre, je m'assis sur le canapé du salon sans y être invitée. Puisqu'il vivait comme mon frère le bordélique, je dus repousser une pile de publicités et de vieux journaux pour me faire une place. J'avais bien fait de choisir une tenue qui me couvrait assez pour éviter que ma peau entre en contact avec le tissu taché.

— Fais comme chez toi, marmonna Raphael avant de prendre place sur une chaise longue à l'aspect tout aussi discutable.

Je décidai que nous en avions assez fait en matière de bavardages préliminaires, j'allai donc droit au but.

— Est-ce que le Cercle de guérison était le seul site où Dougal et toi jouiez à Dieu ?

Raphael cligna des yeux. Il ne s'attendait apparemment pas à cette question et il réfléchit longuement avant de se décider à répondre.

— Non.

Rien de plus. Je dus réprimer une bouffée d'impatience.

— Tu peux développer ?

— Y a-t-il quelque chose en particulier que tu souhaites savoir ou tu es juste à la pêche aux renseignements ?

— Tu as dit que tu voulais que nous fassions une trêve ? Alors pourquoi ne me parles-tu pas simplement ?

Il ferma les yeux et se frotta le crâne, l'air encore une

fois étrangement humain, même pour moi qui aurait dû le voir autrement.

—Je sais que c'est complètement hors de question pour toi, mais si tu pouvais envisager de me laisser un peu en paix, j'apprécierais vraiment. Il y a certains sujets qui sont très difficiles à aborder pour moi.

—Je compatis vraiment.

Quand il ouvrit les yeux, j'y décelai un éclat sombre et inhumain avant qu'il parvienne à se contrôler. Je réprimai un frisson. J'étais certaine que Raphael me haïssait presque autant que je le haïssais et il n'était pas le genre d'ennemi qu'on pouvait souhaiter à son pire ennemi.

Il poussa un profond soupir pour relâcher la pression et, quand il parla de nouveau, sa voix était dépourvue de la colère qui couvait encore dans ses yeux.

—Je me fiche de ce que tu penses de moi. Et peu importe à quel point je souhaiterais qu'il en soit autrement, ce que Lugh pense compte pour moi. Je ne tiens pas à évoquer de choses qui terniront encore plus l'image qu'il a de ma personne.

Je crus lire une angoisse sincère sur son visage. Lugh et lui entretiennent des relations sacrément compliquées. Malgré tout, je ressentis une certaine pitié pour Raphael qui idolâtrait clairement son frère, mais qui était destiné à toujours le décevoir. Mais après tout, il payait les mauvais choix qu'il avait faits. Je me rappelai donc de ne pas être trop désolée pour lui.

—Je pense qu'il aurait une meilleure opinion si tu me racontais toute l'histoire plutôt que de refuser de te confier juste pour couvrir tes arrières.

—Je ne… (Il secoua la tête.) Oh et puis, à quoi bon ? marmonna-t-il. (L'expression de son visage disparut pour faire place à un masque vide et impénétrable.) Nous avions plusieurs laboratoires dans tout le pays. Même avec notre considérable compréhension de la génétique et de la biologie humaines, ce que nous essayions de faire n'était pas simple. Il y a eu pas mal d'essais manqués et d'erreurs commises.

J'émis un reniflement de dégoût.

— Tu es en train de parler d'êtres humains, pas de rats de laboratoire.

Je m'attendais que mon intervention l'agace, mais son masque resta fermement en place.

— Certains d'entre eux n'étaient pas assez modifiés et on pouvait encore les qualifier d'humains. Sans aucun doute, ceux de la lignée de ton père ne l'étaient pas. Le fait que, à l'exception de ta mère, nous soyons incapables de les croiser avec des êtres humains... (Il dut se rendre compte sur quelle couche de glace fine il s'aventurait car il laissa mourir sa phrase.) Que veux-tu savoir exactement ?

— Aviez-vous un laboratoire à l'hôpital Haven de Houston ?

— Oui, bien que personnellement j'aie eu très peu à voir avec ce projet. (Je lui adressai un regard sceptique et il me répondit par un sourire un peu sinistre.) Tu le croirais si je te disais que j'ai peur de prendre l'avion ?

J'y songeai pendant une minute et me rendis compte que oui. Les avions ne s'écrasent pas tous les jours, mais quand une telle catastrophe se produit, c'est toujours dans une grosse explosion... et dans le feu. Beaucoup de démons légaux étaient pompiers mais leur force surhumaine et leur capacité de guérison ne pouvaient les préserver des situations, les plus instables. Ce qui était le cas des explosions impliquant du gasoil pour avion. On pense qu'environ vingt-cinq démons sont morts le 11 septembre, non pas dans l'effondrement des tours – qui tua un grand nombre d'hôtes, expédiant leurs démons au Royaume des démons – mais au cours de leurs tentatives héroïques d'entrer dans le feu.

—Mais même si tu ne t'y trouvais pas en personne, tu savais ce qui s'y passait, dis-je en chassant mes pensées morbides.

Il haussa les épaules.

—Leur objectif était similaire à celui des laboratoires du Cercle de guérison, bien qu'ils aient eu une approche différente. Le Cercle de guérison travaillait pour accroître la force et la durée de vie de leurs sujets. Les laboratoires de Houston œuvraient à augmenter la malléabilité de la chair humaine.

—Quoi?

—Nous voulions des hôtes plus forts et qui guérissent plus vite.

J'étais sur le point de protester, mais il leva la main pour que je garde le silence.

—Oui, nous pouvons guérir nos hôtes très rapidement par rapport aux standards humains. Mais nos hôtes peuvent toujours mourir de leurs blessures et nous sommes alors renvoyés au Royaume des démons avant d'y être prêts. Nous voulions créer des hôtes dont la chair puisse être suffisamment manipulée pour guérir rapidement, même de blessures catastrophiques. Je sais que je ne peux pas espérer que tu approuves nos recherches, mais celles-ci bénéficiaient vraiment à nos sujets.

Je ricanai.

—Vos sujets qui étaient retenus prisonniers pendant toute leur vie avant d'être tués quand ils n'étaient plus utiles.

Il n'eut rien à répondre à cette accusation.

—Pourquoi t'intéresses-tu subitement au projet Haven?

Je réfléchis à la nature des informations que je pouvais lui révéler, puis je décidai que si j'attendais de lui qu'il me parle, j'allais devoir me comporter honnêtement et parler aussi. Je lui racontai donc les détails de l'affaire Tommy

Brewster tout en scrutant son visage en quête de la moindre réaction.

Quand j'eus fini, il resta silencieux un long moment. Je n'aurais su dire à quoi il pensait.

— Eh bien ? le pressai-je finalement, quand j'en eus assez d'attendre.

Il cligna des yeux comme s'il venait de parcourir des kilomètres dans sa tête.

— D'après ce que tu en dis, il y a de fortes chances qu'il soit un produit du projet Haven, mais comment en être sûr ?

— Et comment expliquerais-tu ce brusque changement d'avis ? Pourquoi a-t-il quitté Colère de Dieu pour devenir un hôte légal ?

Raphael haussa les épaules. À son expression, je compris à quel point cela importait peu pour lui.

— Je suis assez d'accord avec la théorie d'Adam comme quoi Sammy était possédé, du moins jusqu'à ce qu'on prouve le contraire. Mais tu sais, même si ce puzzle te semble fascinant, dans le grand ordre des choses, ce n'est pas très important.

Ouais, c'était bien Raphael qui parlait, la compassion incarnée.

— C'est important pour les Brewster.

— J'en suis sûr, mais cela ne veut pas dire que ça doit l'être pour toi.

— Tu n'as pas à me dire ce qui compte pour moi, répondis-je en serrant les dents.

Il roula les yeux, l'air exaspéré.

— Très bien. Désolé de m'être permis de rappeler à l'hôte du roi des démons qu'elle avait des choses plus importantes à faire que jouer au détective.

Je suis d'ordinaire la reine du sarcasme, mais je n'apprécie pas d'être visée.

— Qu'est-ce que tu dirais d'une décharge de 50 000 volts dans le corps ? demandai-je, même si je me retenais vraiment de dégainer le Taser.

J'étais assise trop près de Raphael et il aurait été sur moi avant même que je mette la main sur ce fichu engin.

Ses narines se dilatèrent.

— La prochaine fois que tu me tires dessus au Taser, souviens-toi que tu tires également sur Andrew. Je peux te promettre que je ne le protégerai pas.

Je poussai un grognement de rage. Raphael éclata d'un rire plus amer que véritablement amusé.

— À quoi ça sert d'avoir un otage si on ne s'en sert pas, hein ?

Je serrai les mains en poings, mais l'émotion qui oppressait ma poitrine relevait plus du chagrin que de la colère. Tant de gens avaient déjà souffert à cause de moi.

Raphael soupira et sa voix s'adoucit.

— Je ne menace pas vraiment de faire du mal à Andrew, dit-il. J'essaie juste de te décourager de me faire du mal à moi. Tu peux sûrement comprendre ?

Comprendre ? Peut-être. Pardonner ? Jamais de la vie !

— N'essaie pas de me donner des ordres, dis-je tout en ayant l'air vaincue. Si je veux enquêter sur l'affaire Brewster, ce sont mes oignons, pas les tiens.

— Je te suggère juste d'être raisonnable. Réfléchis-y ! Même si tu découvres ce qui s'est exactement passé, du point de vue de la justice, Brewster est un hôte légal. Les chances que tu rassembles assez de preuves pour démontrer le contraire sont très minces.

Il suffisait de me dire que je n'y arriverais pas pour que je sois déterminée à démontrer le contraire.

— Je trouverai un moyen, dis-je en le pensant sincèrement.

Raphael balaya mon affirmation d'un geste de la main.

— Non, tu n'y arriveras pas. Mais on a assez discuté pour aujourd'hui, tu ne crois pas ?

— Très bien.

Je me levai et fis trois pas vers la porte quand Raphael me retint.

— Il y a autre chose dont j'aimerais bien te parler.

Mon intuition me hurlait de me casser de cet appartement maintenant que j'avais tiré ce que je pouvais de lui, mais je luttai contre elle. Je n'étais toujours pas convaincue que Raphael était bien dans notre camp, mais je ne pouvais nier qu'il jouait un rôle important dans cette guerre mortelle de succession. Et s'il souhaitait pour une fois divulguer des informations, il m'incombait de l'écouter.

Je me contraignis à revenir m'asseoir.

— Je suis toute ouïe, dis-je, ma voix aussi cassante que du verre brisé.

— J'aimerais que tu laisses Lugh prendre le contrôle afin que je puisse parler directement à mon frère, déclara Raphael.

— Ça ne risque pas d'arriver, ricanai-je.

Lugh était assez en rogne contre moi pour me poignarder l'œil, mais cela n'aida pas à me convaincre.

— Je m'en doutais.

L'expression de Raphael changea, le vide maîtrisé disparaissant pour faire place à un sourire malicieux.

— Je suppose qu'il y a certains avantages au fait de pouvoir lui parler sans qu'il soit capable de me répondre.

Mes lèvres commencèrent à se courber en un sourire que je figeai aussitôt. Je ne permettrais pas à Raphael de me déstabiliser.

— Alors de quoi désires-tu tant parler avec lui ?

Raphael s'enfonça dans le canapé. La bonne humeur avait disparu de son visage.

— Je me demande s'il avait élaboré quelque chose qui ressemble un tant soit peu à un plan.

— S'il l'avait fait, je ne pense pas qu'il t'en parlerait.

Raphael ne tint pas compte de mon commentaire.

— Dougal va continuer à lancer ses partisans à tes trousses. Il se peut qu'il ne sache pas que tu héberges toujours mon frère mais, d'après ce qu'il sait, tu connais l'identité de l'hôte actuel de Lugh.

— Grâce à toi, fis-je remarquer.

Bien entendu, je devais admettre qu'à l'époque où Raphael avait infiltré le complot de Dougal, il n'avait pas eu d'autre solution que de donner à Dougal le nom de l'hôte dans lequel il avait invoqué Lugh. Mais ce n'est pas parce que je le comprenais que je devais l'admettre devant Raphael.

Il accusa réception de ma remarque avec un regard mauvais.

— Nous serons peut-être capables de protéger Lugh sans que j'aie à infiltrer le camp adverse. Adam est un allié puissant et je vous aiderai autant que tu me le permettras. Mais se cacher dans la Plaine des mortels n'est qu'une solution temporaire. Tu finiras par mourir.

Je dus avoir l'air choquée, parce que Raphael fit un signe d'apaisement.

— Je veux dire de vieillesse, pas nécessairement par la violence. Lugh peut t'aider à vivre plus longtemps que la normale et en bien meilleure santé qu'une personne n'hébergeant pas de démon, mais le corps humain finit par s'épuiser. C'est un des nombreux points que Dougal et moi avons essayé d'améliorer dans notre programme.

— Ne t'avise pas de…

— Oublie la dernière partie, m'interrompit-il. Ce que j'essaie de te dire, c'est que les démons sont essentiellement des êtres immortels. Une seule vie humaine – même une vie artificiellement rallongée par la présence d'un démon –, c'est relativement court pour nous. Si Dougal décide qu'il perd trop de partisans et qu'il gâche trop d'énergie à détruire Lugh, tout ce qu'il aura à faire, c'est attendre que tu meures afin que Lugh soit obligé de retourner dans le Royaume des démons. Vous… Tu… Je veux dire, Lugh doit élaborer un plan à long terme. Si ce plan ne m'implique pas, je comprendrai.

Peut-être s'attendait-il que je m'empresse de le rassurer car, comme je gardais le silence, il pinça les lèvres et un muscle tressauta sur sa mâchoire.

— C'est tout ? demandai-je. Je peux y aller ?

Les yeux baissés sur ses mains, il acquiesça sèchement.

— Ouais, c'est tout, répondit-il de sa voix la plus neutre.

Je l'avais blessé et une toute petite partie de moi s'en voulut car je ne pouvais m'empêcher de temps à autre de me reconnaître en lui. Je me repris rapidement.

— Si tu veux que j'aie un peu de sympathie pour toi, tu dois cesser de garder mon frère en otage.

Il croisa mon regard et son expression me fit frissonner.

— Est-ce qu'il t'est déjà venu à l'esprit que je te faisais aussi peu confiance que tu me fais confiance ?

— Qu'est-ce que je suis censée comprendre ?

Raphael est capable des regards les plus malveillants qui soient et c'est un de ces coups d'œil auquel j'eus droit en cet instant.

— Tu es une garce vindicative et réactionnaire et si je ne possédais pas Andrew, tu me ferais un certain nombre de choses désagréables… comme me renvoyer au Royaume des démons pour affronter le frère que j'ai trahi. Ce n'est pas une confrontation que j'envisage avec joie.

Je faillis éclater de rire.

— Alors ce que tu essaies de me dire, c'est que c'est ma faute si tu tiens Andy en otage ? Quel ramassis de conneries !

Son visage prit une nuance de rouge qui aurait dû me faire taire. Je ne tins pas compte de cet avertissement, bien sûr.

— Je ne suis pas assez puissante pour t'exorciser et je ne vais pas assassiner ton hôte juste pour prendre ma revanche. C'est toi qui es vindicatif. Tu retiens Andy juste pour me faire du mal. Et peut-être lui faire du mal à lui aussi.

Le feu embrasa de nouveau ses yeux. Raphael tenta brièvement de se contrôler mais l'effort fut de courte durée.

— Voilà ce que je ferais si je voulais te faire du mal, gronda-t-il.

Il se déplaça si vite que je n'eus aucune chance de me protéger. Bondissant de sa place, il parcourut la distance qui nous séparait en un rien de temps et m'immobilisa en serrant mon bras tandis qu'il me frappait au menton. Ma tête fut projetée en arrière sous le choc et mes mâchoires s'entrechoquèrent si fort que je crus m'être cassé une dent.

Je serais tombée s'il ne m'avait pas retenue par le bras. Je ne m'évanouis pas vraiment mais la pièce se mit à tourner autour de moi. La nausée bouillonnait dans mon ventre. Il brandit encore le poing, mais je n'avais aucun moyen de l'éviter. Une seconde, je pensai que ce serait vraiment bien si j'étais capable de laisser Lugh faire surface.

Le second coup de poing ne me toucha pas. Malgré ma vision trouble, je vis Raphael, tête baissée, le poing serré, haletant. J'avais vraiment le chic pour révéler le pire chez les gens.

Il me tenait toujours par le bras même si le sol me semblait plutôt accueillant. J'étais à peu près sûre qu'il ne m'avait pas cassé la mâchoire, mais la nausée et la vision brouillée suggéraient que je souffrais d'une commotion cérébrale. Pourtant, en colère comme il l'était, il avait dû retenir sa force, sinon je serais morte.

Nous restâmes ainsi pendant un moment qui sembla une éternité, ma tête battant au rythme de mon cœur tandis que Raphael rassemblait ses esprits. Quand il y parvint, j'avais à peu près recouvré les miens : mes jambes me soutenaient, mais j'étais affligée d'un sérieux cas de vision double.

— Cela te ferait moins mal si je t'assommais afin que Lugh puisse te soigner, dit Raphael d'une voix douce et contrite.

Les effets secondaires de la commotion ne purent empêcher l'éclat de rire qui m'échappa.

— Merci pour l'offre, répondis-je en butant sur chaque mot.

Je pris conscience que je m'étais mordu l'intérieur de la joue et que ma bouche était pleine de sang. Je crachai sur la moquette de Raphael, mais ma vision était encore trop brouillée pour voir à quel point ça l'énerva.

— Je crois que ça va aller.

— Tu vas pouvoir rentrer chez toi ? demanda-t-il.

Pensait-il vraiment que je n'avais pas remarqué son absence d'excuse malgré son air contrit ?

— Tu peux t'allonger sur le canapé si tu veux. J'irai dans une autre pièce et j'y resterai jusqu'à ce que tu te sentes capable de partir.

La perspective de m'allonger était vraiment attrayante. Tout comme celle de me tirer de cet appartement. Je choisis la seconde option.

— Ce fut un plaisir, dis-je en me dirigeant avec précaution vers la porte.

Raphael ne répondit pas et il valait mieux.

Chapitre 7

Je réussis à rentrer chez moi sans tomber dans les pommes sur le trottoir, mais ce fut de peu. Aucun doute, je souffrais d'une commotion cérébrale. Le portier me demanda si j'allais bien. Je lui mentis en répondant que oui.

L'ascenseur faillit me retourner les tripes, mais je parvins jusqu'à mon appartement puis jusqu'à mon lit sans me mettre dans une situation embarrassante. Une fois allongée, j'eus l'impression d'être à la fois sur un cheval qui ruait et sur un manège, mais je fermai malgré tout les yeux et essayai de me détendre et de m'endormir. Finalement, cela fonctionna.

Je m'attendais presque que Lugh me remette d'aplomb sans me parler. Après tout, je lui en voulais encore pour ce qu'il avait pu dire à Brian et il avait l'habitude de m'éviter quand j'étais en colère après lui. Il est vraiment malin. Cette fois, pourtant, il ne choisit pas la fuite.

Quand j'ouvris les yeux, je me retrouvai dans une pièce inconnue : une salle longue et caverneuse, le plafond soutenu par des piliers massifs en pierre, les fenêtres et les portes surmontées d'arches gothiques. Au bout de la pièce se trouvait une estrade sur laquelle s'élevait ce qui ne pouvait être qu'un trône. En accord avec les proportions de la pièce, le siège était énorme, ses pieds et son dossier étaient taillés dans une sorte de bois sombre, peut-être de l'acajou. L'assise, en tapisserie matelassée rouge et or, n'avait pas l'air très confortable. Un jeté de velours rouge – un tapis apparemment – entourait le trône tel un halo.

La pièce était éclairée par une série de chandeliers en acier qui laissaient la plupart des arches et des coins dans une obscurité impénétrable. Les cheveux se dressèrent sur ma nuque et je frémis.

— Lugh ? appelai-je.

Ma voix résonna tandis que je tournais sur place à la recherche du démon.

Quand j'eus fait un tour complet, le trône n'était plus inoccupé.

Je n'avais encore jamais vu Lugh tel qu'il m'apparut ce jour-là. Il était entièrement vêtu de rouge lie-de-vin avec des rehauts d'or scintillants : un ensemble coordonné constitué d'un manteau, d'un gilet et de hauts-de-chausses décorés de boutons, même aux endroits qui n'en requéraient pas. De la dentelle blanche moussait aux poignets de sa veste et sous son menton. Des bas blancs enserraient ses mollets et disparaissaient dans des chaussures de velours rouge ornées de boucles dorées. Ses cheveux détachés étaient retenus par un simple bandeau d'or qui ressemblait bigrement à une couronne.

Je connaissais le visage sous la couronne : c'était celui de Lugh, mon démon et, peut-être, mon ami. Mais pour la première fois, j'avais vraiment l'impression de faire face au roi des démons. La bouche sèche, la gorge serrée, je ne savais quoi dire. Comment pouvais-je me tenir dans une salle du trône et réprimander le roi pour avoir parlé sans ma permission ?

Lugh croisa ses jambes élégantes au niveau des genoux et s'adossa dans son siège comme s'il s'agissait d'une chaise longue pépère plutôt qu'un siège en bois dur sculpté. Il ne souriait pas vraiment, mais ses yeux pétillaient sans aucun doute d'un soupçon d'amusement.

— Ai-je finalement trouvé le moyen de t'impressionner ? demanda-t-il.

J'essayai de ricaner, mais le son que j'émis était faible et peu convaincant.

— Si j'avais su que c'était une soirée costumée, je me serais déguisée, dis-je, déterminée à ne pas le laisser me mettre mal à l'aise.

Il ne répondit pas, haussant à peine les sourcils. Avec un soupir de résignation, je baissai les yeux sur moi et découvris que je portais une volumineuse robe de brocart verte. Mes seins, à la fois rehaussés et aplatis par ce que je supposais être un corset, étaient couverts – si peu – par un panneau triangulaire de dentelle épinglé au bustier de la robe. À la moindre respiration trop ample, mes tétons risquaient certainement de faire une apparition surprise. Je ne portais pas cette tenue au début du rêve, mais comme je n'avais pas pensé à y prêter attention, je ne pouvais pas en être tout à fait certaine.

— Ça me ressemble tellement, marmonnai-je sèchement alors qu'un nouveau frisson me parcourait l'échine.

— Ce serait un délice de sensualité que de t'en dévêtir, dit Lugh. Une gourmandise, au vrai sens du mot. Toutes ces petites épingles qui tiennent le plastron, et tous les sous-vêtements avec leurs rubans et leurs dentelles…

— On dirait que ce ne serait pas la première fois que tu déshabillerais une femme vêtue ainsi.

Il ne répondit pas, mais son silence était en soi une réponse. C'était un être qui avait vécu longtemps, il était probablement immortel, et je savais qu'il avait déjà séjourné dans notre monde. Peut-être ma tenue était-elle le nec plus ultra de la mode féminine lors de son dernier passage.

Puisqu'il avait évoqué le sujet du sexe – bien qu'indirectement –, j'attaquai de manière frontale plutôt que de l'interroger sur ce soudain changement de décor.

— Qu'as-tu raconté à Brian quand tu l'as appelé au milieu de la nuit ?

Il soupira et m'adressa un regard déçu.

— Tu crois vraiment que c'est la chose la plus importante dont nous devrions parler ?

Pas vraiment. C'était juste une tentative pour prendre le contrôle sur Lugh. Voilà ce qui importait pour moi.

— Je lui ai dit que tu apprécierais un peu de domination. (Il leva une main pour retenir ma protestation.) Venant de lui. Un autre amant n'aurait pas survécu à cette tentative.

Même s'il ne souriait pas, j'étais certaine qu'il se moquait de moi. J'aurais aimé pouvoir nier ce qu'il affirmait mais puisque aucun de nous n'aurait cru ce démenti, c'était inutile.

— Pourquoi ? demandai-je d'une voix guère plus audible qu'un murmure râpeux.

C'était déjà bien assez pénible que Lugh envahisse mon esprit et qu'il connaisse mes pensées et mes désirs les plus secrets... Mais qu'il les partage avec quelqu'un d'autre ! Même avec Brian...

Lugh me scrutait, tête penchée. Je savais qu'il cherchait à deviner ce qu'il pourrait dire pour s'en tirer et même si j'aurais aimé qu'il me dise tout, je n'étais pas sûre d'être capable de le lui demander.

— Nous savons tous les deux que tu as des problèmes de confiance, dit-il enfin.

— Pas possible ?

Il me foudroya du regard et je la fermai.

— Mais tu désires désespérément faire confiance à quelqu'un, même si tu ne cesses de saboter tes propres efforts.

— Attends une seconde...

Sans surprise, il me coupa la parole.

— La partie de ton cerveau qui ne pense pas tout le temps fait confiance à Brian. C'est pour cette raison que votre relation est si spéciale. Je lui ai conseillé de communiquer avec cette partie de toi.

— Hein ?

— Tu n'aurais pas toléré, encore moins pris de plaisir à ce qu'il t'a fait, si tu ne lui avais pas implicitement fait confiance. Pour une personne comme toi, faire suffisamment confiance à quelqu'un et lâcher le contrôle relève de la quête du Graal. Je voulais te montrer que c'était à ta portée, si seulement tu voulais l'atteindre.

Je secouai violemment la tête et j'aurais juré sentir des billes s'entrechoquer là-dedans. Je ne comprenais absolument pas de quoi il parlait, mais j'étais certaine qu'il s'agissait d'une de ses manigances pour que je lui cède le contrôle.

— Peu importe. Ne viens pas foutre la merde dans ma vie sentimentale ! Ça ne te regarde pas.

Lugh éclata de rire sans que je comprenne ce qui était comique.

— De plus je croyais que tu me voulais pour toi tout seul, poursuivis-je d'une voix forte. Je parie que tu ne l'as pas mentionné à Brian.

Son rire mourut, remplacé par un doux regard condescendant que j'appréciai encore moins.

— Brian et moi ne sommes pas en compétition. Tu n'auras jamais à choisir entre nous deux parce que je ne peux venir te rendre visite que lorsque tu dors et qu'il ne peut le faire que lorsque tu es éveillée.

Je ne pensais pas que Brian le verrait d'un tel œil. J'étais aussi tout à fait sûre que Lugh n'avait pas évoqué ses propres tentatives de séduction au cours de sa petite discussion avec Brian.

Je devais m'habituer au fait d'être possédée parce que jusqu'à ce moment-là, je n'avais pas réfléchi à toutes les ramifications de ma liaison avec Brian… Des ramifications qui m'avaient préoccupée tout au début de ma possession par Lugh. Je serrai les dents et je jetai un regard de colère au roi des démons.

— Alors tu as apprécié quand Brian m'a plaquée sur la table de la cuisine pour me baiser ?

Je ne pouvais me trouver avec Brian et Lugh en même temps, mais Lugh était toujours à demeure. Il m'adressa un sourire sans vergogne.

— C'est la première fois que je possède un hôte femme. Je dois admettre que les sensations sont différentes et fascinantes, très agréables aussi. Comme tu l'as sans doute compris, les démons n'ont pas les mêmes problèmes que les humains concernant leurs orientations sexuelles.

Je réprimai un grognement. Non seulement je devais me soucier que Lugh cherche à me séduire, mais maintenant je devais envisager qu'il puisse avoir envie de séduire Brian.

Lugh devait avoir lu dans mes pensées et décidé qu'il devait me détourner d'une crise de rage de première classe.

— Assez parlé de tes problèmes personnels, dit-il, d'un ton qui me hérissa encore plus. Je suppose qu'il a dû geler en enfer pour que, pour une fois, je sois d'accord avec mon frère.

Ma colère fut désamorcée par l'éclair d'humour qui traversa le regard de Lugh, même si je restais prête à me jeter sur sa jugulaire au moindre faux pas.

— Raphael a dit que nous avions besoin d'un plan à long terme, poursuivit Lugh. Quel que soit ce plan, il doit avoir comme objectif de maîtriser Dougal et tous ses partisans qui connaissent mon Nom véritable. Mais mon premier objectif est d'établir des mesures de sécurité afin de me protéger, et de te protéger, bien entendu.

Malgré ma colère, je ne pouvais qu'adhérer à son raisonnement.

— Et comment as-tu prévu de t'y prendre ? demandai-je.

Lugh se redressa sur son trône, le dos droit, le menton relevé, les yeux brûlant d'un feu ambré.

— J'ai peut-être été évincé de mon trône au Royaume des démons, dit-il, mais jusqu'à ce que Dougal parvienne à me tuer, je suis toujours le roi. Il est temps pour moi de rassembler ma cour et, étant donné l'urgence de la situation, je le ferai dans la Plaine des mortels.

Chapitre 8

Les paroles de Lugh, chargées d'implications et de présages, résonnèrent dans la salle vide. Le problème, c'est que je n'avais aucune idée de ce qu'il voulait dire. Rassembler sa cour ? J'essayai de formuler une question en évitant de passer pour une idiote, mais Lugh me répondit avant que j'aie le temps de la poser. Parfois, je me demande pourquoi je me fatigue à lui parler, étant donné qu'il sait tout ce que je pense à n'importe quel moment.

—Je dois rassembler un petit groupe de partisans fidèles. Au Royaume des démons, j'ai des conseillers, même si je ne sais pas vraiment combien sont vraiment loyaux envers moi. Je les ai hérités de mon père et certains d'entre eux apprécient autant les coutumes que Dougal et seraient heureux de se débarrasser de moi. Je dois former un nouveau Conseil, un qui me serve dans la Plaine des mortels.

—D'accord, dis-je lentement. Comment vas-tu t'y prendre ?

—Je vais commencer par ceux que je sais être loyaux envers moi.

Je fronçai les sourcils.

—En d'autres mots… Adam. C'est peu pour un Conseil.

Il me regarda d'un air méfiant.

—J'inclus Raphael. Je sais que tu n'es pas convaincue par sa loyauté mais je pense qu'il souhaite sincèrement que je remonte sur le trône.

—Mais…

— Il t'en a beaucoup plus appris sur ce qui s'est passé dans le laboratoire de Houston que ce à quoi on aurait pu s'attendre. Il n'y était pas obligé.

J'éclatai d'un rire qui fut aussitôt englouti par la salle caverneuse.

— Tu as écouté les conneries qu'il m'a racontées ? Il ne fait pas partie des gentils, Lugh.

Il haussa les épaules.

— Considère qu'il est un mal nécessaire, alors.

Je n'aimais pas ça mais Raphael était trop lié à ma vie et à celle de Lugh pour en être exclu.

— Très bien. Ton Conseil est constitué d'Adam et de Raphael.

— De toi et de Dominic.

— Presque une armée.

J'eus l'impression que Lugh s'était mis à compter à rebours depuis cent pour rester calme. Je lui faisais cet effet et ce n'était pas involontaire de ma part.

— Pour le moment, dit-il quand il eut dominé son évident désir de m'étrangler, je ne vois qu'un autre démon à qui je puisse faire assez confiance pour l'admettre dans le cercle.

Je ne sais pas s'il agissait d'une prémonition pure et simple ou si je supposai seulement d'après l'expression de Lugh, mais ce corset stupide me serra soudain au point de chasser l'air de mes poumons.

— Je t'en prie, ne dis pas que tu penses à la même personne que moi, bégayai-je.

La lueur de regret dans ses yeux confirma que j'avais deviné juste.

— Saul a été spécialement visé à cause de sa loyauté envers moi et Dominic et lui se sont révélés compatibles. Il y aura des… complications s'il nous rejoint dans la Plaine des mortels, mais j'ai besoin de plus d'alliés.

Je secouai la tête en cherchant mon souffle. Peu importait qu'il s'agisse d'un rêve et que je n'aie pas vraiment besoin de respirer.

— Non !

Je n'avais jamais rencontré Saul. Je ne pense pas que le peu de temps que nous avons passé ensemble, à savoir quand je l'ai exorcisé, puisse être considéré comme une véritable rencontre. Mais en dépit de mon attitude parfois contestable envers Dominic, je devais admettre que ce dernier était pour moi un ami. Je ne voulais pas le perdre, comme j'avais perdu tous ceux qui avaient compté pour moi.

D'accord, je sombrais un peu dans le mélo. Je n'avais pas vraiment perdu Brian, et ce n'était pas faute d'avoir essayé. Mais j'avais perdu ma meilleure amie, mon père, mon frère… Ça suffisait.

Après cette séance d'autoapitoiement, je m'autorisai à penser aux autres.

— Tu ne peux pas faire ça à Adam ! protestai-je.

Peut-être que je n'aimais pas Adam, mais même le pire des idiots aurait pu voir qu'il aimait Dominic. Il avait déjà eu une liaison avec Saul, mais celle-ci n'avait pas eu la même intensité émotionnelle.

— Adam ne sera pas content, dit Lugh, mais il comprendra que c'est pour notre bien.

Je pensais connaître la colère. Je savais désormais ce que c'était d'être vraiment folle de rage.

— Espèce de salopard au sang froid et au cœur de pierre ! Et Dominic, alors ? Tu le sacrifies pour le bien commun ?

Je relevai le bas de ma robe et de mes jupons ou quels que soient les chiffons que je portais et je montai bruyamment les marches de l'estrade avant de baisser un regard furieux sur Lugh.

— Comment oses-tu ?

Je n'étais plus impressionnée par son attitude royale. Je lâchai mes froufrous et envisageai sérieusement de lui envoyer mon poing dans la figure, sachant très bien que cela n'avancerait à rien. Mais un tel geste me permettrait de soulager ma rage et ma douleur et, oui, la peur qui bouillonnait en moi aussi. Dès que je commençais à penser que Lugh était un chic type, je recevais une sorte de piqûre de rappel : c'était un démon, et les démons ne pensaient pas comme les êtres humains.

— Calme-toi, dit Lugh en levant les yeux, impassible face à ma réaction.

Il n'aurait rien pu trouver de mieux pour m'énerver davantage. Je décidai de lui balancer ce coup de poing, après tout. Il ne fit aucun effort pour l'éviter. Après tout, je ne risquais pas de lui faire grand mal. Sa tête fut projetée en arrière sous le choc et sa couronne glissa sur le côté, mais il ne changea pas d'expression.

— Quand tu auras fini ta crise, dis-le-moi et je terminerai ce que j'ai à dire.

Croisant les bras sur la poitrine, il fit mine de patienter.

Je fus sérieusement tentée de laisser libre cours à ma « crise », comme il disait, mais je luttai malgré tout contre cette impulsion. Peut-être avais-je mal compris ce qu'il avait voulu me dire. Peut-être ne prévoyait-il pas de sacrifier Dominic comme un agneau.

Nan. C'était exactement ce qu'il avait voulu dire et je le savais. Mais même si brailler, crier ou me donner en spectacle de tant d'autres manières aussi stupides me soulageait, je savais que cela ne nous servirait à rien, ni à moi ni à Dominic.

J'aspirai autant d'air que possible, me sentant proche du vertige à cause du manque d'oxygène.

— Enlève-moi ce fichu corset, lançai-je à Lugh.

Je regrettai aussitôt ces paroles. Chaque fois que je me plaignais de la manière dont il m'avait vêtue, je me retrouvais dans une tenue bien pire. Je me préparai à quelque chose d'embarrassant et de léger mais, pour une fois, il évita de me tourmenter davantage.

Je respirais plus facilement. Quand je baissai avec précaution les yeux sur mon corps, je découvris que j'étais habillée d'un confortable et large survêtement gris. La tenue ne s'harmonisait pas vraiment avec cette grande salle ni avec les rouge et or royaux de Lugh, mais elle me convenait plus que la « toilette Marie-Antoinette ». Je serrai les mâchoires pour me contraindre à garder le silence et jetai un regard empli de haine à Lugh, qui était toujours calmement installé sur son trône.

Quand il fut certain que je n'allais pas lui tomber dessus à bras raccourcis, il reprit la parole.

— Adam est un de mes sujets. Si je lui demande de ne pas prendre position pour que Saul puisse posséder son amant, il le fera.

Si je serrais davantage les dents, je risquais d'en casser quelques-unes. Pourtant, je parvins à me maîtriser en attendant qu'il finisse.

— Toutefois, Dominic n'est pas un de mes sujets et je n'exerce aucune autorité sur lui. Je vais lui demander d'accepter d'héberger de nouveau Saul mais, au final, la décision lui reviendra.

Dominic, comme la plupart des hôtes légaux, souffrait du complexe du héros. Il se pouvait qu'il accepte de reprendre Saul tout en sachant qu'il perdrait ce qu'il vivait avec Adam. Et même si cette décision brisait le cœur d'Adam. Mais je n'étais pas un sujet de Lugh. Peut-être pourrais-je « oublier » de mentionner sa requête.

Lugh secoua la tête.

— Tu préfères que je prenne le contrôle la prochaine fois que tu dormiras et que j'appelle moi-même Adam ?

Mon cœur se brisa à cette pensée.

— C'est peut-être ce que tu es en train de faire en ce moment même, non ?

Ce ne serait pas la première fois.

Lugh se leva lentement, m'obligeant à reculer de deux pas pour préserver mon espace personnel. Je suis grande pour une femme, mais Lugh mesure au moins un mètre quatre-vingt-quinze et il me dépassait sans problème. Il tendit les mains vers moi et j'aurais encore reculé si je n'avais eu peur de tomber de l'estrade. Il posa les mains sur mes épaules et serra fermement.

— Je vais être courtois, je vais te donner une chance d'agir seule. Mais tu devras transmettre cette requête, d'une manière ou d'une autre.

Je déglutis avec difficulté.

— Je te déteste.

Comme je ne pouvais supporter de lever les yeux vers lui, je regardai un des boutons dorés qui agrémentaient sa veste.

— Je suis désolé.

— Pourquoi Dominic ? Personne d'autre ne pourrait héberger Saul ?

Je regardais toujours le bouton mais cela ne semblait pas gêner Lugh.

— Tu penses à quelqu'un ?

Je me renfrognai parce que, bien sûr, je n'avais aucun nom en tête. Nous n'avions plus personne d'infiltré dans la Société de l'esprit. Il ne pouvait pas trouver d'hôte légal pour Saul. Alors qui au juste pourrais-je désigner pour être cet hôte ?

— N'oublie pas ce que tu sais des... penchants de Saul, dit Lugh, en me rappelant sans ambiguïté le genre de relation que Saul avait eue avec Adam.

Je ne savais pas – et je ne tenais vraiment pas à savoir – à quel type de « jeu » SM ils s'étaient livrés, mais les pratiques avaient été tellement brutales que Dominic n'avait pu les supporter sans la capacité de guérison d'un démon.

— De nombreux hôtes, pour ne pas dire la plupart, auraient du mal à gérer ces goûts très particuliers, poursuivit Lugh sans pitié. Son union avec l'hôte qui a précédé Dominic n'a pas été heureuse. (Il fronça les sourcils.) Je crains que Saul soit très corrosif quand il n'aime pas quelqu'un.

— Tu veux dire plus corrosif qu'Adam ? demandai-je d'un air incrédule.

J'en oubliai de regarder le bouton et croisai son regard ambre.

— Il y a bien une raison pour qu'Adam et lui soient amis.

— Tu veux dire parce qu'il n'y a que l'un pour supporter l'autre ?

Lugh eut un sourire canaille.

— C'est un peu exagéré mais c'est assez juste. (Le sourire disparut et son emprise sur mes épaules se resserra.) Nous savons déjà que Dominic et Saul s'entendent bien. N'importe quel autre hôte pourrait... souffrir.

Je n'étais pas trop partante pour fourrer un démon, particulièrement un démon de nature « corrosive », dans n'importe quel être humain. Si Saul finissait dans un autre hôte, je me sentirais mal à l'idée que ce dernier puisse souffrir et être maltraité. Mais je préférais que ce soit un étranger plutôt que Dominic. C'était égoïste de ma part, mais je m'en fichais.

— Ne fais pas ça, le suppliai-je. Ne me demande pas de faire ça à Dom.

Lugh fit glisser ses mains le long de mon cou jusqu'à mon visage. Ses yeux étaient semblables à des puits débordant de regret, mais je n'y décelais pas la moindre once de complaisance. Il caressa mes joues avec ses pouces, d'une façon qu'il voulait sans doute apaisante ou sexy, je n'aurais pu dire. Et, pour la première fois, mon corps ne répondit pas au contact de Lugh.

— Enlève tes mains, dis-je.

Ma voix n'avait jamais été aussi froide.

Lugh serra les mâchoires, sans doute en proie à la colère, mais il me lâcha.

— Je te laisse vingt-quatre heures pour approcher Dominic et Adam et leur faire part de ma proposition. Si tu ne le fais pas d'ici là, je m'en occuperai moi-même.

J'avais déjà éprouvé de la colère, et même de la rage envers Lugh. Mais jamais autant qu'en cet instant. Je lui adressai un regard empli de fureur. Pour une fois, j'étais heureuse qu'il sache exactement ce que je ressentais. Son expression ne changea pas.

Sachant que les choses ne feraient qu'empirer si je restais dans les parages, je rassemblai mes forces mentales et claquai les portes de mon esprit.

Je me réveillai dans ma chambre, toujours hors de moi. J'avais envie de casser quelque chose, mais je me contentai de balancer mon oreiller à l'autre bout de la chambre. Je n'éprouvai aucun soulagement.

Il n'était que 4 heures passées quand je me réveillai, mais je sus que je n'allais pas pouvoir me rendormir. Maudissant Lugh, je capitulai et traînai ma carcasse privée de sommeil dans la cuisine pour préparer du café extra-fort. Après la première tasse, quelques-unes des cellules endormies de mon cerveau se réveillèrent et je pris conscience que j'avais oublié de poser une question importante à Lugh.

Il parlait d'invoquer Saul dans la Plaine des mortels mais, d'après ce que j'en savais, la seule façon d'appeler un démon particulier était de le faire par son Nom véritable. Comme Lugh me l'avait expliqué, seuls les démons extraordinaires avaient l'honneur discutable d'être affublés d'un Nom véritable. Lugh et ses frères en possédaient un parce qu'ils faisaient partie de la famille royale. Le seul autre démon que je connaissais à en avoir eu un avait été *der Jäger* et il l'avait gagné en œuvrant comme psychopathe dont l'unique compétence était de pourchasser des démons dans la Plaine des mortels.

Si Lugh avait l'intention d'appeler Saul, cela signifiait que ce dernier avait mérité de posséder un Nom véritable, mais j'ignorais pour quelle raison. Ce n'était peut-être pas important, mais s'il possédait des capacités particulières, je préférais savoir en quoi celles-ci consistaient. Bien sûr, comme j'avais prévu de ne plus jamais adresser la parole à Lugh – ouais, je savais que je n'avais pas le choix mais c'était un joli fantasme –, je ne pourrais pas l'interroger. Je pouvais toujours poser la question à Adam, mais il ne me confierait rien sans l'autorisation de Lugh. C'était donc inutile.

Quand le soleil se leva, je me préparai un petit déjeuner froid à base de Cheerios agrémentés de rondelles d'une banane trop mûre. J'avais jusqu'à 4 heures le lendemain matin, en gros, pour transmettre à Adam et Dominic les désirs de Sa Majesté. Jusqu'à ce moment-là, je resterais bouche cousue et je ferais de mon mieux pour oublier cette histoire.

Je choisis de me concentrer sur l'affaire Tommy Brewster. Même si Adam était passé au bureau de Sammy Cho et avait découvert que celui-ci était possédé, nous n'aurions toujours aucune preuve qu'il l'était déjà quand il avait examiné Tommy. Les démons n'ont peut-être pas les mêmes droits que les humains dans notre système judiciaire, mais je devais tout de même produire la preuve concrète que le démon de Tommy avait enfreint la loi pour pouvoir l'exorciser légalement.

Mais si Raphael pensait que la réalité allait me rattraper et m'obliger à laisser tomber cette affaire, il ne me connaissait pas si bien que ça. Il fallait juste que je trouve un moyen de rassembler des preuves.

Plus facile à dire qu'à faire, naturellement. Je n'étais pas détective privé. Mais il me vint à l'esprit que le meilleur moyen de prouver que le démon de Tommy avait possédé ce dernier illégalement était d'obtenir des aveux du démon en personne.

Ce qui signifiait qu'il était temps pour moi de provoquer un face-à-face avec Tommy, le superhôte, et avec le misérable fouille-merde qui habitait actuellement son corps.

Chapitre 9

Je ne savais pas exactement comment j'allais pouvoir organiser cette rencontre avec Tommy Brewster. Après tout, les exorcistes avaient peu de raisons de traîner avec des démons légaux et je me voyais mal l'appeler pour lui demander de bavarder. Bon, je pouvais toujours le faire, mais j'avais comme l'impression qu'il n'accepterait pas.

Finalement, le plus simple était de passer à son appartement et d'user de mon charme et de mon pouvoir de persuasion pour le convaincre de me parler. D'accord, le charme et la persuasion ne sont pas mon fort, mais je ne voyais pas d'autre solution. Il faudrait que ça fasse l'affaire.

Tommy vivait près de l'université de Philadelphie dans une maison en grès qui avait sans aucun doute été la demeure d'une seule famille avant d'être convertie en minuscules logements pour étudiants. Tommy assistait à des cours en auditeur libre en attendant de commencer l'école de médecine au printemps. Comment avait-il pu être admis dans une des plus prestigieuses universités alors qu'il était lié à Colère de Dieu ? À moins, bien sûr, que personne n'ait été au courant. Je n'étais pas non plus certaine qu'il fréquentait toujours cet établissement maintenant qu'il était possédé. Il n'était pas inhabituel qu'un démon légal devienne médecin, mais de la part d'un démon lié à Dougal ce choix de carrière semblait un peu bizarre. Sauf s'il suivait une formation qui ferait de lui un autre savant fou de Dougal. Quelle heureuse perspective !

Tommy n'était pas chez lui quand je passai et son colocataire m'informa que c'était assez courant. Mais comme c'était un type serviable – et assez petit pour que ses yeux se retrouvent à hauteur de mes seins, un point de vue dont il profita pleinement –, son coloc' m'apprit que si je voulais tomber sur le nouveau Tommy démoniaque, je ferais mieux d'essayer dans sa boîte de nuit préférée : *Les 7 Péchés Capitaux*.

Mon sourire amical et faux disparut quand le jeune homme – dont j'avais déjà oublié le nom – mentionna ce célèbre lieu de débauche. Mais il était trop sous le charme de ma poitrine pour le remarquer. Je décidai brusquement que j'en avais assez de son regard malsain. Je m'efforçai de le remercier de manière relativement polie avant de quitter rapidement les lieux. Aurais-je le courage de me montrer au club où Raphael avait retenu Brian en otage et l'avait torturé ?

Il aurait été plus simple d'appeler Adam et de lui demander d'y retrouver Tommy. Adam était membre du club et, loin d'être dégoûté par l'activité malsaine de cet établissement, il l'appréciait au contraire. Du moins, il l'avait appréciée jusqu'à ce que Dom et lui s'engueulent avec Shae, la propriétaire du club. Je doutais qu'Adam remette les pieds dans cet endroit pour une autre raison que professionnelle. De plus, je ne souhaitais pas parler à Adam, pas avec la menace de la requête que je devais lui transmettre et qui tenait plus d'un ordre. Oui, je préférais bien sûr leur en parler en face, mais je suis une grande adepte de la procrastination.

La décision que je pris ne me réjouissait pas vraiment. Je passai l'après-midi et une bonne partie de la soirée à me charger en caféine pour m'aider à affronter une longue nuit tout en essayant de ne pas penser à ce que je m'apprêtais à faire. Aux environs de 22 heures, je passai mon pantalon en cuir noir préféré ainsi qu'un dos nu vert qui découvrait mon nombril et révélait le tatouage dans le bas de mon dos. Ce n'était pas le genre de haut que je pouvais porter avec un soutien-gorge, mais il était équipé d'armatures qui réduisaient légèrement le balancement des seins. Je complétai cette tenue d'une paire de sandales à semelles compensées qui ajoutaient quelques centimètres à ma taille déjà au-dessus de la moyenne, puis je me contemplai dans le miroir.

J'avais l'air beaucoup plus sage et plus classique que la dernière fois que j'avais mis les pieds dans ce club. Mais j'étais habillée de manière assez sexy pour convaincre un quelconque fan de démons malmené par ses hormones de m'inviter à entrer, puisque je n'étais pas membre. Je devrais alors trouver un moyen de larguer l'admirateur en question, mais s'il y a bien une chose à laquelle j'excelle, c'est dans l'art de snober les gens.

Les 7 Péchés Capitaux est situé sur South Street, le quartier des citoyens les plus excentriques de Philadelphie. Bars, clubs, salons de tatouage, boutiques fétichistes, librairies *new age*, tout ce que vous voulez… Si c'est hors des sentiers battus, vous pouvez être sûr que vous le trouverez quelque part sur South Street.

J'avais vraiment l'air classique comparée à certains habitués du quartier que je croisai en me rendant du parking où je m'étais garée jusqu'au club. Crêtes, teintures de cheveux à la mode, piercings voyants… peut-être que j'aurais eu besoin d'un nouveau tatouage ou même de dix. Nan. Je n'avais pas prévu de revenir ici de toute façon.

De l'extérieur, *Les 7 Péchés capitaux* semblait assez ordinaire : un de ces clubs alternatifs de South Street parmi tant d'autres. Même un lundi soir, un flot régulier de clients y pénétrait. Je décidai d'essayer tout d'abord d'y entrer par mes propres moyens avant de séduire un mâle sans défense.

Le Gardien des Portes était un jeune et bel homme. Cela augmentait mes chances d'entrer dans le club par la ruse. En m'approchant de lui, j'affichai mon sourire le plus amical et rejetai mes épaules en arrière afin que mon dos nu moule ma poitrine comme il fallait. Beau gosse m'observa avec attention avant de m'accueillir d'un fade: «Je peux vous aider?»

J'aurais pu me sentir blessée qu'il ne semble pas réagir à mon apparition si je n'avais capté la lueur aussitôt réprimée dans ses yeux quand il m'avait détaillée.

—On m'a dit beaucoup de bien de ce club. (J'en rajoutai pour avoir l'air jeune et écervelée.) À qui dois-je m'adresser pour devenir membre?

Il m'inspecta de nouveau de la tête aux pieds avant de me sourire d'un air navré.

—Désolé, mais notre liste de membres est complète. Le délai d'attente est de trois mois.

Eh bien dis donc! Tant de gens souhaitaient donc fréquenter un sex-club de démons? J'affichai une moue boudeuse… peut-être que j'en faisais un peu trop, mais je n'ai jamais été une adepte de la subtilité.

—Est-ce que c'est possible d'acheter un billet d'entrée en tant qu'invitée? J'aimerais bien jeter un coup d'œil, m'assurer que l'endroit vaut l'attente.

Une file de clients se formait derrière moi et je sentis qu'on s'impatientait dans mon dos. Beau gosse parut le sentir lui aussi, car son expression se durcit et il passa en mode autoritaire.

—Je suis désolé, madame, mais le club est réservé aux membres et à leurs invités.

—On pourrait faire une exception pour celle-ci, Deke, dit une voix par-dessus mon épaule gauche.

Je me tournai lentement, serrant machinalement les poings, les mâchoires bloquées dans un effort pour contenir mes pulsions primales.

Derrière moi, sûrement surgie d'une entrée réservée au personnel, se tenait Shae, dont je ne connaissais pas le nom de famille, la propriétaire des *7 Péchés Capitaux*. Approximativement de la même taille que moi, avec sa peau couleur d'ébène et ses cheveux coupés si court qu'elle avait presque l'air chauve, Shae me faisait penser à une panthère noire : une créature à la grâce et à la beauté mortelles. C'était aussi une prédatrice, une mercenaire et un démon illégal qu'Adam refusait d'arrêter car elle lui fournissait des renseignements… quand cela l'arrangeait.

Elle était entièrement habillée de rouge et noir, une tenue qui ne faisait que souligner l'aura de danger qui lui collait à la peau. Un bustier de cuir noir, d'une nuance de noir à peine plus foncée que sa peau, tirait le meilleur parti de son décolleté minimal. Le vêtement était agrémenté en son centre d'un nœud rouge sang qui attirait le regard. Son pantalon en cuir noir était encore plus moulant que le mien et ses chaussures – des escarpins vernis rouges avec des talons aiguilles de dix centimètres – étaient beaucoup plus voyantes que les miennes. Elle avait complété sa tenue d'un long imperméable de brocart rouge et noir.

J'avais détesté Shae dès le premier regard et rien depuis ce jour ne m'avait convaincue de changer d'avis. J'avais un peu espéré qu'elle serait absente ce soir-là ou du moins qu'elle ne me reconnaîtrait pas mais j'aurais dû savoir que la chance n'était pas vraiment de mon côté.

Elle m'adressa un sourire de requin et posa une main sur mon bras, m'éloignant du videur afin que l'abruti suivant puisse payer son entrée. Je la laissai me toucher environ dix secondes supplémentaires avant de secouer le bras pour me libérer de son contact. C'était probablement le moment ou jamais de sauver ma peau et de foutre le camp mais, comme vous avez pu le remarquer, je suis un peu têtue. J'avais un plan et je n'allais pas laisser cette Salope de l'enfer le gâcher.

— Je ne savais pas que tu avais pris autant de plaisir la dernière fois que tu es venue dans mon club, dit Shae, le sourire toujours en place.

J'essayai désespérément de ne pas penser aux choses qui s'étaient passées la dernière fois que j'étais venue mais en vain, bien sûr.

— Qu'est-ce que tu veux, je suis gourmande de punitions, répondis-je, le regrettant aussitôt quand je vis les yeux de Shae étinceler.

— Tu es venue à la bonne adresse, mon ange. Tu aimerais peut-être t'aventurer en enfer en tant que participante plutôt qu'en observatrice ce soir ?

Je parvins à réprimer un frisson mais mon dégoût dut se lire dans mes yeux. Shae éclata de rire et je me demandai ce qui arriverait si je succombais à la tentation de présenter mon poing à son visage. Je ne me posai pas la question longtemps. C'était un démon et mon propre démon était impuissant contre elle à moins que je le laisse prendre le dessus. Comme je n'avais pas particulièrement envie de me faire botter le train ce soir-là, je maîtrisai mon humeur à contrecœur.

— Tu vas me laisser entrer ? demandai-je, pas vraiment tentée par son jeu du chat et de la souris.

— J'ai déjà donné mon accord, non ?

Elle plongea la main dans une poche intérieure de son imperméable et me tendit un ticket.

— Je t'offre même un verre.

Je pris le billet en me demandant à quel jeu elle jouait. Après tout, elle n'avait aucune raison de me détester : elle avait gagné pas mal d'argent sur mon dos quand une faction de démons l'avait payée pour qu'elle participe à ma capture. Et Adam l'avait rétribuée pour m'aider à m'échapper. Mais je l'imaginais mal m'accueillir à bras ouverts dans son club uniquement par affection.

— Quelle idée tu as derrière la tête ? demandai-je d'un air soupçonneux.

— Je n'ai aucune idée derrière la tête, répondit-elle, même si son affirmation était manifestement fausse. Je regrette les… difficultés que tu as rencontrées la dernière fois que tu es venue. Puisque tu es assez gentille pour repasser ici, je suppose que le moins que je puisse faire, c'est te montrer le vrai visage des *7 Péchés Capitaux*.

J'avais déjà vu le vrai visage du club et il était plus horrible que ce que j'aurais pu imaginer. Le bon sens me disait que si Shae voulait que j'entre dans son club, alors la chose la plus intelligente à faire était de prendre mes jambes à mon cou dans la direction opposée. Mais je voulais vraiment parler à Tommy Brewster et c'était l'endroit où celui-ci serait le plus disposé à me parler. Après tout, qui soupçonnerait la cliente d'un sex-club de démons d'être exorciste ?

— Tu es très généreuse, dis-je à Shae en plissant les yeux d'amusement.

— Tu n'as pas confiance, n'est-ce pas ? demanda-t-elle. (Et elle poursuivit avant que je puisse glisser une réponse cassante :) En signe de bonne foi, je ne te demanderai même pas de laisser ton Taser au vestiaire.

C'était la partie de mon plan que j'avais le plus redoutée. J'étais certaine que mon Taser me serait confisqué avant qu'on m'autorise à accéder au cœur du club. L'idée d'entrer sans arme dans un club rempli de démons ne me plaisait pas vraiment, mais je n'avais pas envisagé d'autre solution.

J'étais prise entre deux aphorismes qui semblaient particulièrement bien coller à la situation : « à cheval donné, on ne regarde pas les dents » et « si c'est trop beau pour être vrai, c'est sûrement faux ». Faisant taire la partie la plus raisonnable de ma personne, je me dis que tant que j'aurais mon Taser, je ne risquais pas tant d'ennuis que ça.

Shae fit un signe de tête quand elle vit à mon expression que j'avais pris ma décision puis elle me fit remonter la file d'attente avant de me faire entrer dans le club.

La musique était si forte qu'elle faillit m'assommer et je ne pus entendre ce que Shae me dit avant de me quitter. Cela valait probablement mieux. Elle m'adressa un sourire, les yeux brillants, avant de se fondre dans la foule.

Je restai à l'entrée pendant un moment afin de m'adapter à l'assaut sensoriel. La dernière fois que j'étais venue là, il s'agissait de techno lourde et discordante dont le tempo avait fait s'entrechoquer mes dents. Cette fois, c'était du hip-hop à vous exploser les oreilles, ce qui n'empêchait pas non plus que mes dents s'entrechoquent. Il était sûrement préférable de ne pas comprendre les paroles de la chanson.

La piste de danse était pleine de corps qui tournoyaient, certains en couples, d'autres en groupes et d'autres encore faisant juste leur truc à eux. Çà et là, je remarquai des personnes arborant des auréoles d'ange ou des cornes de diable que les clients ramassaient sur la table juste à côté de l'entrée. Ces accessoires de mauvais goût semblaient encore plus sinistres maintenant que je savais ce qu'ils signifiaient. Les clients portant une auréole étaient intéressés par du sexe édulcoré et, une fois qu'ils avaient trouvé un partenaire, ils montaient les escaliers sous la pancarte « Paradis » et prenaient une chambre pour une petite partie de jambes en l'air. Ceux qui portaient des cornes désiraient descendre dans la cave appelée, de manière appropriée, « Enfer », où le sexe était tout sauf édulcoré.

C'était en Enfer que les démons avaient retenu Brian, le gardant en otage dans un endroit où les cris n'étaient pas forcément des signes de détresse. Si Tommy se trouvait là-dedans, vous pouviez parier que je n'irais pas l'y chercher.

Évidemment, la boîte était tellement bondée que j'avais peu de chances de le retrouver, peu importe l'endroit où il serait. Ne sachant pas quoi faire, je me frayai un chemin à travers la foule jusqu'au bar. J'utilisai le ticket de consommation que Shae m'avait donné pour me payer ma boisson préférée, une piña colada, avant de me hisser sur un tabouret à l'extrémité du comptoir d'où j'avais une vue convenable sur une grande partie du club.

C'était une boîte de nuit : l'endroit était donc noir comme un puits. Je scrutais l'obscurité, inspectant les visages qui apparaissaient dans les lambeaux de lumière occasionnels en espérant repérer Tommy. Pas de chance… Mais il était encore tôt. Je sirotai ma boisson en me demandant ce que je fichais là. Ce n'était pas comme si Tommy allait tout me balancer dès que je lui parlerais ou comme si je pouvais avoir un quelconque recours légal s'il admettait être un démon hors la loi.

Je restai assise là pendant environ une heure, alternant des moments où je parcourais la foule à la recherche d'un visage familier et d'autres où j'essayais de me convaincre de foutre le camp de là. Je m'étais déjà fait accoster trois fois, deux fois par des types qui étaient probablement des démons et la dernière par un autre qui n'en était définitivement pas un. La Société de l'esprit a des critères très stricts quant au physique des hôtes de leurs fichus Pouvoirs supérieurs, or, un homme mesurant un mètre soixante, doté d'un ventre à bière mais dépourvu de cou ne correspond clairement pas à ces critères. Le fait qu'il porte des cornes de diable ne faisait qu'empirer les choses.

Quand il revint à l'attaque, je décidai que c'en était trop. Sans même adresser la parole à cette andouille, je me dirigeai vers la porte.

Par habitude, je continuai pourtant à scruter la foule. Je m'arrêtai brusquement en remarquant un visage familier. Seulement ce n'était pas celui que je m'attendais à voir ici.

De l'autre côté de la salle, l'air détendu, Adam refermait la porte de l'Enfer derrière lui. Et l'homme à ses côtés n'était définitivement pas Dominic.

Chapitre 10

Je restai pétrifiée, le regard rivé à l'autre bout de la salle, croyant à peine ce que je voyais. Malgré tous les défauts d'Adam, à aucun moment je ne l'aurais soupçonné de tromper Dom. Je reçus un coup de poignard dans le cœur à la place de ce dernier.

Je ne saurais dire ce qui lui fit lever la tête, juste un hasard ou une sorte d'instinct, mais Adam croisa mon regard. Quand il me reconnut, il écarquilla les yeux sous le choc et il s'immobilisa. Il baissa les épaules puis regarda vers le haut, quelque part au-dessus de mon épaule gauche.

Il m'était impossible de ne pas suivre son regard, même si c'était une ruse pour pouvoir quitter le club sans avoir à m'affronter.

Il n'essayait pas de me tendre un piège. Là-haut, sur le balcon dominant la piste de danse, Shae souriait d'un air suffisant. Je compris alors exactement pour quelle raison elle m'avait laissé entrer.

Shae coopérait avec Adam parce que, si elle ne le faisait pas, elle risquait d'être exécutée ou exorcisée, mais elle n'avait jamais caché à quel point cette situation lui déplaisait. Elle profiterait de n'importe quelle occasion pour le blesser, même si cela impliquait de blesser également Dominic. Peut-être même *surtout* si cela impliquait de blesser Dom… Il m'avait semblé, par le passé, qu'elle y prenait un grand plaisir.

Je détournai le regard et découvris que, loin d'avoir fui, Adam se frayait en fait un passage vers moi. J'étais déchirée entre mon envie de l'éviter et celle de l'enfoncer davantage. J'hésitais encore quand il s'arrêta devant moi.

Je ne l'avais jamais vu avec cet air… gêné, indécis, peut-être même vulnérable. Mais sachant dorénavant qu'il était capable d'arracher le cœur de Dom, je n'éprouvais pas la moindre pitié pour lui.

—Au risque de manquer d'originalité, me cria-t-il à l'oreille, la musique noyant presque ses paroles, ce n'est pas ce que tu crois.

Ça me démangeait de sortir mon Taser pour lui assener une bonne décharge dans un endroit bien vulnérable. Je parvins à me contenir, mais l'opinion que j'avais de lui devait se lire clairement sur mon visage.

Il détourna le regard.

—Au moins, écoute ce que j'ai à te dire avant de tirer tes propres conclusions, m'implora-t-il.

J'aurais aimé lui rétorquer de se carrer ses explications quelque part, mais peu importait ce que je pensais de lui, il allait faire partie de la cour de Lugh. Je devrais donc trouver un moyen de le tolérer même si je le détestais. Je fus incapable de me forcer à prononcer une parole aimable, mais je hochai la tête pour lui signifier que j'étais prête à l'écouter.

—Allons dans un endroit plus calme, cria-t-il.

Je ne répondis pas mais je le suivis quand il se dirigea vers la porte. Je dus attendre qu'il reprenne son arme auprès de la fille du vestiaire, ou peu importe ce qu'elle était, et bientôt nous nous retrouvâmes dehors dans l'air relativement frais.

Quitter le club, le bruit, la foule, les démons, était un vrai soulagement même si South Street était loin d'être déserte à cette heure de la nuit. Adam commença à descendre la rue et je lui emboîtai le pas, mécontente, tout en l'observant du coin de l'œil.

Contrairement à la plupart des habitués des *7 Péchés Capitaux*, Adam ne s'habillait pas comme une effigie SM quand il venait. Il était vêtu d'un pantalon kaki classique, d'une chemise blanche et d'une veste en lin légère pour dissimuler son holster d'épaule. Les deux mains plantées dans les poches de son pantalon, il regardait fixement le trottoir devant lui.

Je retroussai la lèvre supérieure en un vilain rictus.

— Si ce n'était pas ce à quoi je pensais, pourquoi tu as l'air tellement coupable ?

Un muscle de sa mâchoire tressauta et je le vis déglutir avec peine.

— Je n'ai pas eu de relation sexuelle avec ce type, dit-il, les yeux toujours rivés sur le trottoir.

Mon éclat de rire tenait plus de l'aboiement.

— De la même façon que Bill Clinton n'a jamais eu de relation sexuelle avec cette autre femme ?

La colère embrasa son regard. Il devait se sentir vraiment minable pour ne pas s'en prendre à moi.

— Laisse-moi reformuler tout ça de façon plus claire : il ne s'est rien passé de sexuel entre lui et moi. Je ne vais pas en Enfer pour le sexe.

Je réfléchis à cette déclaration pendant un moment et pris conscience que je comprenais ce qu'il disait même s'il refusait de formuler précisément l'horrible vérité.

— Tu vas là-bas... pour prendre ton pied en torturant d'autres démons d'une façon que Dominic ne peut plus supporter maintenant... qu'il n'est plus possédé par Saul.

— Ça n'a rien à voir avec le sexe ! insista Adam, assez fort pour qu'un couple de passantes se retourne.

Adam croisa le regard de la fille la plus voyante et gronda en montrant les dents. La nana gothique baissa ses sourcils percés et détourna rapidement les yeux.

Une fois, j'avais permis à Adam de jouer avec moi et de satisfaire son désir de provoquer la douleur en échange de son aide pour sauver Brian. Je ne me rappelais que trop bien le contact de son corps collé contre mon dos pendant qu'il m'attachait les mains au-dessus de la tête.

— J'ai eu une expérience personnelle et rapprochée avec toi, rétorquai-je à mi-voix, pleine de colère. Je sais…

— Tu ne sais rien ! m'interrompit-il.

Je m'immobilisai, incapable de continuer à marcher comme si de rien n'était tout en me battant contre Adam et mes souvenirs sournois. Adam s'arrêta lui aussi et s'approcha très près de moi en baissant les yeux sur moi. Je lui répondis du même regard furieux.

— J'ai senti de quelle manière tu as réagi, pauvre con, dis-je en lui enfonçant l'index dans le torse pour ponctuer mes propos.

Il m'attrapa le poignet et le tordit douloureusement vers le bas. Je réprimai un cri de douleur, craignant qu'il n'apprécie que trop.

— Je te l'ai dit, c'était un réflexe conditionné, pas un véritable désir sexuel. Je ne suis pas intéressé par le fait de baiser avec quelqu'un d'autre que Dom.

La douleur commença à m'embuer les yeux tandis qu'il resserrait davantage sa main sur mon poignet, mais je ne cédai pas.

— Et est-ce que Dom penserait la même chose s'il savait ce que tu faisais ?

C'était bien de la culpabilité que j'avais lue dans son regard. Il me repoussa violemment. Mon dos percuta la grille métallique d'une vitrine de cartomancie et de conseil spirituel. Mes poumons se vidèrent d'un coup de leur air et mes genoux vacillèrent. Apparemment, c'était la semaine où je me faisais molester par mes prétendus alliés.

J'atterris le cul sur le trottoir dans un bruit sourd et un entrechoquement de dents. Pendant une demi-seconde, je crus que j'allais m'évanouir. Puis je parvins à remplir mes poumons d'air. Je compris que j'allais rester consciente et sentir les hématomes se former comme des champignons dans mon dos. Allaient-ils dessiner un losange identique au motif de la grille de fer ?

Adam adressa un autre de ses regards intimidants et furieux aux passants et, voyant que l'un d'eux refusait de comprendre, il sortit sa plaque. La foule se dispersa alors rapidement et Adam put concentrer de nouveau son attention sur moi. Il s'accroupit et je ne lus aucun regret dans ses yeux.

— Je te conseille de ne rien raconter à Dom, gronda-t-il. Il se peut qu'il comprenne. Mon hôte pense qu'il comprendra. Mais je ne tiens pas à prendre le risque de le blesser.

Je retins mon envie de lui demander ce qu'il comptait me faire si je parlais à Dom. Comme je l'avais appris d'après mon expérience personnelle, il était capable d'un certain nombre de choses atroces sans me tuer pour autant et, comme Lugh était en mesure de me soigner, Adam s'en sortirait probablement. J'affrontai son regard et lui posai une question qu'il avait toutes les raisons de considérer comme purement hypothétique.

— Et si tu pouvais trouver un moyen pour que Saul possède de nouveau Dom, est-ce que tu le ferais ?

— Non ! dit-il avec une rapidité qui me soulagea. J'aime bien Saul. C'est mon ami et ce, depuis des siècles. Nous avons passé de bons moments ensemble lors de nos passages sur la Plaine des Mortels et je le reverrai quand mon temps ici prendra fin. (Il déglutit.) Mais j'aime Dominic et lui ne m'attendra pas au Royaume des démons. Je ne veux pas prendre le risque de lui faire du mal. Cela n'a rien à voir avec le fait que je veuille couvrir mes arrières.

C'était bien la première fois que je voyais Adam aussi sincère. Il n'y avait plus aucun doute dans mon esprit : ce que je lisais dans ses yeux était bien de la vulnérabilité. La seule émotion forte que j'avais identifiée chez lui jusque-là avait été la rage. Il me révélait à présent une tout autre facette de sa personnalité que je n'étais pas certaine de vouloir connaître. Pas avec le message que Lugh m'avait chargée de délivrer.

Je laissai échapper un long soupir. Quand je repris la parole, ma voix était dénuée des accents catégoriques qui l'avaient jusque-là parasitée.

— On peut aller dans un endroit plus tranquille ? Il faut qu'on parle.

Adam cligna des yeux comme s'il était surpris par ce qui ressemblait à une reddition. Puis il acquiesça et se leva en me tendant la main pour m'aider. Redoutant qu'il serre ma main aussi fort qu'il venait de me comprimer le poignet, j'acceptai son offre et le laissai me remettre debout. Un coup d'œil vers la grille me révéla une empreinte de la taille de ma silhouette. J'avais apparemment de la chance de ne rien avoir de cassé.

Adam, les mains de nouveau dans les poches, continua à descendre la rue. Je n'avais pas d'autre option que de le suivre.

— Tu vas en parler à Dom ? me demanda-t-il.

Je soupirai bruyamment.

— Non.

Je n'avais pas plus envie qu'Adam de faire du mal à Dom. Il me coula un regard en coin.

— Tu es sûre ?

Je fus tentée de lui répondre « oui » du tac au tac, mais je savais exactement ce qu'il me demandait et c'était une question honnête. Non, je n'avais pas prévu de dire quoi que ce soit à Dominic. Mais parfois ma bouche avait tendance à agir selon sa propre volonté, particulièrement quand j'étais en colère. Était-il possible que quelque chose m'échappe ? J'avais le désagréable sentiment que oui.

— Tu devrais lui en parler toi-même, déclarai-je au lieu de répondre à sa question. Il peut l'apprendre autrement que par mon bavardage. Et ça te mettrait dans une posture bien pire que si tu lui annonçais toi-même.

Adam secoua la tête.

— Je ne peux pas.

Je haussai les épaules.

— Alors tu devrais peut-être cesser d'aller dans ce fichu club. Ça t'est déjà venu à l'esprit ?

Adam s'arrêta en face d'un salon de thé, puis il poussa la porte et me fit signe d'entrer. C'était un lieu comme un autre pour parler. Je le suivis.

L'endroit était agréable et calme, le silence uniquement perturbé par le cri de la machine à cappuccino. De la musique *new age* jouait doucement et, même si l'établissement était loin d'être désert, il n'était pas vraiment bondé non plus. La plupart des clients avaient l'air d'être des touristes, installés là pour un moment de pause avec une vue sur la folie de South Street.

Des tables étaient disposées au milieu du café tandis que des tabourets étaient alignés devant un long comptoir longeant l'un des murs. Chaque coin était agrémenté d'un agencement cosy de fauteuils. Adam et moi nous dirigeâmes vers un des emplacements libres.

— Qu'est-ce que tu veux ? me demanda-t-il en me montrant la file d'attente devant le comptoir.

— Assieds-toi.

Il désigna une pancarte qui nous informait que les places assises étaient réservées aux clients, puis il me reposa la question. Il lui suffisait de sortir sa plaque pour que le personnel du café nous permette d'occuper des places assises sans commander quoi que ce soit, mais peut-être avions-nous tous les deux besoins de quelques minutes pour recouvrer nos esprits.

— Un café, dis-je enfin.

Quand je m'installai dans le fauteuil moelleux, mon dos m'informa que les hématomes étaient bien partis pour s'installer eux aussi.

Adam revint avant que je sois prête à l'affronter de nouveau, mais ça n'aurait rien changé s'il était revenu au bout d'une heure. Il posa mon café ainsi qu'une capsule de crème et deux sucres, sur la table entre nos fauteuils. D'après le parfum qui émanait de sa tasse, il buvait du thé à la menthe. C'était un choix étrange pour un dur à cuire comme lui, mais les boissons de chochottes que je commandais dans les bars étaient tout aussi étranges pour une dure à cuire avec un tatouage et les oreilles percées. Alors qui étais-je pour juger ?

Adam but une gorgée de son thé tandis que je commençais à siroter mon café. Quand j'eus fini, je m'enfonçai dans mon fauteuil – avec plus de précaution, cette fois – et j'attendis qu'il parle. Il ne fallut pas longtemps.

— Je ne veux pas faire de mal à Dom, dit-il, les yeux plongés dans son thé.

— Ouais, tu l'as déjà dit.

Mais il secoua la tête.

— Ce n'est pas ce que je veux dire. (Il leva la tête pour affronter mon regard.) Depuis le départ de Saul, j'ai compris que ce que nous avions fait ensemble a servi à plus d'un titre. C'était un plaisir sensuel, pour tous les deux. Mais j'ai également compris que c'était aussi un bon moyen pour moi de relâcher la pression. (Il détourna de nouveau les yeux.) Je dois faire tellement attention avec Dom, dit-il doucement, son souffle malmenant la vapeur qui s'élevait de sa tasse. Si je ne… peux pas me lâcher de temps en temps, j'ai peur de ce qui pourrait arriver.

— Merde, marmonnai-je en comprenant soudain où il voulait en venir. Tu penses vraiment que tu ferais du mal à Dominic si tu ne venais pas t'adonner à tes petits jeux au club ?

— Je ne sais pas. Je ne veux pas le savoir.

Je laissai échapper un long soupir. Adam n'était pas la personne que je préférais sur cette terre mais, dans ce cas précis, il me semblait qu'il était injuste envers lui-même.

— Loin de moi l'idée de suggérer que tu aies des qualités qui rachètent tes défauts, dis-je, mais s'il y a une chose que je sais te concernant, c'est que tu ne ferais jamais ça à Dom.

Il leva les yeux vers moi, de toute évidence abasourdi.

— Tu le penses vraiment ?

— Ouais, je le pense. Je pense aussi qu'il faut que tu parles à Dominic. Si tu peux me convaincre de te faciliter les choses, alors je suppose que tu en es capable aussi avec lui.

Adam éclata de rire et je vis presque ses épaules se soulager de leur charge. Je m'esclaffai aussi, mais pour des raisons différentes. Comme c'était ridicule qu'une personne comme moi donne des conseils relationnels à qui que ce soit, encore plus à un démon sadique !

— Tu as peut-être raison, admit Adam quand il cessa de rire. Je vais y réfléchir, je te le promets. Maintenant dis-moi ce que tu fichais aux *7 Péchés Capitaux*.

— Bonne question, marmonnai-je avant de lui exposer le plan foireux que j'avais mis au point pour rencontrer Tommy.

J'avais bu la moitié de mon café quand je cessai de parler, mais la décharge de caféine ne donnait pas meilleure allure à mon plan.

Du coin de l'œil, je vis qu'Adam secouait la tête.

— Et qu'aurais-tu fait s'il avait avoué ?

Je m'agitai, mal à l'aise. Il avait mis le doigt sur le point faible de mon plan.

— C'est ce que je pensais, dit Adam avant de se pencher en avant pour attirer mon regard. Tu n'es pas flic. Tu n'es pas détective privé. Tu es une exorciste. Laisse ça aux professionnels, ma chérie.

Oui, il avait tout à fait raison, mais cela ne m'empêcha pas de me hérisser.

— C'est moi qui ai été engagée par Claudia Brewster, pas toi.

Oui, enfin, techniquement elle ne m'avait pas vraiment engagée. Je n'avais pas accepté d'argent de sa part.

Adam n'était pas du tout impressionné.

— Tu m'as fait part de cette affaire pour une raison précise et ce n'était pas parce que tu apprécies ma compagnie. Laisse-moi faire mon boulot, d'accord ?

J'aurais aimé le contredire si ce qu'il disait n'était pas marqué au coin du bon sens. Évidemment, étant donné ma nature, je n'allais pas non plus tomber d'accord avec lui. Je bus mon café pour éviter de parler.

— Tu as dit qu'il fallait que nous discutions, dit-il quand il devint évident que je comptais garder le silence sur ce sujet. De toute évidence, il ne s'agissait pas de ça, alors qu'est-ce qui se passe ?

Il avait déjà déclaré qu'il ne voulait pas que Saul revienne dans le corps de Dominic, mais quand je lui avais posé la question, il ne savait pas que c'était ce que Lugh souhaitait. Je croyais Lugh quand il affirmait qu'Adam était un bon petit soldat. Ce que son roi ordonnerait, Adam le ferait, peu importe que cela puisse le blesser, lui ou qui que ce soit d'autre.

Je savais que finalement je n'aurais pas d'autre choix que de confier à Adam ce que Lugh voulait que je lui demande. Mais je n'étais pas obligée d'obtempérer dans l'instant. Lugh m'infligea une petite migraine pour me faire savoir qu'il désapprouvait ma décision, mais ce ne fut qu'une douleur fugace. Quand il voulait vraiment exprimer son mécontentement, il pouvait m'infliger une douleur violente au point de me mettre à genoux.

— Peu importe, dis-je à Adam. Ce n'est pas urgent.

Il dut comprendre que je mentais mais ne chercha pas à en savoir plus. Je consultai ma montre et fus étonnée de découvrir qu'il était déjà 2 heures du matin. Je ne m'étais pas rendu compte que j'étais restée si longtemps dans ce fichu club ! Les vingt-quatre heures que Lugh m'avait accordées touchaient à leur fin, ce qui signifiait que si je ne parlais pas tout de suite à Adam, Lugh prendrait mon corps en otage la prochaine fois que je dormirais.

Je jetai un nouveau coup d'œil à Adam puis décidai qu'il était temps que je prenne un autre café.

Il m'adressa un drôle de regard quand je revins à la table avec ma tasse pleine. Malgré tous mes efforts, je n'ai toujours pas appris à cacher mes émotions. Il vit tout de suite que quelque chose clochait. Quelque chose d'autre que le fait qu'il ait trompé Dominic. Même si je comprenais pour quelle raison il le faisait, tant que Dom n'en savait rien, ça ressemblait tout de même à de la tromperie.

— Je suppose que tu n'as pas encore eu le temps de rendre visite à Sammy ? demandai-je, espérant que cela retarderait les questions qu'Adam serait tenté de poser.

Il haussa un sourcil. Il savait reconnaître une tactique de diversion. Heureusement, cette fois-ci, il décida de me laisser tranquille.

— Je suis passé à son bureau aujourd'hui et j'ai appris qu'il était en vacances. Je lui parlerai dès son retour. En attendant, je vais me concentrer sur Tommy. Je crois que je n'aurai aucun mal à passer un petit moment privé avec lui.

Il regarda sa tasse de thé qui devait être vide depuis au moins un quart d'heure. Ce n'était pas difficile de deviner de quoi il parlait et je réprimai une réaction de dégoût.

— Tu veux dire qu'il aime toutes ces conneries hardcore ? demandai-je tout en haussant le ton. Et tu vas tromper Dom avec ce type ? (J'avais parlé assez fort pour que quelques personnes se retournent vers moi.) Je préférerais que tu me laisses l'interroger, dis-je à voix plus basse.

Adam posa sa tasse et se pencha vers moi. La colère faisait scintiller ses yeux.

— Je ne trompe pas Dom, gronda-t-il. Et étant donné ton charmant caractère, Tommy risque de se braquer et d'avoir des soupçons en moins de cinq minutes. Si je l'emmène avec moi en Enfer, je peux le mettre dans un état où il ne pensera plus normalement. Et comme je suis officier de police, je peux faire le nécessaire s'il me confie ses secrets. Tu as fait ton devoir en me mettant au courant de cette affaire. Maintenant reste en dehors de tout ça comme une bonne petite exorciste que tu es et laisse-moi m'en occuper.

Je commençais à en avoir assez qu'on me dise de rester « en dehors de tout ça » mais, exceptionnellement, mon bon sens se manifesta à temps et je gardai cette pensée pour moi. Adam devait se douter que je ne tiendrais pas compte de son avertissement, mais discuter n'arrangerait pas mon cas.

— Soit, marmonnai-je en sirotant mon café. Tu retournes en Enfer. C'est là qu'est ta place de toute façon.

Je me levai, déterminée à faire une sortie théâtrale, quand Lugh m'envoya un coup de poignard dans l'œil. Je chancelai et faillis tomber la tête la première sur les genoux d'Adam mais ce dernier me rattrapa avec la rapidité du démon. Pendant un moment qui sembla durer une éternité, je plongeai mon regard dans ses yeux brun foncé, mon nez à quelques centimètres du sien. Je captai le parfum de l'après-rasage épicé qu'il affectionnait et, sous ce parfum, une senteur salée de brise marine. En dépit du fait que je le détestais, en dépit de ses habitudes sexuelles, en dépit du fait qu'il soit un démon, je devais admettre que c'était un spécimen de mâle sacrément sexy. Malgré moi, des images traversèrent mon esprit. Des images d'Adam, nu et excité, des images de lui avec Dom, des images de…

D'un mouvement vif, je m'écartai de lui et mis fin à cette digression avec toute la férocité dont j'étais capable. Je ne voulais pas penser à Adam de cette manière. J'étais déjà amoureuse de Brian et attirée par Lugh. Je n'avais pas besoin de complications supplémentaires.

Adam afficha un demi-sourire, mais ce n'était pas une jolie expression. Peu importe à quel point je refusais de l'admettre, Adam savait que je le trouvais attirant. J'avais le sentiment qu'il serait prêt à utiliser cette faiblesse contre moi s'il avait la moitié d'une chance.

Sachant que, quoi que je puisse dire, je ne ferais qu'aggraver la situation, je me contentai de secouer la tête avant de tourner les talons et de me diriger à grands pas vers la porte. Lugh m'assena un nouveau coup de poignard dans l'œil, mais ce ne fut qu'une brève contrariété. C'était de toute façon une bataille que je ne pouvais pas gagner. Peu importait la quantité de caféine que j'avais ingérée, je finirais par dormir et il prendrait le contrôle. Mais « plus tard » valait mieux que « maintenant ».

Je retournai vers le parking pour reprendre ma voiture en me demandant de quelle manière j'allais pouvoir m'occuper pendant les heures du petit matin.

Chapitre 11

Il était 4 heures passées quand j'arrivai à mon appartement. Finalement il ne me restait pas tant d'heures du petit matin à occuper. La journée s'annonçait vraiment merdique. Sur le chemin du retour, j'avais été arrêtée pour excès de vitesse. Naturellement, le flic qui m'avait interceptée était une femme et donc pas exactement la candidate idéale pour les battements de cils qui m'avaient à plusieurs reprises évité des amendes auprès de la brigade de testostérone. Je ne roulais pas si vite que ça, mais elle devait s'ennuyer et je faisais une cible idéale. Je suis toujours contente d'aider les femmes en bleu à passer le temps.

Avant de me préparer du café, je fourrai la contravention dans un tiroir où elle rejoignit la pile grandissante de factures impayées. Mon corps réclamait douloureusement de se jeter sur le lit et de dormir pendant une semaine, mais c'était une question de pouvoir de l'esprit sur la matière et je ne voulais pas céder.

Il fallait que je trouve un moyen de m'occuper, sinon le besoin de sommeil deviendrait trop difficile à combattre. Mais que pouvais-je faire pour me rendre utile dans l'affaire Brewster ? Je pouvais toujours essayer de repasser à l'appartement de Tommy, mais je ne pensais pas que cela servirait à grand-chose. En outre, j'avais à moitié promis à Adam que je le laisserais prendre les choses en main. Je ne me sentais pas particulièrement tenue par cette promesse, mais il valait mieux que je le laisse prendre contact en premier.

Il pouvait être retourné au club la nuit précédente et avoir convaincu Tommy de tout confesser.

Je décidai de passer à mon bureau. Cela ferait deux fois en l'espace d'une semaine. J'étais positivement productive! C'est vrai que je n'avais pas abattu beaucoup de travail la dernière fois que j'y étais allée, la visite de Claudia Brewster ayant sérieusement contrecarré mes efforts.

Je me rendis compte après deux heures que la paperasse n'est finalement pas le meilleur moyen pour rester éveillée. Je commençais à loucher et mon esprit se mettait à vagabonder. Je fis une pause prolongée et allai me chercher un grand cappuccino enrichi d'une touche supplémentaire d'expresso au Starbucks le plus proche. Je me sentis légèrement plus vive dès les premières gorgées. En sortant de l'ascenseur sur le palier qui menait à mon bureau, je m'étais même presque préparée psychologiquement à la tâche singulièrement désagréable de baratiner ma compagnie d'assurance. Il me fallut faire deux longues enjambées vers ma porte avant de remarquer la silhouette qui se trouvait devant.

Sur les photos que Claudia m'avait montrées, Tommy avait l'air d'un adolescent typique, boudeur et rebelle. Décoiffé. Pantalon trop grand. Le visage figé en une expression de souffrance qui en disait long sur sa vie foutue au point de ne plus ressembler à rien – mais dont il était quand même parvenu à se sortir tant bien que mal.

Apparemment, être possédé par un démon lui allait bien. Il n'était pourtant pas encore au point question élégance. Les ourlets frangés de son jean baggy traînaient par terre et son tee-shirt, qui avait dû être noir par le passé, avait été lavé tant de fois qu'il était maintenant d'une teinte irrégulière et particulièrement repoussante de gris. Mais son attitude était complètement différente. Ses épaules étaient plus droites, sa posture plus assurée, son expression beaucoup plus… mûre.

Appuyé mine de rien contre le mur, les bras croisés sur la poitrine, il attendait que j'approche. Je n'avais aucune idée de ce qu'il voulait mais j'avançai quelques suppositions et décidai que ce n'était définitivement rien de bon. Je fis passer mon gobelet de café dans ma main gauche avant de plonger la droite dans mon sac pour y saisir mon Taser, l'armant tout en gardant un œil sur le jeune homme. Il n'oserait certainement pas m'attaquer dans un lieu public après s'être donné tant de mal à se faire passer pour un démon légal, mais je ne voulais prendre aucun risque.

Tommy était un chouïa plus petit qu'un hôte ordinaire. La plupart faisaient un mètre quatre-vingts et Tommy devait mesurer environ un mètre soixante-quinze. Chaussée d'une bonne paire d'escarpins à talons, j'aurais été capable de le regarder de haut. Il avait le physique requis, pourtant. Son visage un peu arrondi, sa petite bouche courbe et ses joues en pomme lui donnaient presque une expression de chérubin. Mais il suffisait de plonger le regard dans ses yeux pour anéantir cette illusion. La teinte bleu sombre de ses iris aurait pu être belle sans la présence malveillante qu'on sentait derrière elle.

Ce n'était peut-être que l'effet de mon imagination et le fait que je sache qu'il était possédé par un démon illégal qui transformait cette lueur en étincelle malveillante. Si je l'avais rencontré dans la rue sans savoir qui il était, je n'y aurais peut-être pas regardé à deux fois. Mais je savais ce qu'il était et je le détestais bien avant qu'il ait ouvert la bouche.

Tommy s'écarta du mur et m'adressa un regard appréciateur qui me hérissa. Il m'observa sortir le Taser de mon sac sans avoir l'air particulièrement inquiet.

—Morgane Kingsley, je suppose? demanda-t-il sur un ton cultivé qui ne devait certainement rien à Tommy Brewster.

— Que faites-vous ici ? demandai-je.

Je ne remporterais aucun prix de politesse, mais je ne voyais aucune raison de le traiter comme un être humain convenable.

— J'ai entendu dire que vous me cherchiez, répondit-il.

Je plissai les yeux.

— Qui vous a dit ça ?

— Mon colocataire m'a informé que j'avais eu de la visite hier. Il m'a également dit qu'il vous avait suggéré de me chercher aux *7 Péchés Capitaux*. (Il me sourit, une expression effrayante qui me donna la chair de poule… aucun doute, c'était bien l'effet recherché.) Je suis désolé de vous avoir manquée la nuit dernière.

J'essayais de trouver une bonne répartie sans que mon expression trahisse à quel point il me fichait la trouille, quand l'ascenseur sonna pour signaler l'ouverture imminente des portes.

Le seul autre occupant de mon étage était un bureau de comptables de taille moyenne et terriblement respectable. Je doutais déjà que les employés se réjouissaient de partager l'étage avec moi et cela n'arrangerait rien qu'un de leurs clients me découvre en train de menacer au Taser un jeune homme au visage de chérubin.

À contrecœur, j'éteignis le Taser et le remis juste à temps dans mon sac. Tommy et moi attendîmes en silence que les deux jeunes gens professionnels sortent de l'ascenseur et poussent les portes du bureau de comptables.

— Ne préféreriez-vous pas que nous continuions cette conversation dans un lieu plus tranquille ? demanda Tommy en pointant le pouce vers la porte fermée de mon bureau.

Je n'étais pas certaine de souhaiter me retrouver coincée dans une pièce avec lui, mais cela ne rimerait à rien de risquer que d'innocents témoins soient pris entre deux tirs si les choses tournaient mal. Je restai la main en suspens au-dessus de mon sac. Mes précautions étaient vaines, car si Tommy avait l'intention de m'attaquer, j'étais de toute façon de la viande morte. Je n'aurais pas le temps de plonger la main dans mon sac, sortir le Taser, l'armer et tirer avant qu'il soit sur moi. Malgré tout, je me sentais mieux de l'avoir à ma portée.

— Écartez-vous, demandai-je.

Tommy hésita, affichant un sourire suffisant et attendant que je comprenne que s'il faisait ce que je lui demandais, c'était juste pour me faire plaisir. Je lui jetai mon regard le plus mauvais, ce qui sembla le satisfaire, et il recula.

Ma nervosité était à son comble lorsque j'approchai de la porte. Entre le café et les clés, mes deux mains étaient occupées et cette situation me mettait mal à l'aise. J'avais besoin d'une troisième main pour le Taser. Malgré mon inquiétude, Tommy ne broncha pas et il affichait toujours ce sourire satisfait et exaspérant.

Dès que la porte fut ouverte, je me précipitai dans la pièce pour mettre mon bureau entre Tommy et moi. Se prêtant à ma tactique, il garda ses distances tout en ne dissimulant rien du plaisir qu'il prenait. Je jetai mes clés sur le bureau et armai de nouveau mon Taser. Maintenant je me sentais en sécurité.

Après m'être adossée dans mon fauteuil et avoir posé mes chevilles sur mon bureau, sans faire trembler mon arme, je bus une longue et délicieuse gorgée de mon café qui refroidissait rapidement avant de m'adresser de nouveau à mon invité surprise.

— Que voulez-vous ? demandai-je même si j'étais certaine de déjà le savoir.

Le sourire suffisant de Tommy n'avait pas faibli devant ma confiance nouvellement acquise. Se déplaçant lentement, les yeux toujours rivés sur le Taser, il tira une chaise et s'assit en face de moi.

—Comme je vous l'ai dit, j'ai appris que vous me cherchiez. Peut-être est-ce moi qui devrais vous poser cette question.

—Arrêtez vos simagrées et venez-en au fait.

Un coin de sa bouche s'affaissa et il se renfrogna. Je l'énervais sans doute plus que je le pensais. Je jetai un coup d'œil à mon Taser pour m'assurer qu'il était bien chargé.

—Très bien, déclara Tommy avec une moue qu'il avait dû apprendre de son hôte. Je sais que mes parents veulent que vous m'exorcisiez.

—Ce ne sont pas vos parents, rétorquai-je. Ce sont les parents de Tommy.

Il roula les yeux.

—Très bien. Je vais reformuler ma phrase : je sais que les parents de mon hôte veulent que vous m'exorcisiez. Ils ont la fausse impression que Tommy a été contraint de m'accueillir. Laissez-moi vous dire que c'est juste ce qu'ils espèrent. Tommy est l'hôte d'un démon légal et répertorié et, si vous m'exorcisez, vous vous rendrez coupable de meurtre.

—Ouais, en voilà un scoop. Merci de m'apprendre tout ça.

Son air renfrogné était plus prononcé désormais. Apparemment, ce n'était pas la réaction à laquelle il s'était attendu.

—J'ai informé mes… associés qu'on m'avait menacé. Si je devais quitter le corps de Tommy, vous seriez accusée de meurtre avant de sentir le coup venir.

—Encore une fois, ce n'est pas un scoop. J'ai refusé l'offre de vos parents. Je ne suis pas idiote.

Il haussa les sourcils comme si mon dernier commentaire le surprenait.

—Non ? Alors que faisiez-vous la nuit dernière aux *7 Péchés Capitaux* ?

— Comment savez-vous que je me trouvais dans ce club ? rétorquai-je.

Il m'adressa un drôle de regard.

— Parce que Shae me l'a dit.

Des sonnettes d'alarme se déclenchèrent dans ma tête. Shae n'était pas exactement mon amie intime et elle ne s'était même pas donné la peine de me demander pour quelle raison je me trouvais au club la nuit dernière. Comment aurait-elle pu savoir que je cherchais Tommy ? Ma question dut se lire sur mon visage car Tommy y répondit avant que j'aie une chance de la poser.

— Une exorciste que je sais avoir été engagée pour m'exorciser se présente dans une boîte de nuit fréquentée par des démons et surveille l'endroit comme un détective amateur. Ce n'était pas difficile de faire coïncider les pièces du puzzle, d'autant que j'avais demandé à Shae de m'avertir si vous vous présentiez.

Tout cela tenait debout, même si sa version suggérait une relation plus intime que je l'aurais imaginée entre lui et Shae. Évidemment, étant tous les deux illégaux, ils avaient des points communs qui pourraient les amener à devenir des amis proches. Nan, Shae ne donnait pas dans ces histoires de copinage. C'était une mercenaire jusqu'au bout des ongles. Si Tommy et elle formaient une équipe, c'était parce qu'elle était bien payée. Restait à savoir pour quoi ?

— Maintenant que j'ai satisfait votre curiosité, poursuivit Tommy, pourquoi ne satisferiez-vous pas la mienne en me disant ce que vous me voulez ?

J'en avais ma claque de ma pose pseudo-détendue et je reposai les pieds par terre avant de me redresser sur mon fauteuil.

— J'ai sympathisé avec la mère de votre hôte. À sa place, je ferais la même chose qu'elle. Mais je ne suis pas stupide au point de pratiquer un exorcisme illégal. Si vous souhaitez me confesser que vous êtes un démon illégal, je serais ravie de l'entendre et je programmerais cet exorcisme si rapidement que votre tête en tournera. Mais je ne sais pas pourquoi, je n'ai pas l'impression que vous allez me faire ce plaisir.

Il gloussa.

—Non, c'est peu probable. Mais rien de tout cela n'explique pourquoi vous me cherchez.

À ce stade, je ne désirais rien de plus que me débarrasser de lui. Adam avait raison, je devais laisser les professionnels enquêter. Mais je n'étais pas près d'admettre cela devant Tommy.

Je haussai les épaules.

—Si j'ignore la requête de votre mère sans même m'intéresser un tant soit peu à cette affaire, je ne serai plus jamais capable de me regarder dans une glace. J'ai du mal à croire qu'un fanatique de Colère de Dieu accepte de vous héberger. Je voulais juste connaître votre explication sur les raisons pour lesquelles il l'a fait.

Il avait l'air vraiment amusé.

—Et si mon explication ne vous convient pas?

Je haussai de nouveau les épaules.

—Je n'y ai pas encore réfléchi.

Il s'esclaffa.

—Vous êtes presque aussi amusante que le disait Shae. (Il repoussa ses cheveux et se leva.) Ce fut un réel plaisir de discuter avec vous.

—Si vous êtes ici légalement alors il n'y a aucune raison que vous ne puissiez pas m'expliquer pourquoi Tommy a décidé de vous héberger.

—Et aucune raison non plus que je vous l'explique. (Il m'adressa un sourire agréable.) Et voici un conseil amical que je vous donne: ne perdez pas votre temps à essayer de prouver que Tommy ne m'a pas appelé de son plein gré. Ce ne serait pas un choix professionnel très sage.

Naturellement, je me hérissai aussitôt.

— Ce conseil ressemble à s'y méprendre à une menace.

Proférer une menace – même une plus explicitement exprimée que celle-ci – n'est pas considéré comme un « crime violent », et cela ne me donnait pas plus le droit de l'exorciser. Mais, d'un certain point de vue, on était sur le bon chemin.

Une lueur prédatrice s'alluma dans les yeux de Tommy, même si son sourire resta fermement en place, et le jeune homme ne répondit pas à mon accusation. Après avoir fait mine d'incliner un chapeau en guise de salut, il se tourna vers la porte.

J'envisageai un instant de lui tirer dessus, juste pour le principe. Mais, bien sûr, les autorités n'apprécient pas trop ce genre d'initiative.

Qu'avait-il cherché à prouver au cours de cette confrontation ? S'il croyait m'intimider et me faire battre en retraite, alors il était clair que sa bande et lui ne me connaissaient pas.

Je le laissai partir en récitant à voix basse toute une liste de jurons.

Chapitre 12

À 16 heures, j'étais encore à mon bureau quand Brian appela. Je n'avais pas vraiment beaucoup travaillé et la sonnerie que j'avais attribuée à Brian me sortit violemment d'une rêverie qui était sur le point de se transformer en sieste. Je jurai contre moi-même sans ambages, sachant qu'il suffirait de quelques minutes pour que Lugh utilise mon corps et passe l'appel que je redoutais.

Je savais que je m'entêtais inutilement. Je ne pourrais pas me passer de sommeil indéfiniment. Mais je contrôlais tellement peu ma vie ces derniers temps que j'étais prête à trouver n'importe quelle excuse pour tenir les rênes, même pour une très courte durée.

J'aurais dû m'attendre au coup de fil de Brian. Il m'avait laissé les deux jours requis de réflexion après ce qui s'était passé entre nous et maintenant il allait passer à l'attaque. Je ne connaissais que trop bien cette manière d'agir. J'aurais aimé ne pas tenir compte de la sonnerie du téléphone et le laisser mijoter davantage, mais une bonne dispute avec lui me tiendrait éveillée. Avec un soupir de résignation, je sortis mon portable de mon sac pour répondre.

— Hé, fis-je en guise de salut neutre.

— Tu as l'air fatiguée.

Je bâillai à propos.

— Tu peux savoir ça rien qu'en m'entendant prononcer un mot ?

— Je lis en toi comme dans un livre ouvert, tu te rappelles ?

Je secouai la tête, réprimant le deuxième bâillement qui essayait d'émerger.

— Surtout quand Lugh te donne les notes de bas de page ?

Il y eut un moment de silence.

— C'était si évident ?

Je frottai mes yeux grumeleux de sommeil.

— Ouais.

Je ne développai pas.

Un autre silence, plus long cette fois.

— Vas-tu finir par me dire ce que tu penses de moi ? me demanda-t-il.

— Non, j'ai déjà dit ce que je pensais à Lugh à ce sujet. Je m'en tiendrai à te donner cet avertissement : ne recommence pas.

— Ne recommence pas quoi ?

J'émis un grondement et Brian s'empressa de clarifier.

— Parler à Lugh ou…

— Les deux ! répliquai-je.

Bien sûr, mon esprit traître évoqua les sensations enivrantes que Brian avait éveillées dans mon corps quand je m'étais soumise à lui et mon pouls s'accéléra. Bon sang, c'était tellement bon ! Et voilà que j'étais en train de lui dire de ne plus jamais recommencer. Non pas qu'il y ait une forte probabilité que mes paroles aient un quelconque impact.

— Peut-être devrions-nous en discuter de visu, proposa Brian, et je pus presque deviner le mouvement suggestif de ses sourcils.

Comme d'habitude, ma première impulsion fut de le repousser. J'étais sur le point de refuser quand je considérai les options qui s'offraient à moi. Je pouvais rester au bureau encore pendant une ou deux heures, à ne faire quasiment rien et à lutter contre le sommeil. Ou bien je pouvais retrouver Brian. Au moins, si j'étais avec Brian, j'affronterais une épreuve qui me tiendrait éveillée.

—Tu as raison, dis-je, souriant en imaginant son expression de surprise. Si tu veux parler, retrouve-moi à mon appartement. Et apporte de quoi manger.

Je raccrochai avant qu'il puisse répondre, mais je n'avais aucun doute, il viendrait.

J'espérais qu'il avait pris plaisir à son petit jeu de domination. Parce que ce soir, j'allais lui faire payer.

Me sentant décidément beaucoup plus éveillée que je l'avais été de toute la journée, j'éteignis mon ordinateur et fourrai la paperasse que je n'avais pas finie dans le tiroir de mon bureau.

Mon moral s'effondra un peu quand, de retour chez moi, j'écoutai mes messages. Adam me demandait de le rappeler. Je n'avais pas vraiment envie de lui parler, mais s'il était parvenu à obtenir quoi que ce soit de Tommy la nuit passée, je devais savoir. Je préparai du café et composai son numéro.

—Dis-moi que tu as de bonnes nouvelles, lui dis-je quand il décrocha.

Si Adam avait vraiment eu de bonnes nouvelles pour moi, Tommy ne serait pas passé à mon bureau dans l'après-midi.

—J'ai peur que ce ne soit pas le cas, mon chou, me confirma Adam. Mais j'ai quand même découvert quelque chose d'intéressant.

Je haussai un sourcil, même s'il ne pouvait le voir.

—Oh?

—Je suis retourné au club après notre discussion de cette nuit. Tommy venait juste d'arriver et j'ai supposé qu'il arpentait l'endroit. Je l'ai accosté en espérant pouvoir le convaincre de passer un moment avec moi en Enfer... et il m'a envoyé promener.

Je réprimai un éclat de rire.

—Wouah! C'est vraiment étonnant! Tu imagines? Il existe quelqu'un sur cette terre capable d'envoyer promener Adam White. (Posant une main sur ma poitrine, je grognai d'un air théâtral.) Mais où va-t-on?

—Comme c'est drôle, dit Adam.

Même s'il essayait d'adopter un ton désinvolte, je perçus la colère en ébullition dans sa voix. Les hématomes dans mon dos s'embrasèrent d'un coup, me rappelant ce dont Adam était capable quand il était énervé. Non pas qu'il puisse me faire quoi que ce soit au téléphone, mais quand même...

—Désolée, dis-je sans parvenir à le convaincre de ma sincérité. Je n'ai pas pu m'empêcher.

—Ce n'est pas le fait qu'il ait refusé mon invitation qui est intéressant, mais la raison de son refus.

—D'accord, j'écoute: pourquoi a-t-il refusé ton invitation?

—J'ai traîné dans le club pendant deux heures encore et j'ai remarqué chez lui un type de comportement très précis. Apparemment, il ne serait intéressé que par les femmes.

Je clignai des yeux.

—Et pour quelle raison est-ce intéressant?

—Parce que c'est très inhabituel pour un démon d'avoir une forte préférence sexuelle quand il se trouve dans la Plaine des mortels. Le sexe pour nous n'a rien à voir avec la reproduction, mais est complètement lié aux sensations physiques.

J'avais toujours soupçonné qu'Adam était des deux bords, sans en être tout à fait certaine. Je ne m'étais jamais sentie en sécurité avec lui, mais je m'étais rassurée en me persuadant que son homosexualité ne faisait pas de lui une menace pour moi. J'aurais préféré garder cette illusion.

—Qu'est-ce que cela veut dire selon toi ? demandai-je en m'efforçant de m'exprimer avec une voix normale.

Il laissa échapper un soupir frustré.

—Je ne sais pas. Mais mon instinct me dit que c'est important. Je retourne au club ce soir et je vais garder un œil sur lui, pour voir si je peux comprendre ce qu'il manigance.

—Est-ce que tu as parlé à Dom ? lâchai-je, et le silence coupable au bout de la ligne était une réponse en soi. Tu sais que plus tu passeras de temps au club, plus il est probable que Dom le découvre par lui-même.

Adam ne répondit pas mais je sus qu'il avait perçu le bon sens de mes propos.

—Je sais que tu as autant envie d'entendre mes conseils que moi les tiens, continuai-je, mais je vais te le dire quand même. Ne va pas au club ce soir. De toute façon, il est fort probable que tu n'apprendras rien de plus. (Je lui racontai ensuite la visite de Tommy à mon bureau dans l'après-midi.) Apparemment, conclus-je, il est sur le qui-vive maintenant. Si tu commences à surveiller le club, il va se douter que nous préparons quelque chose.

—Tu as une meilleure idée ?

Je me renfrognai.

—J'y travaille. Je sais que tu penses que je devrais laisser les professionnels s'occuper de ça, mais je suis convaincue que tu ne peux rien faire de plus pour le moment.

—Tu as probablement raison. Mais si quelqu'un doit risquer sa peau en s'en prenant à Tommy, ce n'est sûrement pas toi. Même si je déteste l'admettre, tu es trop importante pour qu'on risque quoi que ce soit.

Cela me fit grimacer et je m'en voulus aussitôt. Il n'y avait aucune raison que je me soucie de savoir si Adam m'appréciait ou pas. Surtout quand on savait à quel point je le détestais. Mais chaque fois qu'il faisait allusion à ce qu'il pensait de moi, c'était comme un coup de poignard.

Pathétique ! On aurait pu espérer que j'avais su passer outre la quête inutile de son approbation.

— J'ai d'autres sujets de préoccupation de toute façon, dis-je en espérant que ma voix ne trahissait pas à quel point j'étais blessée.

Puis, parce que je savais qu'en parlant davantage, je ne serais pas capable de cacher ce que je ressentais, je raccrochai.

J'avais bu la moitié du contenu de la cafetière quand Brian arriva. J'avais les nerfs en ébullition à cause de la caféine tandis que mes paupières tentaient toujours de se refermer. Rien de tel que d'être fatiguée et nerveuse à la fois pour mettre une fille d'humeur chaude et embrumée.

Brian arriva pile à l'heure. Il avait apporté une grande pizza qui remplit aussitôt mon petit appartement de l'odeur de l'ail. Après m'avoir jeté un coup d'œil, il posa la pizza sur la minuscule table de la salle à manger.

— Qu'est-ce qui ne va pas ? demanda-t-il, les mains sur mes épaules, plongeant ses yeux dans les miens avec son air coutumier de douce inquiétude.

J'essayai de trouver l'énergie pour une habituelle réaction cassante mais le manque de sommeil avait érodé mes défenses méticuleusement érigées et, un instant, je craignis d'éclater en sanglots sans raison particulière, comme une fillette. Quand Brian me prit dans ses bras pour m'étreindre, je dus me mordre la lèvre pour me contrôler.

— Tout va bien, marmonnai-je sans conviction contre son torse. Je suis juste fatiguée.

Il chuchota au-dessus de mon crâne.

— Je te connais trop bien pour te croire, dit-il. Mais je sais également que si j'insiste, cela va t'agacer, alors je fais de mon mieux pour me comporter convenablement.

Il m'écarta et je le regardai droit dans les yeux. Autrefois, il n'aurait pu s'empêcher d'insister. Mon incapacité à partager mes sentiments avec lui avait provoqué plus de disputes entre nous que je pouvais en compter. S'il apprenait enfin à capituler…

Mais non. Ces yeux brun whisky n'étaient pas seulement emplis de compassion, mais également d'une lueur de réflexion calculatrice. C'était une retraite stratégique, pas un changement profond. Je retins un soupir, puis me tournai vers la table pour ouvrir la boîte à pizza.

Supplément fromage et beaucoup de pepperoni, le tout nageant dans plein de bonnes choses grasses. Mon estomac gronda. Je ne me rappelais pas avoir déjeuné aujourd'hui. Brian apporta des assiettes et des serviettes en papier puis nous nous attaquâmes à notre pizza sans un mot. Brian utilisait les serviettes en papier pour éponger un peu de la graisse à la surface de la pizza. Quant à moi, avec la dose de caféine circulant dans mon système, je devais brûler les calories à une allure impressionnante, alors au diable la graisse.

Ce silence agréable dura un moment. Je savourais la présence de Brian, sa force tranquille et sa gentillesse et, oui, son amour. Ça peut paraître pathétique mais avant Brian, personne ne m'a jamais vraiment aimée pour ce que je suis. Mes parents ont toujours voulu me changer, comme mon frère… du moins une fois que la Société de l'esprit l'avait tenu entre ses griffes. Les petits amis que j'avais eus avant Brian avaient tous nourri l'illusion qu'ils parviendraient à me dompter d'une manière ou d'une autre. Ils n'avaient pas duré longtemps.

Quelle imbécile étais-je pour dépenser tant d'énergie à tenir Brian à distance alors qu'il m'aimait vraiment, véritablement ? Et alors que je l'aimais en retour ? Autrefois, je lui avais dit – et je me l'étais également répété – que c'était pour le protéger, mais ce n'était que pure connerie.

— Tu as l'air d'être en pleine réflexion, dit Brian, et j'étais tellement ailleurs que je faillis sursauter sur ma chaise.

Repoussant mon assiette parsemée de croûtes de pizza, je m'efforçai de ramener mon esprit dans le monde réel. L'introspection n'est pas mon fort, mais le manque de sommeil me rendait cinglée.

— Désolée, dis-je. Je suis juste vraiment fatiguée.

Il haussa un sourcil.

— Oh ?

C'était une invitation très douce à tout lui raconter et habituellement j'aurais décliné sans y réfléchir. Mais ce soir-là je ne tenais pas compte de mes impulsions.

— Lugh et moi avons une sorte de désaccord, admis-je. Si je dors, il va prendre les choses en main. Je sais que je ne peux pas rester indéfiniment éveillée mais…

Je haussai les épaules.

C'est vrai, ce n'était pas vraiment une explication. Mais c'était bien plus que ce que je lui donnais habituellement et je pus voir à son expression qu'il le savait. Il se pencha au-dessus de la table et prit mes mains dans les siennes, me serrant de manière réconfortante en dépit de mes doigts gras.

— Je peux rester avec toi ce soir, dit-il doucement. Et si Lugh essaie de prendre le contrôle, je peux te réveiller.

Ma gorge se serra.

— Tu ferais ça ? Même sans savoir pourquoi nous sommes en désaccord ?

Sa main serra la mienne un peu plus fort.

— Je suis de ton côté, Morgane. Peu importe ce qui se passe. Alors oui, je le ferais.

L'intensité de son regard me troubla et j'essayai de retirer ma main. Il ne me laissa pas faire.

Très bien, qu'il garde ma main ! Mais j'échappai à son regard en fixant mes yeux sur la table.

— Lugh et toi vous êtes déjà ligués contre moi auparavant, dis-je. Pourquoi croirais-je que tu ne le referas pas ?

Tendant le bras par-dessus la table, Brian essaya de me relever le menton pour m'obliger à le regarder. Un peu de mon énergie habituelle me revint et je secouai la tête.

— Ne me traite pas comme une enfant ! lançai-je avant de me maudire parce que je ne pouvais m'empêcher de le regarder dans les yeux quand j'étais énervée.

Je compris, au léger sourire qu'il retint, qu'il avait agi à dessein.

— Et si je te promets que quoi qu'il arrive, je te réveillerai si Lugh essaie de te contrôler ? demanda-t-il. Accepteras-tu cette promesse ?

Il relâcha enfin ma main et je la ramenai vers moi avec gratitude.

Pouvais-je faire confiance à Brian ?

— Et si Lugh essaie de te convaincre que c'est ce que tu dois faire ? Tu t'es rangé de son côté par le passé.

— Je l'ai fait parce que je voulais te protéger. Je ne le referai plus. (Il leva la main à la façon d'un scout.) Parole de scout.

C'était une proposition risquée au mieux. Je n'étais pas totalement sûre que Brian serait en mesure de me réveiller si Lugh prenait le contrôle. En y réfléchissant, je n'étais pas certaine qu'il soit en mesure de déterminer si j'étais sous le contrôle de Lugh ou non. Les démons sont sacrément bons pour imiter leurs hôtes quand ils le veulent. D'un autre côté, je ne pouvais rester éveillée indéfiniment et c'était la meilleure option que j'avais de pouvoir dormir en évitant pourtant d'être l'instrument de Lugh.

— Tu sais que Lugh peut te dominer, dis-je en me demandant à quel point mon démon serait déterminé à passer son coup de fil.

Serait-il capable de faire du mal à Brian ?

Pas à moins de vouloir faire de moi son ennemie éternelle. Il devait bien le savoir. Brian haussa les épaules.

— Ouais, je sais. Mais s'il doit me maîtriser, alors la bagarre devrait te laisser le temps de te réveiller.

— Tu as raison, convins-je en réprimant un autre bâillement.

Je tentai une dernière fois de regarder les dents du cheval donné.

— Tu dois aller travailler demain matin, non ?

— Ça va aller, m'assura-t-il. Je vais jouer à l'étudiant qui a fait une nuit blanche.

Je m'esclaffai. Apparemment, mes défenses étaient trop affaiblies pour vaincre Brian. Mon Dieu, comme je l'aimais. Pourquoi n'était-ce pas plus facile entre nous ?

— Merci, dis-je, même si ce simple mot ne suffisait pas à exprimer ce que je ressentais.

Imaginant que j'allais me transformer en idiote baragouinante si je restais éveillée plus longtemps, je donnai un rapide baiser à Brian avant de l'entraîner vers la chambre.

Chapitre 13

Vous savez ce qu'on ressent quand on est trop fatigué pour dormir ? Eh bien, ajoutez à cela la nervosité provoquée par quelques litres de café et vous aurez une idée de mon état quand je m'allongeai dans mon lit en m'efforçant de débrayer.

Brian était assis dans le fauteuil dans le coin de la chambre. Il lisait à la lumière si faible d'une ampoule qu'il était voué à s'abîmer la vue. Je lui tournai le dos – à lui et à la lumière – mais j'avais beau essayer d'oublier qu'il était là, le moindre de mes nerfs réagissait à sa présence. Je voulais qu'il soit à côté de moi dans le lit, pas à l'autre bout de la pièce. Je voulais sa chaleur et sa force contre moi, ses bras autour de moi. J'étais trop fatiguée pour avoir envie de sexe, mais comme j'avais besoin de cette simple présence physique !

Si Brian ressentait la même chose, il ne le montrait pas. Je devinais, au rythme régulier des pages tournées, qu'il lisait vraiment. Il ne regardait pas simplement son livre d'un air vide. J'inspirai profondément avant d'expirer lentement en m'efforçant de me détendre.

Plus facile à dire qu'à faire. Même si j'étais certaine que Brian ne se rangerait pas du côté de Lugh, même si j'étais certaine qu'il reconnaîtrait Lugh si celui-ci prenait le contrôle, je pressentais qu'une situation désagréable s'annonçait pour moi quand je succomberais enfin au sommeil. Lugh ne se gênerait pas pour me dire ce qu'il pensait de mon obstination et il tenterait de me faire culpabiliser. J'avais confiance en ma capacité à résister à ses manœuvres de persuasion, mais je n'étais pas pressée de l'affronter.

Le lit s'enfonça sous moi et je sursautai. Je ne m'endormais pas encore mais j'étais assez épuisée pour ne pas avoir entendu Brian se lever. Sa main atterrit sur mon épaule.

— Tu as du mal à t'endormir ? demanda-t-il.

Bon sang. Je pensais être meilleure comédienne. Je roulai sur le dos et levai les yeux vers lui en plissant les paupières. L'unique lampe de la chambre découpait la silhouette de Brian et m'empêchait de lire son expression.

— J'ai absorbé pas mal de caféine aujourd'hui, murmurai-je. Je vais finir par céder à l'épuisement.

— Hmm, fit-il, mais cela ne ressemblait pas à une approbation.

Sans un mot de plus, il se releva et traversa la chambre pour éteindre la lumière et plonger la pièce dans l'obscurité.

Je me redressai sur mes coudes.

— Comment vas-tu rester éveillé dans le noir toute la nuit ?

Il devait y avoir un soupçon d'hystérie dans ma voix, mais Brian se contenta de glousser.

— Je rallumerai une fois que tu seras endormie, dit-il.

Une fois encore, le lit s'enfonça sous son poids. Je m'apprêtais à formuler un autre commentaire cassant – bien que je ne sache pas encore quoi – mais mes paroles moururent dans ma gorge quand Brian tira le drap pour découvrir mon corps.

Quand je suis toute seule, je dors généralement dans un pyjama superconfortable mais quand Brian est là, je préfère la nuisette vaporeuse ou rien du tout. Ce soir-là, j'avais choisi de ne rien porter. J'étais certaine que Brian n'allait pas me faire d'avances alors que j'avais un besoin si désespéré de sommeil. Quelle intuition j'avais eue.

—Brian…

Il gloussa encore une fois.

—Je sais. Pas ce soir, tu as la migraine.

Je ne pus m'empêcher de m'esclaffer.

—Un truc dans le genre.

Il posa les doigts à la naissance de ma gorge avant de descendre doucement et lentement vers mon ventre. J'essayai de protester mais mon corps, réagissant avec une volonté qui lui était propre, se cambra sous la caresse bien que Brian ne touche aucune de mes zones érogènes.

Avec un soupir de résignation, je tendis les bras vers lui, mais il repoussa gentiment mes mains.

—Non, non, dit-il. Ce soir, je prends soin de toi. Tu ne fais rien.

Je ricanai.

—Tu plaisantes.

Ses doigts me rendaient folle, il effleura mon mamelon et mon souffle se bloqua.

—Non, répondit-il d'un air joyeux. Je vais juste te soulager d'un peu de ta tension pour t'aider à t'endormir.

Je me tortillai sous son contact. Bien que mon corps ne puisse s'empêcher de réagir aux caresses de Brian, je n'étais vraiment pas d'humeur à la bagatelle. Croyez-moi, je n'étais vraiment pas dans mon état normal pour ne pas être d'humeur alors que Brian était dans le coin. Avant que je puisse rassembler la force de protester de nouveau, il se pencha sur moi pour planter ses lèvres sur les miennes.

Je résistai au plaisir de son baiser pendant environ dix secondes. Mais la caresse de sa langue était à ce point incendiaire que j'eus le sentiment que tous mes nerfs prenaient feu. Au diable toute cette fatigue! J'enroulai mes bras autour de son cou et m'y accrochai tandis qu'une plainte affamée s'élevait de ma gorge.

Brian repoussa mes mains, enserrant cette fois mes poignets et les clouant au lit de part et d'autre de mon visage. Il leva juste assez la tête pour avoir l'espace de parler, malgré les efforts que je déployais pour m'approcher de lui. Mes yeux s'étaient adaptés à l'obscurité et je voyais la chaleur et la détermination se mêler dans son regard.

— Je le pense, Morgane, dit-il avant de ponctuer sa déclaration d'un baiser délicat sur la commissure de mes lèvres. Ce soir, ce n'est que pour toi. Alors garde tes mains en place et laisse-moi m'occuper de toi.

Mon cœur battait irrégulièrement dans ma poitrine. Je ne suis pas une amante passive et l'idée de rester allongée comme une lady victorienne frigide pendant que Brian m'entreprenait ne me convenait pas. Mais qu'est-ce qui lui prenait, bon sang ?

Mais bien sûr, je le savais déjà.

— C'est encore un de ces fichus trucs de domination, n'est-ce pas ? demandai-je en essayant de paraître aussi irritée que j'estimais devoir l'être.

Il mordilla ma lèvre inférieure avant d'apaiser la morsure d'un coup de langue.

— Rien à voir, m'assura-t-il. Je veux juste te donner du plaisir. Je veux donner, pas prendre. Sans autre raison, sans arrière-pensée.

J'aurais bien discuté de tout ça, mais il plongea sa langue dans ma bouche et je ne pus émettre qu'un gémissement.

La partie de mon être qui ne cesse jamais de penser savait que, quoi qu'il dise, il y avait bien plus dans tout ça que le simple désir de me donner du plaisir. S'il n'avait pas eu cette petite discussion avec Lugh, cela ne lui serait jamais venu à l'esprit. Mais mon corps m'affirmait en des termes confus que réfléchir était très dépassé. Mes défenses affaiblies par le manque de sommeil, je cédai aux demandes de mon corps et cessai de lutter pour libérer mes poignets.

Dès que je m'abandonnai, Brian relâcha sa prise et, d'une main, traça des cercles fous sur la courbe d'un de mes seins tandis que sa langue s'entremêlait avec la mienne. Mon instinct m'encourageait à l'étreindre encore une fois, à le serrer contre moi et à sentir la chaleur de sa peau sous mes mains. Je luttai contre cette pulsion, répondant à son baiser avec passion tout en restant immobile sous lui.

Quand il releva la tête, ses yeux brillaient d'une étincelle inhabituelle, ainsi que d'une faim qu'il avait prévu de ne pas rassasier, du moins pas ce soir-là. Je frissonnai, sans savoir si c'était d'anticipation ou de malaise.

Baissant de nouveau la tête, il dessina un chemin de baisers le long de ma gorge. Je serrai les poings pour m'empêcher de faire courir mes doigts dans ses cheveux. Tout en descendant, il rétrécit les cercles qu'il dessinait sur mon sein jusqu'à ce qu'il n'y ait plus qu'un seul doigt caressant mon mamelon. J'arquai le dos sous cette caresse mais il éloigna les mains plus vite que je pensais. Bonne nouvelle, sa bouche se déplaçait régulièrement vers le sud.

Je ne saisissais pas complètement son jeu jusqu'à ce que sa bouche commence à cerner mon mamelon en imitant les motifs que ses doigts avaient suivis et que sa main glisse plus bas que mon nombril. Quand je compris que sa bouche allait suivre le chemin tracé par ses doigts, je faillis jouir. C'est sans doute ce qui se serait passé si je n'avais pas été si fatiguée.

Il se déplaçait si lentement que j'avais du mal à me retenir de crier mon impatience. Sa bouche et ses doigts œuvraient d'un même mouvement, en cercle, encore et encore, sans jamais parvenir vraiment à leur destination finale. Quand je cambrai mon dos pour essayer de forcer mon mamelon dans sa bouche, il prit soin de compenser mon mouvement et ses doigts s'écartèrent lorsque je haussai les hanches.

— Salaud, haletai-je.

Son éclat de rire bourdonna contre ma peau comme une nouvelle stimulation érotique. Je m'adressai une petite note personnelle : « Ne le distrais plus, cela ne fait qu'aggraver ton supplice. »

Je gémis quand ses doigts se rapprochèrent de mon clitoris en marquant une très légère accélération doublée d'une pression qui aurait pu me faire partir comme une fusée. Mais il me connaissait trop bien. Il savait comment lire chaque nuance de mes réactions afin de pouvoir me garder sur le fil du rasoir sans me faire basculer. Je ravalai un certain nombre de jurons et envisageai d'avoir recours à une brève démonstration de force physique pour nous faire rouler afin de le chevaucher et de m'empaler sur lui.

Les quelques cellules raisonnables de mon cerveau qui me restaient me rappelèrent qu'il était encore complètement habillé. Il avait sans doute deviné ma pensée car sa bouche délaissa mon sein pour suivre encore une fois la piste dessinée par ses doigts. J'attrapai une double poignée de drap pour me contraindre à ne pas bouger. Peu importaient les autres émotions et désirs qui se mêlaient en moi, je désirais clairement que sa bouche aille jusqu'au bout de son voyage.

Il ne bougeait pas plus vite en dépit de mon attente croissante. Je me mordis la lèvre pour m'empêcher de l'implorer. Mon souffle était si court que j'eus de la chance de ne pas entrer en hyperventilation. Je tremblais sous les caresses artistiques de sa langue.

J'éprouvai une sorte de satisfaction sauvage quand Brian, atteignant le delta de mes cuisses, sembla perdre un peu de son contrôle inhumain. Au lieu de m'agacer sans pitié comme il l'avait fait avec ses doigts, sa langue s'attarda juste à peine avant de se mettre à l'ouvrage pour de bon. Alors le plaisir surpassa toutes pensées et sensations au point que j'en oubliai de respirer.

Les derniers spasmes disparus, j'eus l'impression que tous les muscles de mon corps avaient été transformés en gelée. Mon cœur continuait son galop, mon souffle était toujours court, mais il n'y avait aucun doute, j'étais beaucoup plus détendue. En dépit du bourdonnement persistant de la caféine dans mes nerfs, mes paupières étaient lourdes et mon esprit libéré.

Brian ne dit rien. Il sembla se satisfaire de me laisser dériver dans cet état de bien-être alors que lui était affamé. Avant que mes paupières se ferment, je le vis remonter les draps sous mon menton avant de planter un chaste baiser sur mon front.

Je me réveillai le lendemain matin dans le parfum alléchant du café. Pendant un moment, je restai allongée à humer l'arôme tout en envisageant de me laisser sombrer de nouveau dans le sommeil. Puis les cellules de mon cerveau commencèrent à se réveiller et je sus que je ne me rendormirais pas.

Assise dans mon lit, je me frottais les yeux quand Brian passa la porte de la chambre pour m'apporter une tasse d'où émanait une odeur délicieuse.

— Bonjour, dit-il, tout sourire, en me tendant le mug.

Je grognai une réponse incohérente et essayai de ne rien renverser en lui arrachant la tasse des mains pour en boire une grosse gorgée. Je me brûlai la langue, mais je m'en fichais. Malgré mon état de stupeur matinale, je me rappelai soudain que la dernière chose dont je me souvenais était que Brian m'avait bordée, ce qui signifiait que Lugh ne s'était pas soucié de prendre le contrôle cette nuit. J'aurais dû me sentir soulagée. Au lieu de quoi j'étais presque mal à l'aise.

— Quelle heure est-il ? demandai-je puisque Brian se tenait entre mon réveil et moi.

— Onze heures et quart, répondit-il.

Je faillis m'étouffer avec mon café. Secouant la tête pour essayer vainement de la débarrasser des toiles d'araignée, je me penchai afin de vérifier l'heure sur le réveil, juste au cas où il me taquinerait, mais ce n'était pas le cas.

— Tu ne devrais pas être au bureau ? demandai-je en réprimant un bâillement.

— J'ai pris un jour de congé.

Mes yeux me picotèrent étrangement à cet aveu. Brian était d'habitude si coincé que je savais quelle concession il faisait en n'allant pas au bureau.

— Lugh et moi avons eu une petite discussion cette nuit, poursuivit-il.

Je me figeai.

— Merde, marmonnai-je.

Brian éclata de rire.

— Détends-toi. Nous n'avons pas parlé de ta vie sexuelle.

— Je suis ravie de l'apprendre, dis-je sans grande conviction. De quoi avez-vous discuté ?

J'entourai mon mug des deux mains, ma peau s'imprégnant de sa chaleur, alors qu'un courant d'air fantôme me faisait frissonner intérieurement. Je n'aimais pas du tout l'idée que Lugh et Brian aient pu parler.

— Il m'a tout dit à propos de Tommy Brewster.

— Commère, bougonnai-je.

— Tu comptais m'en parler ?

Il n'avait pas l'air particulièrement en colère, je me sentis donc coupable. S'il avait commencé à me reprocher de ne pas lui en avoir parlé, j'aurais pu lui rentrer dedans en lui reprochant d'envahir mon espace privé. J'aurais préféré.

Je haussai les épaules, espérant ne pas avoir l'air aussi coupable que je l'étais.

— Est-ce que tu me parles des dossiers sur lesquels tu travailles tous les jours ?

—Mes dossiers ne mettent pas ma vie en danger.

Je rejetai sa réponse d'un geste de la main.

—Cette affaire n'est pas dangereuse. Et de toute façon, je ne m'y intéresse pas de manière officielle. J'ai passé le relais à Adam, alors si quelqu'un est en danger, c'est lui.

—Hmm, fit Brian sans avoir l'air particulièrement convaincu.

Il abandonna pourtant le sujet. Dommage, parce que celui qu'il aborda ensuite ne me plaisait pas davantage.

—Lugh m'a aussi parlé du différend qui vous oppose.

Je grimaçai et grommelai un autre juron. Lugh et moi allions avoir une nouvelle discussion concernant le respect de ma vie privée.

—Alors il t'a convaincu de défendre sa cause, ce qui explique pour quelle raison il ne m'a pas ennuyée la nuit dernière.

Brian me sourit.

—En fait, non. Il a essayé de me convaincre de défendre sa cause. Je lui ai même dit que je le ferais. Mais franchement, je préférerais rester en dehors de tout ça.

Je bus encore un peu de café en méditant sur sa position. Je suppose que cela tenait debout. À moins que Lugh l'ait persuadé que ma sécurité était en jeu, il n'y avait aucune raison de soupçonner Brian de prendre position contre moi. Bien sûr, le doute est une seconde nature chez moi.

—Il a raison à propos d'une chose, continua Brian, et ma suspicion fut sur le point de reprendre le dessus.

—Ah ah! criai-je presque. Voilà le moment où tu vas défendre sa cause en essayant de me faire croire le contraire.

Brian m'adressa un regard empreint d'une grande patience.

—Si tu me laissais finir… (Je me mordis la langue et acquiesçai.) Comme je te le disais, il a raison quand il affirme que c'est une bataille que tu finiras par perdre.

Je ne peux pas rester tous les soirs ici pour te garder éveillée et tu ne peux pas rester éveillée indéfiniment.

J'étais énervée contre lui même si je n'avais pas de raison valable. Je repoussai les draps et me dirigeai droit vers ma penderie pour y prendre mon peignoir. Du moins, c'était ce que j'avais l'intention de faire, mais Brian m'attrapa par le bras pour m'immobiliser.

— Pourquoi es-tu en colère contre moi ? demanda-t-il de façon tout à fait raisonnable. Je ne te dis rien de plus que ce que tu sais déjà.

Je regardai sa main avec colère jusqu'à ce qu'il me lâche. Me disputer avec lui alors que j'étais à poil me semblait être un sacré handicap. J'enfilai donc mon peignoir en m'octroyant un moment pour me calmer. Je savais que j'en faisais trop. Je savais que ce n'était pas après Brian que j'en avais. Mais d'une manière ou d'une autre, cela ne m'aidait pas à me défaire de cette colère.

— Au lieu de t'énerver, dit Brian, pourquoi ne t'assieds-tu pas pour tout me raconter et nous verrons si nous pouvons trouver une solution à ce problème.

Je poussai un bruyant soupir.

— Il n'y a aucune solution, comme tu viens de le faire remarquer.

Brian traversa la pièce et me fit pivoter pour que je l'affronte, ses mains chaudes solidement plantées sur mes épaules.

— On va en trouver une, OK ? Est-ce que tu peux juste accepter que je ne suis pas ton ennemi et me parler ?

Le reflet de douleur dans ses yeux me serra le cœur et, avant de savoir ce que je faisais, j'avais passé mes bras autour de lui et je le serrais fort contre moi.

— Je sais que tu n'es pas mon ennemi, murmurai-je contre sa clavicule tandis qu'il me rendait mon étreinte. Et je suis désolée d'être une telle garce. C'est juste que… je voudrais retrouver ma vie et je sais que ça n'arrivera pas, du moins ça n'est pas près d'arriver.

— Je comprends, m'assura-t-il. Et je t'aime, même quand tu te conduis comme une garce.

Je ne pus m'empêcher d'éclater de rire.

— C'est une bonne chose.

Ses lèvres frôlèrent mes cheveux.

— Ouais.

Je ris encore une fois, giflant sa poitrine en reculant d'un pas.

— Saligaud! Tu n'avais pas à être d'accord avec moi.

Il se contenta de sourire. Je laissai ma mauvaise humeur se dissiper et battis en retraite vers le lit, reprenant ma tasse au passage. Brian me rejoignit et s'assit assez près de moi pour que je sente la chaleur de son corps tandis que je sirotais tranquillement mon café. Il ne dit rien, choisissant de rester là près de moi dans cet agréable silence. C'était étonnamment bon. Conjugal, presque. C'est alors que Brian décida d'attaquer et qu'il gâcha tout.

— Tu sais, dit-il doucement, si nous vivions ensemble, nous pourrions passer des matins tranquilles comme celui-ci tous les jours.

Je crispai la main sur ma tasse et serrai les dents. Cela faisait un bon bout de temps qu'il n'avait pas parlé de ça. Je l'avais assez souvent envoyé paître à ce sujet pour penser qu'il aurait retenu la leçon. Je secouai la tête et refusai de le regarder.

— Je te suis vraiment reconnaissante d'être resté avec moi la nuit dernière, dis-je. Mais nous avons encore des… problèmes à régler. Tu le sais.

— Tu veux dire que tu as des problèmes à régler, rétorqua-t-il sans avoir l'air particulièrement énervé.

J'aurais dû me hérisser, mais pour une raison ou une autre, je n'en trouvai pas la force.

— Si l'un d'entre nous a un problème, alors nous avons tous les deux un problème.

Je posai ma tasse avant de me tourner pour lui faire face. Il avait son expression d'avocat, celle qu'il affichait quand il ne voulait pas que je sache ce qu'il ressentait. Je détestais ce masque, mais je ne pouvais en vouloir à Brian.

— Même si j'oublie définitivement de quelle façon Lugh et toi vous êtes ligués contre moi, je ne peux oublier qu'il y a pas mal de monde qui souhaite ma mort, et ces personnes ne sont pas du genre à s'inquiéter qu'un témoin innocent soit blessé.

— On a déjà parlé de tout ça. Je serai dans la ligne de mire quoi qu'il advienne. (Il sourit mais c'était une expression mitigée.) Mais ne t'inquiète pas. Je ne m'attendais pas que tu me tombes dans les bras en me donnant tout ce que je veux. Je tenais juste à te rappeler que je désire toujours la même chose.

Qu'est-ce que je peux répondre à ça ? Ce type est juste trop bon pour moi mais je suis incapable de le lui faire comprendre.

— Alors maintenant que ce sujet est réglé, dit-il, parlons de ce que tu devrais faire en ce qui concerne Adam et Dominic.

Aucun de nous ne croyait que le sujet était réglé, mais j'étais tout aussi capable que Brian de prétendre le contraire.

— Si tu as une idée brillante, je suis toute prête à t'écouter.

Il haussa les épaules.

— Je ne sais pas si cela peut être considéré comme une idée brillante, mais j'ai en effet une suggestion à te faire. Tu penses que si Lugh présente l'idée à Adam, ce dernier sera d'accord, n'est-ce pas ?

J'acquiesçai.

— Il ne va pas aimer ça, mais si Lugh demande de sauter, Adam est l'un de ces imbéciles qui répondra « de quelle hauteur ? ».

—Et tu penses que Dominic va accepter parce qu'il a envie d'être un héros.

—Ouais, en gros.

—Alors tu devrais peut-être essayer de convaincre Dominic d'être un héros d'une autre sorte.

Je haussai un sourcil.

—Continue, je t'écoute.

—Adam acceptera parce qu'il pense qu'il n'a pas d'autre option que d'obéir à son roi, mais cette décision va le déchirer. Alors assure-toi que Dominic comprenne bien ce que le fait de remettre Saul dans son corps va avoir comme conséquences pour Adam. Alors peut-être ne sera-t-il plus aussi enclin à héberger Saul.

Je me mordis la lèvre en y réfléchissant. Cela tenait debout. Mais le timing pouvait être très important. Si Adam parlait de ses activités extraconjugales, Dom pouvait mal le prendre et ne pas être dans le bon état d'esprit. Je regrettai soudain d'avoir harcelé Adam pour qu'il accepte de dire la vérité.

—C'est un plan qui en vaut un autre, dis-je, mais je vais quand même attendre avant de parler. Je préférerais avoir quelque chose de plus infaillible.

Brian m'adressa un regard grave.

—Je ne crois pas que tu trouveras quoi que ce soit d'infaillible.

Il avait probablement raison. Mais comme on dit, l'espoir fait vivre.

Chapitre 14

Brian partit peu après le déjeuner… plus précisément, le petit déjeuner pour moi. Il avait besoin de quelques heures de sommeil et je suppose qu'il les méritait tout à fait.

Je me sentais encore assez sonnée par ma longue nuit. Je n'étais pas sûre de ce que j'allais faire de ma journée. Je pouvais tenter de harceler Tommy en espérant que celui-ci laisserait filtrer quelque chose mais, mis à part le fait que je ne pensais pas que cela marcherait, ce ne serait certainement pas bon pour ma santé. Tommy ne s'abaisserait probablement pas à faire preuve de violence envers moi. Pas dans une situation où il serait le suspect principal et où une condamnation pourrait le faire tuer. Il valait mieux ne pas se tromper.

La tête tout embrumée, je décidai de m'atteler à la tâche par définition décérébrée de la lessive. Je passai une grande partie de l'après-midi assise dans le sous-sol glauque de mon immeuble à observer mes vêtements tourner dans le sèche-linge. J'aurais pu régler cette corvée plus vite, mais le mercredi était visiblement le jour de lessive des petites vieilles parce que j'en vis défiler une procession régulière qui monopolisaient les machines. Je fus obligée de traîner dans le coin tel un vautour qui attend la mort de sa proie.

J'étais d'humeur résolument maussade et il me restait encore une lessive à faire quand je décidai d'arrêter pour la journée. Cette fichue buanderie était surchauffée de tout l'air des sèche-linge et j'étais trempée de sueur, la gorge desséchée par la chaleur. Je n'en pouvais plus et je remontai mon linge propre en me disant que je finirais plus tard.

Mon téléphone portable sonna alors que je rangeai mes affaires et j'hésitai un moment à répondre. L'identificateur d'appel m'informa qu'il s'agissait de Claudia et je décrochai.

Ce n'était pas Claudia, mais sa secrétaire. Sa patronne était retenue par des réunions importantes tout l'après-midi, mais elle souhaitait me voir. La secrétaire me demanda si un rendez-vous à 19 heures chez *Bookbinder* s'accordait avec mon planning.

Je restai un instant sans voix. Je ne travaillais pas officiellement pour Claudia. Pouvait-on considérer ce rendez-vous comme professionnel ? Je n'avais pas l'impression. Pourtant elle n'aurait sûrement pas demandé à sa secrétaire de prendre ses rendez-vous personnels pour elle. Et elle n'aurait sûrement pas supposé que j'avais les moyens de dîner au débotté dans un endroit comme *Bookbinder*. J'eus envie de demander à la secrétaire qui allait payer l'addition, mais cela semblerait certainement un peu grossier.

Finalement, j'acceptai le rendez-vous. Si je devais payer, au moins j'aurais eu droit à un repas de première classe. Et si je n'avais pas à payer, il s'agirait alors d'un repas gastronomique gratuit. Ouais, ouais, c'était tout moi, ça : réfléchir avec mon estomac.

La secrétaire de Claudia m'informa que celle-ci viendrait directement du bureau. Je supposai que je devais essayer de m'habiller de manière à la mettre à l'aise, mais je n'avais pas de vêtements style « bureau ». J'optai pour un pantalon rayé blanc qui aurait pu passer pour une tenue de bureau s'il n'avait pas été à ce point taille basse et un haut gris métallisé assez échancré pour offrir une vue plongeante sur mon décolleté. J'avais plus l'air d'être sur le point de sortir en boîte de nuit que de me rendre à un dîner d'affaires dans un restaurant de luxe, mais je ne pouvais pas faire mieux.

J'étais bien loin d'avoir remplacé la considérable garde-robe que j'avais perdue dans l'incendie de ma maison.

Le *Old Original Bookbinder*, situé près de la rivière Delaware, est considéré soit comme un restaurant de fruits de mer de grande classe, soit comme un piège à touristes, selon la personne que vous interrogez. Quand j'étais enfant, chaque fois que quelqu'un qui n'était pas de la ville venait nous rendre visite, nous avions droit à l'incontournable dîner de homards au *Bookbinder*. Il y avait eu un autre restaurant appelé le *Bookbinder* sur la 15e Rue. Les propriétaires des établissements se vantaient tous les deux de tenir le véritable *Bookbinder* et mon père régalait nos visiteurs d'histoires – probablement plus des légendes urbaines d'ailleurs – concernant les batailles acharnées qui avaient opposé les deux restaurants pour obtenir l'appellation exclusive. L'établissement de la 15e Rue – qui était « original » parce qu'il appartenait et était tenu par l'authentique famille Bookbinder – a disparu aujourd'hui, mais celui au bord de la rivière – qui est « original » parce que c'est là que se trouvait le premier restaurant *Bookbinder* – est encore ouvert et se porte plutôt bien.

Arrivée la première, je me retins de lorgner vers l'énorme vivier à homards. Enfant, j'avais toujours été fascinée par ces aquariums dans lesquels les clients pouvaient choisir quel homard allait être sacrifié afin de les nourrir ce soir-là. À cette époque, je ne faisais pas vraiment le lien entre les crustacés rouge vif qui apparaissaient dans nos assiettes et ces créatures sombres et ternes qui rampaient au fond des aquariums. Maintenant que je savais, j'éprouvais de la pitié pour ces pauvres bêtes destinées à la casserole. Ouais, je suis une dure à cuire… mais j'ai un cœur tendre.

Claudia arriva à 19 h 15 et se répandit en excuses. Elle venait en effet directement de son bureau où une réunion s'était terminée en retard. Je louai intérieurement la sagesse qui m'avait fait choisir un job me permettant de choisir mes horaires. Je n'avais certes pas les mêmes revenus que Claudia Brewster, mais au moins j'avais autant de temps libre que je le voulais. Enfin, c'était le cas avant de devenir l'hôte humain du roi des démons.

—Alors, quelle occasion fêtons-nous ? demandai-je à Claudia une fois installées et après avoir passé commande de nos apéritifs.

Même si je ne la connaissais pas très bien, elle me semblait un peu nerveuse. Ce qui n'arrangea pas non plus l'état de mes nerfs.

Elle me sourit d'un air un peu triste.

—J'apprécie vraiment que vous vous occupiez de l'affaire de Tommy pour moi. Je regrette que vous n'acceptiez pas que je vous paie, et j'ai pensé qu'au moins je pouvais vous offrir un bon dîner. Commandez ce qui vous fait plaisir.

Voilà qui répondait à la question de qui allait payer. Mais cela ne me renseignait toujours pas sur la raison de son invitation.

J'aurais pu insister pour avoir plus d'informations – ce serait plutôt ma manière de fonctionner – mais je sentis qu'elle était plutôt fragile sous son tailleur gris qui respirait le pouvoir et sous son air assuré. Le tact et la diplomatie ne sont pas mon fort d'ordinaire, mais mon intuition me conseillait de laisser tomber et je me fie en général à mon instinct.

Claudia commanda un homard, probablement pour me montrer que je pouvais en faire autant. Elle déclina l'invitation de se rendre aux viviers pour choisir sa victime. Je n'aurais jamais rêvé de commander un homard chez *Bookfinder* et le rituel de l'aquarium n'y était pour rien. Autour de nous, des gens bien vêtus parlant affaires, des couples et des familles arborant les bavoirs qu'on passe au cou lorsqu'on commande du homard. Aucun d'eux ne paraissait le moins du monde gêné par cet accessoire stupide. Pour ma part, je me serais sentie embarrassée toute la soirée. Bien sûr, on n'est pas obligé de porter ces bavoirs, mais, d'une certaine manière, c'était un peu tricher de refuser.

Je parvins à me retenir de rire quand le serveur noua le bavoir de Claudia. Mes efforts durent se lire sur mon visage car les yeux de Claudia étincelèrent un peu et elle esquissa un sourire.

— Cela fait des années que je ne suis pas venue ici, dis-je, éprouvant le besoin de bavarder même si je n'aimais pas ça. Je crois que, pendant mon enfance, nous avons dîné ici chaque fois que nous avions quelque chose à célébrer. On peut dire que je suis en quelque sorte revenue de cet endroit.

Prenant conscience que mon dernier commentaire pouvait être perçu comme une critique, je sentis mes joues s'embraser. Je devrais vraiment apprendre à la fermer.

Heureusement, Claudia ne s'en offusqua pas. Elle sourit et c'était presque une expression espiègle... ou peut-être paraissait-elle juste espiègle parce que le bavoir cachait le tailleur sérieux.

— Étiez-vous plutôt une enfant gâteau au chocolat ou tarte sablée aux fraises ? me demanda-t-elle.

J'éclatai de rire. *Bookbinder* avait un choix de desserts gigantesques comme je n'en avais jamais vu ailleurs. Enfant, commander cette part de gâteau au chocolat de la taille d'une tête avait toujours été le moment le plus marquant de mes repas dans ce restaurant.

— Chocolat, sans hésitation, répondis-je. J'ai été anéantie quand ils l'ont retiré de la carte.

— Moi aussi. Tommy a toujours aimé la tarte sablée aux fraises, pourtant. Et il a toujours réussi à manger sa part entière sans être malade ensuite.

Son sourire s'effaça à l'évocation de ce souvenir.

Je n'avais jamais considéré que je pouvais être socialement maladroite. Acerbe, et peut-être un peu garce, mais pas maladroite. Claudia m'obligeait à me remettre en question. Il me vint à l'esprit que, même avant que ma vie devienne un enfer, j'avais passé très peu de temps en compagnie d'amies femmes. Il y avait eu Valérie qui était en fait tout le contraire d'une amie, mais la plupart des femmes que j'avais connues quand j'étais plus jeune étaient désormais mariées et avaient des enfants. Je ne m'étais jamais fondue dans la masse mais je ne m'étais jamais aussi sentie à part que ce soir.

Il fallait vraiment résoudre cette histoire avec Adam et Dominic. Le manque de sommeil avait des conséquences négatives sur mon moral. Pour essayer de me débarrasser de cette drôle d'humeur, je pris un gâteau apéritif dans une coupe placée sur la table et y étalai un peu de raifort prélevé sur le plateau des condiments. Une fois le cracker dans la bouche, la morsure piquante du raifort m'éclaircit les idées de manière plus efficace que si j'avais respiré des sels.

— Si ma question n'est pas indiscrète, dis-je quand je fus de nouveau en mesure de parler, pourquoi votre mari et vous avez adopté Tommy ? Étant donné son passé, il a dû vous donner du fil à retordre.

Avant de répondre, Claudia but avec délicatesse une gorgée du vin français de luxe qu'elle avait commandé.

— J'ai eu un accident très grave à l'âge de vingt-deux ans, dit-elle. Les séquelles m'ont rendue stérile.

Elle fit tourner le vin dans son verre, l'air un peu perdue. Je regrettai d'avoir posé la question mais, avant que je puisse trouver un moyen élégant de changer de sujet, elle poursuivit.

— Quand mon mari et moi nous sommes décidés pour l'adoption, nous sommes tous les deux tombés d'accord sur le fait que nous adopterions un enfant difficile à placer au lieu de nous inscrire sur des listes dans l'attente du bébé parfait. Nous avons accueilli plusieurs enfants avant que Tommy entre dans notre vie, mais quand il est arrivé… nous avons compris qu'il serait notre enfant. Cela peut paraître sentimental, je sais, mais c'est comme ça.

Encore une fois, ce sourire triste.

Je n'arrivais pas à imaginer comment un enfant comme Tommy, troublé comme il l'était, était parvenu à gagner le cœur des Brewster, mais, malgré ma grande gueule, je n'exprimai pas ma pensée. Comme d'habitude pourtant, je l'affichai sur mon visage.

—C'était un enfant très doux, s'empressa-t-elle de m'assurer. Il ne semblait pas se rappeler quoi que ce soit concernant… ce qui lui était arrivé. Il était bon élève et il avait beaucoup d'amis à l'école. Ce n'est qu'à l'adolescence que les choses ont commencé à changer.

—Ouais, ça craint, la puberté, dis-je en pensant aux changements qu'avait subis mon propre frère à l'adolescence.

C'était à cette époque qu'il était devenu un membre manipulé de la Société de l'esprit et que j'avais eu le sentiment de perdre mon frère.

Quand on nous apporta nos plats, je pensai pouvoir me sortir de cette discussion périlleuse que j'avais initiée. Mais dès que le serveur fut parti, Claudia ne tint pas compte de son homard fumant et affronta mon regard par-dessus la table.

—L'enfant doux que j'ai connu est encore dans ce corps, dit-elle. Sous tout le bagage qu'il porte et toute cette colère, il y a un être humain empli de bonté.

—Je vous crois, mentis-je avant de reporter mon attention sur mon saumon grillé en espérant qu'elle ne lirait rien sur mon visage.

—Je ne crois pas l'avoir déjà mentionné, dit Claudia, et j'espérai que son ton léger signifiait qu'elle ne s'était pas doutée de mon mensonge, mais Devon et moi avons également adopté deux petites filles.

Ne s'intéressant toujours pas à sa nourriture, elle plongea la main dans son sac pour en sortir son portefeuille, puis me tendit la photo de deux enfants.

La fillette la plus âgée devait avoir cinq ans, les cheveux fins et bruns et un visage que j'aurais qualifié d'ordinaire s'il n'avait été illuminé par un sourire communicatif. La plus petite, qui avait probablement trois ans, était vêtue d'une petite robe rose à froufrous et aurait été adorable même sans cet éclat de rire ravi qu'immortalisait la photo. L'aînée, derrière sa sœur, se penchait pour passer les bras autour de la taille de la petite afin que leurs visages souriants se trouvent à la même hauteur.

— Elles sont ravissantes, dis-je, parce que je me demande bien ce qu'on est censé dire aux gens qui nous montrent des photos de leurs enfants.

— Oui, je le pense aussi, répondit Claudia en rangeant le portefeuille dans son sac.

Il y avait quelque chose d'étrangement triste dans sa voix. Devais-je l'interroger sur le passé des fillettes ? C'étaient probablement des gamines qui n'avaient pas eu de veine, comme Tommy. Mais Claudia s'intéressait enfin à son homard et je préférais manger plutôt que parler.

Après ce début maladroit et embarrassant, Claudia nous rendit service à toutes les deux en menant la discussion pour le restant du repas. La conversation, que je n'aurais pas qualifiée de stimulante, nous permit de venir à bout de nos plats sans trop de silences gênants. Le repas était délicieux et Claudia et moi partageâmes ensuite une part de tarte aux fraises. Elle n'était pas aussi bonne que le gâteau au chocolat que les propriétaires avaient mystérieusement retiré du menu, mais on restait tout de même dans la pâtisserie décadente. Nous parvînmes à en manger la moitié ce qui, étant donné la taille de la part, était un exploit énorme.

Je me serais satisfaite de reprendre le chemin de la maison après ce dessert, mais Claudia commanda un café et je l'imitai. C'est alors qu'elle aborda la véritable raison de son invitation à dîner.

J'aurais pu deviner que cela allait arriver à la façon dont elle crispa les doigts sur sa tasse. J'avais su dès l'instant où j'avais posé les yeux sur elle que quelque chose la préoccupait, et maintenant j'allais connaître ce quelque chose.

— Mon mari et moi vous remercions beaucoup pour tout ce que vous avez fait pour nous…, dit-elle sans me regarder.

Pas besoin d'être un génie pour savoir que j'étais sur le point de me faire virer… même s'il était impossible qu'elle me vire parce que, techniquement, je ne travaillais pas pour elle.

— Mais vous avez décidé que vous n'aviez plus besoin de mes services, terminai-je à sa place.

J'aurais vraiment été agacée si j'avais pensé qu'elle me lâchait de son plein gré. Mais il me semblait impensable que la femme désespérée qui s'était présentée à mon bureau abandonne son fils, à moins d'en être contrainte et forcée.

La tension transparaissait dans sa posture rigide et dans ses lèvres pincées. Elle releva la tête pour affronter mon regard.

— Je sais que c'est vain, dit-elle.

Il n'y avait aucune conviction dans ses propos.

Nous nous dévisageâmes pendant un long moment. En général, je suis assez forte dans les bras de fer visuels, mais il y avait tant de douleur et de tristesse dans son expression que je détournai les yeux la première.

— Qui vous a menacée ? demandai-je en supposant qu'il s'agissait de Tommy et de ses acolytes.

— Personne, dit-elle sans parvenir à me convaincre. Mon époux et moi-même avons décidé qu'il était temps que nous acceptions la réalité et que nous continuions à vivre. Nous devons nous occuper des enfants que nous avons encore.

Claudia ne me semblait pas être du genre à céder facilement aux menaces. Soit son mari était une mauviette et l'avait persuadée de se comporter comme lui, soit ceux qui en avaient après elle faisaient peser une terrible menace sur elle. Que fallait-il mettre en péril pour obliger une mère à cesser de se battre pour la vie de son fils ? Je me rappelai la photo des deux fillettes souriantes et devinai que la réponse se trouvait là.

Toute personne sensée aurait compris qu'il était temps de laisser tranquille Tommy Brewster. N'ayant pas réellement avancé dans mon enquête, je n'avais pas beaucoup de chances de trouver un prétexte pour l'exorciser. Si les méchants menaçaient les fillettes, la moindre initiative de ma part mettrait en danger des vies innocentes. Sans compter qu'en qualité d'hôte du roi des démons, j'avais déjà assez de problèmes sans m'embarrasser en plus de ceux des autres.

Mais la sagesse n'a jamais fait partie de mes qualités et il n'y avait aucune chance que je laisse les démons s'en sortir sur ce coup-là.

— Vous pouvez accepter ce que vous voulez, dis-je, mais je crois que vous avez raison : Tommy a été possédé contre son gré. En tant qu'exorciste, je ne peux pas laisser faire ça.

Claudia plongea le regard dans les profondeurs de sa tasse vide.

— Saviez-vous que cet autre exorciste, Sammy Cho, s'est suicidé ?

Mon cœur manqua un battement et je secouai la tête d'un air incrédule. D'après Adam, Sammy était en vacances. Je suppose que ces vacances s'étaient prolongées de manière permanente.

— Je ne savais pas, dis-je, ressentant une vague de tristesse alors que je n'avais pourtant jamais apprécié Sammy.

— Peut-être se sentait-il coupable de ce qu'il avait fait à Tommy.

Ce n'était pas difficile de suivre son raisonnement.

— Ou peut-être a-t-on voulu s'assurer qu'il ne parlerait pas, ajoutai-je.

Je n'avais pas mentionné à Claudia la possibilité que Sammy ait été lui aussi possédé et je ne voyais aucune raison d'aborder le sujet désormais, même si son suicide confirmait pratiquement cette hypothèse. Quel que soit le démon qui avait pris possession de lui, il s'était assuré que personne n'obtienne la preuve que Sammy avait menti. Je n'étais pas étonnée que ce démon ait poussé son hôte à se suicider. Je comprenais aussi pourquoi la mort de Sammy avait bouleversé Claudia.

— Si votre famille ou vous-même avez été menacés, nous avons une raison de passer l'affaire à la police.

— Personne ne nous a menacés, répéta-t-elle, mais je ne la croyais toujours pas. Vous avez du cœur. J'étais sincère quand j'ai dit à quel point j'appréciais tout ce que vous aviez fait. Mais il est temps pour vous de vous tenir en dehors de tout ça.

Je savais qu'il devait y avoir une bonne raison pour qu'elle se comporte ainsi. Je savais que son changement d'attitude ne relevait pas du caprice, tout comme je savais que son ton subitement froid n'avait rien de personnel. Cela n'empêcha pas mon cœur de s'emballer.

Je repoussai ma chaise, jetai ma serviette sur la table et me levai.

— Merci pour ce charmant dîner.

Quand je passai devant elle pour me diriger vers la porte, elle me saisit par le bras et leva des yeux implorants vers moi.

— Je vous en prie, mademoiselle Kingsley. Restez en dehors de tout ça.

Elle me suppliait du regard et j'eus le sentiment qu'elle essayait de me faire passer un message secret.

Quel que fut ce message, je ne le compris pas. Je baissai la voix jusqu'à ce qu'elle devienne à peine audible dans le restaurant bruyant.

— Dites-moi qui vous a menacée et dites-moi ce qui va arriver si je continue à mener mon enquête et alors je prendrai votre demande en considération.

Claudia me serra douloureusement le bras et ses yeux s'embrasèrent de colère et de peur mêlées.

— Je ne peux pas, répondit-elle calmement.

— Très bien.

Je libérai mon bras et, cette fois, quand je repris le chemin de la sortie, elle me laissa partir.

Chapitre 15

Les petites vieilles m'avaient tellement retardée cet après-midi-là qu'il me restait une lessive à faire quand je revins de mon merveilleux dîner. Ne me sentant pas d'humeur à faire quoi que ce soit d'autre, je trimballai ma charge jusqu'à la buanderie.

J'avais de la chance. Toutes les machines étaient vides. Je fourrai mes vêtements dans l'une d'elles et sortis des pièces de monnaie. La petite pièce étouffante résonnait du bruit de l'eau qui remplissait le tambour, si bien que je n'entendis personne approcher. Quand je ramassai mon panier à linge, deux hommes XXL se trouvaient sur le seuil.

J'habite dans un grand immeuble dont je ne connais pas tous les occupants, mais ces types auraient déclenché toutes mes sonnettes d'alarme internes même s'ils n'avaient pas porté de lunettes noires dans un sous-sol. Gorille n° 1 m'adressa un sourire d'excitation sadique et Gorille n° 2 me présenta son poing énorme.

Ils étaient trop trapus et trop laids pour héberger des démons – des démons légaux du moins – mais ils n'avaient nul besoin d'une force surnaturelle pour représenter un problème. Je sais bien me battre – quand on fait partie d'une famille de la Société de l'esprit, on apprend à ne pas se laisser faire très tôt à moins d'aimer se prendre régulièrement des raclées – mais mes chances étaient minces contre ces deux hommes aux allures de professionnels.

Ils avancèrent vers moi en bloc. Mon Taser était dans mon sac. J'étais assez parano pour le trimballer partout avec moi, mais maintenant que j'en avais besoin, je me rendais compte que je n'étais pas encore assez parano. Il ne me servait à rien bien rangé dans mon sac, j'aurais déjà dû l'avoir sur moi, dégainé et armé.

Aucune idée brillante ne me vint à l'esprit, mais une chose était sûre, mon panier à linge ne me servirait pas à grand-chose pour me défendre. Je criai aussi fort que possible – ma voix résonnant de manière assez belle dans le sous-sol malheureusement désert –, et je jetai mon panier sur mes futurs agresseurs.

Comme je l'avais espéré, ils furent déstabilisés un instant, ce qui me laissa le temps de mettre la table pliante entre eux et moi tandis que je plongeais la main dans mon sac. Contrairement à ce que j'avais espéré, ils reprirent leurs esprits avant que je puisse seulement trouver le Taser, encore moins le sortir.

Gorille n° 1 n'avait pas l'intention de laisser une petite chose comme une table pliante se mettre entre son gibier et lui. Bondissant par-dessus, il fonça vers moi pendant que son partenaire bloquait toujours l'issue. Il me tomba dessus avant que j'extirpe la main de mon sac, mais je réussis à balancer un coup de pied qui lui fit assez mal pour l'agacer. Il se jeta de nouveau sur moi et je plantai mes doigts dans ses yeux tout en cherchant à atteindre ses parties d'un coup de genou. Il esquiva mes doigts et pivota sur le côté pour amortir l'impact de mon genou avec sa cuisse. Bon sang. Apparemment il ne s'attendait pas que je me batte comme une fille et mes techniques d'autodéfense ne le surprenaient pas.

Il m'attrapa les deux bras pour m'empêcher de le frapper encore. J'aurais bien balancé un autre coup de pied mais Gorille n° 2 était entré dans la pièce sans que je m'en aperçoive et son poing percuta ma joue si fort que je crus avoir reçu un coup d'enclume.

Je restai debout, mais uniquement parce que Gorille n° 1 me tenait encore les bras. Ma tête tournait et, alors que j'essayais encore de faire la différence entre le haut et le bas, un coup de poing au ventre expulsa tout l'air de mes poumons. Le gorille me frappa une fois encore et la douleur se répercuta jusque dans mon crâne. Mais ce n'était pas une douleur causée par son poing. Lugh essayait de faire surface, de venir à mon secours comme un chevalier dans son armure étincelante. Vu que ces types étaient capables de me battre à mort s'ils le voulaient, je supposai qu'il était temps de laisser Lugh prendre le contrôle.

C'est alors que Gorille n° 1 lâcha mes bras et me laissa m'effondrer dans une mare de douleur.

— C'est juste un avertissement amical, dit-il d'une voix basse et râpeuse. Ne te mêle pas des affaires de Tom Brewster.

Ces paroles signifiaient que la correction était finie et que je n'avais donc plus besoin des services de Lugh. Je suis sûre que celui-ci le comprit aussi, mais il ne laissa pas tomber pour autant. Il allait exploiter mon état de semi-hébétude et prendre le contrôle de mon corps. Je me concentrai pour le tenir à distance, mais un léger coup de pied dans le ventre me rappela que j'avais d'autres chats à fouetter.

— Tu as pigé ? insista le gorille.

Pas facile de répondre tout en essayant de reprendre son souffle et de lutter contre la nausée, l'étourdissement et Lugh. Mais je supposai que si je ne répondais pas, j'allais me prendre davantage de coups et Lugh aurait alors plus de chances de remporter la bataille.

— Clair… et… net, réussis-je à haleter.

Les gorilles, satisfaits du travail bien fait, disparurent aussi silencieusement qu'ils étaient apparus.

Lugh poursuivit l'assaut de mes barrières mentales et la douleur transperça si violemment ma tête qu'un gémissement s'échappa de ma gorge. Si j'avais dû lutter contre cette seule douleur, j'aurais probablement gagné la partie. Lugh savait que j'allais devoir dormir à un moment ou à un autre et que je m'ouvrirais à lui. Il aurait pu attendre son heure plutôt que de me faire subir ce qui relevait de la torture. Mais ajouté à la souffrance des coups reçus, c'était trop. En dépit de mes efforts pour l'en empêcher, mon esprit glissait peu à peu vers l'oubli. Des larmes de frustration emplirent mes yeux résolument clos.

Soudain tout mon corps se détendit et la douleur disparut comme si elle n'avait jamais existé. Je poussai un soupir de soulagement avant de laisser la panique me submerger.

Aux commandes de mon corps, Lugh me mit en position assise. Je sentis le contact de ma main tandis qu'il me faisait essuyer les traces de mes larmes. Il bloquait si soigneusement la douleur que dans n'importe quelle autre circonstance, je lui en aurais probablement été reconnaissante. Bon, peut-être pas.

Mon corps ne m'appartenait plus et, si un esprit pouvait frissonner, c'est ce que fit le mien. La dernière fois que Lugh avait pris le contrôle, il avait complètement fermé ma conscience, me retenant prisonnière dans une oubliette sombre, étouffante et terrifiante. J'avais paniqué comme ça ne m'était jamais arrivé. Si je m'étais réellement trouvée dans un tel lieu en chair et en os, je me serais infligé de graves blessures en essayant de m'évader. S'il s'avisait de me refaire vivre ça…

— Je ne le ferai pas, dit-il en utilisant ma bouche pour me parler, ce que je déteste vraiment. Les circonstances le nécessitaient, expliqua-t-il en se levant. Je ne t'infligerai pas ça sur un coup de tête.

Je ne pouvais pas parler, je ne pouvais contrôler aucun muscle de mon corps, mais j'imaginais un certain nombre de suggestions hautes en couleur de ce qu'il pouvait faire de lui-même et, comme il savait tout de mes pensées, il put entendre ces suggestions.

Il soupira.

— On en a déjà parlé, dit-il patiemment. Ma responsabilité envers les miens – et les tiens – passe avant tes désirs. Je ne veux vraiment pas te faire du mal.

Il ramassa mon panier à linge et le porta dans le couloir obscur puis il appela l'ascenseur. Si je ne parvenais pas à reprendre le contrôle avant qu'il arrive dans mon appartement et qu'il accède au téléphone, il allait passer ce fichu coup de fil à Adam et je ne pourrais rien faire pour l'arrêter.

En bonne imbécile, j'avais oublié que mon portable se trouvait dans mon sac. Pas Lugh. En attendant l'ascenseur, il sortit le téléphone. Je luttai contre son contrôle, mais son emprise était puissante. J'aurais besoin de temps pour reprendre les commandes, du temps que je savais ne pas avoir.

Le fait que le numéro d'Adam soit mémorisé dans mon portable en disait long sur le chaos de ma vie.

Quelque chose de dur et de froid se solidifia dans mon centre… métaphysiquement parlant, je suppose, puisque sans corps, je n'avais plus de centre. Il valait mieux ne pas perdre cette bataille, je ne pouvais pas me le permettre, pas si je voulais avoir mon mot à dire sur mon avenir.

Je concentrai toutes mes pensées afin de transmettre un message clair et froid à Lugh.

— *Fais ça et nous serons ennemis à l'avenir.*

Il suffoqua. Visiblement, il avait reçu mon message. Le téléphone d'Adam commença à sonner juste au moment où les portes de l'ascenseur s'ouvraient. Lugh entra dans la cabine.

— Tu ne le penses pas vraiment ! rétorqua-t-il.

— *Tu sais que je le pense.* (Et, parce qu'il n'existait aucun recoin de mon esprit qu'il ne pouvait lire, il sut que je disais vrai.) *Je finirai par trouver un moyen de reprendre le contrôle, même si tu décides de me jeter de nouveau dans cette oubliette. Tu veux être en guerre avec moi comme tu l'es avec Dougal ?*

Il secoua la tête.

— Pourquoi ? demanda-t-il. Pourquoi réagir ainsi à propos d'une requête sans savoir si Adam et Dominic vont l'honorer ?

— *Pourquoi poser ces questions quand tu connais les réponses ? Mais, au cas où tu aurais besoin que je verbalise : je dois prendre position, parfois.*

— Allô ? dit Adam, et Lugh ne répondit pas immédiatement.

— J'aurais sans doute dû te jeter directement dans l'oubliette après tout, marmonna Lugh très doucement.

— Quoi ? dit Adam. Morgane ? Tu vas bien ?

Lugh émit un grondement que ma gorge aurait dû être incapable de produire.

— En fait, ce n'est pas Morgane, c'est Lugh.

Même sans corps, j'eus le sentiment de retenir ma respiration en attendant avec anxiété de voir quelle voie Lugh choisirait. Je ne voulais pas être en guerre contre lui, mais la décision était désormais entre ses mains.

— Morgane vient d'être agressée dans le sous-sol de son immeuble, dit Lugh, et je soupirai intérieurement de soulagement. Elle n'a pas été trop touchée et je n'ai pas osé guérir ses blessures avant le départ de ses agresseurs. Mais elle devrait porter plainte et tu devrais peut-être prendre sa déposition.

— Bien sûr, j'arrive tout de suite.

— Et, Adam ?

— Oui ?

— J'ai chargé Morgane de te transmettre une requête. Je vais lui permettre de te l'exposer à sa manière, mais ne quitte pas son appartement sans qu'elle t'en ait fait part. Compris ?

— Euh… ouais.

— Très bien. Nous nous verrons bientôt.

Lugh raccrocha juste au moment où les portes de l'ascenseur s'ouvraient à mon étage. Il sortit dans le couloir.

— J'espère que tu considéreras ça comme un juste compromis, marmonna-t-il.

Comme je n'étais pas certaine de considérer ça comme un « compromis », je ne répondis pas.

Une fois dans mon appartement, Lugh posa le panier à linge près de la porte et me conduisit vers le canapé. Il s'assit et soudain tout mon corps fut submergé par la douleur et la nausée bouillonna dans mon estomac.

Je m'allongeai en grognant sur le canapé et pressai un coussin contre mon visage, en espérant qu'atténuer la lumière soulagerait mon mal de crâne.

Chapitre 16

Finalement je me levai du canapé pour me rendre dans la cuisine afin d'y remplir une poche de glace pour soulager ma tête en vrac. Mon œil gauche était presque fermé et dès que je bougeais les mâchoires, des doigts de douleur se plantaient sur le côté de mon visage. Appuyant la poche pleine de glace sur mon œil, j'allai dans la salle de bains pour y avaler trois ibuprofènes. Cela n'arrangerait peut-être rien mais ça ne pouvait pas être pire.

J'avais pris pas mal de coups depuis que j'hébergeais Lugh mais, la plupart du temps, celui-ci avait été en mesure de soigner les blessures pour éviter que la souffrance se prolonge. Pourtant il n'avait pas soigné ces coups-là et je comprenais pourquoi. Personne ne devait savoir que j'étais possédée. Il était donc hors de question que je réapparaisse en pleine forme après avoir pris une telle raclée. Je le maudis malgré tout. La douleur me met de mauvais poil.

J'étais allongée sur le canapé, le sac de glace désormais appliqué sur ma joue, quand le concierge de l'immeuble m'appela pour me signaler la visite d'Adam. Je mis des heures pour me rendre du canapé à la porte et ma tête pulsait au rythme de mon cœur. Avant d'ouvrir la porte à Adam, je fis un détour par la cuisine pour jeter la glace qui avait presque entièrement fondu.

— Waouh, commenta-t-il dès qu'il me vit. T'as vraiment une sale gueule.

Je me renfrognai et essayai de ne pas claquer la porte dans son dos.

— Merci. Ta compassion ne connaît pas de limites.

Il éclata de rire et j'envisageai sérieusement de le flanquer par terre juste pour me soulager un peu de ma frustration et de ma colère. Mais non, j'étais déjà bien assez amochée comme ça. Je n'avais pas besoin en plus de me battre avec Adam.

— Raconte-moi ce qui s'est passé, dit-il en s'asseyant à l'autre bout du canapé.

Ce que je fis. Je ne fus pas capable de donner une description précise de mes agresseurs. De petite taille, trapus, puissants, avec des cheveux brun-quelque-chose et pas de signes particuliers. Du moins, pas d'après ce que j'avais pu voir pendant qu'ils me molestaient. C'était très peu.

— Je vais interroger les types de la sécurité de l'immeuble, me promit Adam. Voir si je peux comprendre comment ils sont entrés. On peut supposer que ce ne sont pas des résidents de l'immeuble. (Je lui adressai un regard revêche sans faire de commentaire.) Tu as une idée de qui ça peut être ?

Je haussai les épaules.

— Je suppose qu'ils sont de mèche avec Brewster.

Adam eut l'air pensif.

— Peut-être. Mais gardons l'esprit ouvert. Qui d'autre pourrait vouloir que tu lâches l'affaire Brewster ?

Mon estomac se retourna comme une crêpe quand une idée désagréable me vint à l'esprit.

— J'ai dîné avec Claudia Brewster ce soir. Elle était soudain très pressée que je sorte de toute cette histoire. Elle n'a pas voulu le confirmer ni le nier, mais je suis certaine qu'on l'a menacée.

Cette nouvelle n'eut pas l'air de réjouir Adam plus que moi.

— Je ne suis pas sûr qu'elle ait les relations nécessaires pour engager des hommes de main si rapidement, mais elle a sûrement l'argent pour le faire. Quelqu'un d'autre t'a posé des questions à propos de cette affaire ?

— Eh bien, toi.

Il sourit.

— Ma chérie, si je voulais te faire passer un mauvais quart d'heure, je m'en chargerais moi-même.

Comme je me sentais trop misérable pour trouver quoi que ce soit à répondre, je me contentai de lui adresser un regard mauvais.

— Il y a aussi Raphael, dis-je. Il n'était peut-être pas aussi bien disposé envers moi qu'il le prétendait. Il en savait peut-être plus concernant le projet Houston qu'il a bien voulu l'admettre et il veut que je reste en dehors de tout ça. (Je me mordis la lèvre en me rappelant la dernière discussion que j'avais eue avec lui.) Il m'a en effet demandé de ne pas me mêler de cette affaire. Il a prétendu que c'était parce que c'était sans espoir, mais il avait peut-être d'autres raisons.

Adam avait l'air soucieux.

— Je suppose que c'est une possibilité. Bon sang, ce type est un sacré emmerdeur !

J'avais pour ma part d'autres qualificatifs moins charitables, mais j'avais déjà exprimé mon opinion à ce sujet à plusieurs reprises.

— Tu crois que ça vaudrait le coup de l'interroger ?

— J'en doute. S'il fait partie des coupables, je ne pense pas qu'il jouera franc-jeu et, si ce n'est pas le cas, il pourrait s'offusquer.

Je ricanai.

— Comme si ça me posait un problème de l'offusquer !

— Mais ton frère pourrait avoir son mot à dire.

Je grimaçai à cette piqûre de rappel. Je n'étais peut-être pas capable de décider de quel côté était Raphael, mais j'étais certaine d'une chose : il n'hésiterait pas à faire du mal à Andy pour me punir si je le cherchais un peu trop.

Adam referma le petit calepin dans lequel il avait pris des notes et le fourra dans la poche intérieure de sa veste. J'aurais apprécié qu'il oublie la petite suggestion de Lugh mais, bien sûr, il ne l'oublia pas.

—Alors, dit-il d'une voix ostensiblement neutre, quelle est cette requête que Lugh veut que tu me transmettes ?

Je retins heureusement un grognement avant que le moindre bruit s'échappe de ma gorge. Je ne voulais pas faire ça. D'ailleurs, la situation ne pouvait être techniquement considérée comme un compromis, étant donné que Lugh et moi n'étions pas tombés d'accord sur les termes avant qu'il prenne les choses en main. Malheureusement, mes options étaient réduites. Malgré la menace que j'avais exprimée plus tôt, je ne tenais vraiment, mais vraiment pas à être en guerre contre le démon qui me possédait. Ma vie était déjà bien assez compliquée.

Je bondis presque du canapé quand Adam posa la main sur mon épaule. Je regardai mes mains crispées sur mes genoux mais je levai les yeux pour affronter son regard. Et je vis une expression que je n'avais jamais vue, du moins qui ne m'avait jamais été destinée : de l'inquiétude.

—Qu'est-ce qu'il y a, Morgane ? demanda-t-il.

Que je brûle dans les flammes de l'enfer si mes yeux ne se mirent pas à me picoter ! Je déglutis, inspirant profondément et refoulant un début de sanglot.

—Tu as parlé à Dom de tes activités extraconjugales ? demandai-je.

Adam fit glisser sa main de mon épaule et se raidit.

—Quel est le rapport ?

—Tu lui as parlé ?

L'expression inquiète disparut comme si elle n'avait jamais existé. C'était sans doute le cas. Peut-être avais-je voulu voir son inquiétude. Il arborait désormais son expression dure et froide, celle qui devait coller la trouille à tous les criminels qui se retrouvaient sous sa garde.

— Non.

Sa voix était cassante et sèche. J'eus l'impression qu'une véritable explosion de colère couvait.

— Bien.

Il était tellement surpris qu'il écarquilla les yeux et se retrouva bouche bée.

— Qu'est-ce que tu as dit ?

Comme je savais qu'il m'avait entendue, je ne pris pas la peine de répéter. Au moins, Dominic ne serait pas déjà fragilisé quand Adam lui demanderait d'héberger de nouveau Saul. Je déglutis avec difficulté et rappelai mentalement à Lugh ce que je pensais de lui avant de poursuivre.

— Lugh a décidé de rassembler son Conseil ici, dans la Plaine des mortels, dis-je.

Adam acquiesça avec précaution.

— Une décision raisonnable.

— Tu feras partie de ce Conseil, bien sûr, et il compte aussi sur Raphael, même si nous ne sommes pas d'accord sur ce point.

J'essayais de gagner du temps.

— D'accord. Maintenant dis-moi tout de suite quelle bombe tu dois balancer.

Je crispai tellement mes mains sur mes genoux que mes jointures craquèrent. Il n'y avait aucun moyen de faire marche arrière désormais.

— Il a aussi choisi Saul.

Le silence s'abattit comme un lourd brouillard hivernal, dense et épais. Le visage d'Adam se ferma complètement, comme un masque impassible. Pourtant je savais que les doutes et les angoisses tourbillonnaient derrière cette façade. Du moins, je l'espérais. Pour ma part, ils s'en donnaient à cœur joie dans ma tête et mon masque à moi était loin d'être sécurisé. Une larme dévala le long de ma joue.

Bon sang, je pensais m'en être complètement débarrassée ! J'essuyai cette larme unique et m'efforçai de garder mon calme en attendant la réponse d'Adam.

Je ne devrais pas accorder autant d'importance à tout ça, me dis-je. Ouais, j'aimais bien Dom et je le considérais comme un ami, mais ce n'était pas comme si nous étions si proches. Je ne me tournerais pas vers lui en cas de problème. Mais à qui m'adresserais-je, d'ailleurs ? Prenant conscience que je serrais les dents, j'essayai de me détendre.

— Ce suspense me tue, dis-je en essayant de prendre un ton sec et sarcastique.

Sans succès. Les mains d'Adam étaient crispées, ses jointures blanches. Son masque n'était pas si parfait, semblait-il. Mais Adam resta silencieux.

Les minutes passèrent – du moins, il me sembla – et la tension ne faisait qu'empirer. Je ne devais pas être aussi sûre de la réponse d'Adam, sinon pourquoi aurais-je été dans cet état ?

Quand je fus incapable d'en supporter davantage, je me levai et me dirigeai vers la cuisine. Un café ne résoudrait pas tout mais au moins il serait chaud, apaisant et délicieux. Adam resta immobile sur le canapé pendant que je préparais le café. Il ne me rejoignit dans la cuisine qu'une fois que j'eus commencé à siroter.

— Je peux en avoir une tasse ? demanda-t-il.

Quels que soient ses pensées et ses sentiments, son visage ne trahissait rien.

— Je regrette de ne pas savoir comment faire, dis-je.

Je crus enfin voir un soupçon d'expression : de la perplexité.

— Hein ? Faire quoi ?

— Comment faire pour éviter de montrer ce que je ressens. Je n'ai jamais rencontré quelqu'un qui y arrive mieux que toi. Brian sait faire sa tête d'avocat, mais il en est incapable en situation extrême…

— Je peux avoir un café, oui ou non ?

D'accord, je faisais la causette toute seule. Ce n'était pas la première fois.

— Tout dépend, tu vas abandonner Dominic pour Saul ou non ?

Il cligna des yeux.

— C'est si important pour toi ?

Je fus sérieusement tentée de lui balancer mon café brûlant à la figure. Je parvins à me refréner, mais avec toutes les peines du monde.

— C'est mon ami, dis-je. Je ne veux pas le perdre pour qu'un démon que je ne connais pas prenne sa place. Bon sang, je ne veux pas le perdre, c'est tout ! C'est vraiment un type bien et il ne mérite pas d'être mis de côté !

— Je ne veux pas le perdre non plus, dit-il, la voix calme mais le regard hanté.

— Mais tu vas quand même le céder à ton vieux pote Saul, dis-je avec amertume.

Je faillis ajouter un commentaire cinglant sur le fait qu'il pourrait de nouveau s'adonner à ses pratiques malsaines mais, exceptionnellement, je parvins à tourner sept fois ma langue dans ma bouche. Il se peut que je ne comprenne jamais la façon de penser des démons, il se peut que je ne pardonne jamais à Adam d'avoir abandonné Dom, mais il aurait fallu que je sois stupide pour ne pas voir à quel point cette perspective lui faisait mal et il n'y avait aucune raison de faire empirer les choses.

Adam secoua la tête et affronta enfin mon regard.

— Pas sans me battre, non, je ne le ferai pas.

La mâchoire m'en tomba et je posai ma tasse avant de la lâcher.

— Tu es en train de me dire que tu ne vas pas faire ce que Lugh te demande ?

Il s'appuya contre le mur, les bras croisés sur son torse dans ce qui aurait pu passer pour une attitude défensive.

— Je te l'ai déjà dit. J'aime bien Saul. Mais j'aime Dom.

— Ouais, mais tu m'as déjà dit aussi que si tu étais dans une situation où tuer Dom était la chose à faire, tu le ferais sans éprouver aucune culpabilité.

Et quand il m'avait fait cet aveu, il m'avait démontré à quel point les démons pouvaient être différents de nous, même si leur psyché ressemblait beaucoup à celle des humains.

— Apparemment, c'est plus facile à dire qu'à faire.

Mon opinion sur lui s'améliora de manière exponentielle. Je lui versai même un café qu'il accepta avec reconnaissance. Il avait autant besoin de chaleur et de réconfort que moi.

— Juste pour clarifier les choses, dis-je en reprenant ma tasse, tu ne comptes pas faire part à Dom de la requête de Lugh ?

Adam pinça les lèvres.

— Je vais lui en parler. (Il leva la main pour devancer la réponse acerbe que j'étais sur le point de formuler.) Il est grand. Je n'ai pas le droit de prendre cette décision à sa place. S'il veut reprendre Saul, alors je ne m'y opposerai pas.

Il ferma les yeux et inspira profondément.

J'étais indignée par ce qui me semblait être un revirement de la part d'Adam et j'étais à deux doigts de lui dire exactement ce que je pensais de lui, quand, une fois encore, je résistai à l'envie de lui balancer mon genou où je pense. C'était la deuxième fois que je me refrénais dans la même journée et je commençais à penser que j'étais en train d'acquérir une certaine maturité. Quelle belle perspective !

Adam ne dissimulait plus ses émotions et je découvris qu'il était même assez facile à comprendre. Il donnerait à Dom la possibilité de retrouver Saul parce que s'il ne le permettait pas, il ne saurait jamais si Dom lui aurait préféré Saul. Existait-il un soupçon de manque de confiance sous cette façade habituellement arrogante ?

— Tant que tu es clair sur le fait que c'est Dominic que tu veux et pas Saul, il prendra la bonne décision, dis-je, et je le croyais sincèrement.

D'accord, Dom était le héros typique mais je n'avais aucun doute sur le fait qu'il préférerait l'amour à l'héroïsme. À condition qu'Adam ne lui fasse pas croire qu'il préférerait retrouver Saul.

— Ah, dit Adam, voilà pourquoi tu voulais savoir si je lui avais parlé de mes visites en Enfer.

J'acquiesçai. Il valait mieux que Dom n'en sache rien pour qu'il ne doute pas qu'Adam était entièrement satisfait de leur relation.

Adam se passa la main dans les cheveux et posa sa tasse sans en avoir bu une goutte.

— Je descends interroger les types de la sécurité.

Il esquissa ce sourire sardonique qui était sa marque de fabrique. L'expression était encore un peu faible mais l'effort était louable.

— Cela va me permettre de me remettre un peu d'aplomb avant de parler à Dom.

— Bonne idée, dis-je, même si je n'étais pas certaine qu'il soit dans le bon état d'esprit pour enquêter. Tu m'appelles plus tard ? Que je sache comment ça s'est passé.

Il acquiesça, mais ne dit rien. Il avait définitivement fait tomber le masque et il avait l'air inquiet et malheureux en se dirigeant vers la porte. Je n'aurais pas été surprise qu'il s'en aille sans un mot et j'aurais pu le laisser faire. Mais ce jour-là, je fus incapable de le laisser partir comme ça.

— Adam ? dis-je avant qu'il soit à mi-chemin de la porte.

Il se retourna. Il haussa un sourcil d'un air interrogateur. Mue par une impulsion que je ne compris pas bien, je m'approchai de lui et, à notre grande surprise, je le serrai dans mes bras.

— Tout va bien se passer, dis-je.

Je me sentis ridicule d'adresser ces paroles réconfortantes à Adam. Je me sentis encore plus ridicule de le prendre dans mes bras. Je ne veux rien savoir de la nuance de rouge dont se colora mon visage et je le libérai si vite que je suis certaine que cela aurait semblé comique aux yeux d'un témoin extérieur. Je n'avais pas le cran de le regarder en face. S'il éclatait de rire, j'allais le flanquer à terre en faisant fi des conséquences.

— Merci, dit-il doucement.

Je ne trouvais toujours pas le courage de le regarder. Il me tapota maladroitement l'épaule, un geste de réconfort aussi peu assuré que le mien.

Mon visage était toujours en feu et j'avais toujours les yeux rivés sur le sol quand j'entendis la porte se refermer derrière lui.

Chapitre 17

Visiblement, même en pleine confusion intime, Adam restait un enquêteur efficace. Il apprit que les deux gorilles étaient entrés en persuadant Mme Schwarz, une des petites vieilles omniprésentes de mon immeuble, qu'ils étaient agents d'assurances. Elle les avait rencontrés au café, au coin de la rue, et ils l'avaient suivie jusque dans l'immeuble comme de petits canetons. Mme Schwartz avait alors passé une demi-heure à parler de ses besoins en assurance avec ces deux charmants jeunes hommes. Ils avaient quitté son appartement aux alentours de 17 heures, ce qui signifiait qu'ils avaient traîné dans l'immeuble pendant plusieurs heures en attendant que leur gibier – moi – se montre. Le personnel de sécurité s'intéressait plus aux individus qui entraient dans l'immeuble qu'à ceux qui en sortaient, aussi personne n'avait remarqué que les deux hommes étaient restés beaucoup plus longtemps que leur profession d'agents d'assurances le requérait.

Ils ne portaient pas leurs lunettes noires à leur arrivée dans l'immeuble avec Mme Schwartz. Pourtant, une fois qu'elle s'était portée garante pour eux, ni le portier ni le gardien n'avait plus prêté attention à ce que ces deux hommes faisaient. Portier et gardien se rappelaient à peine les avoir vus et étaient bien incapables de donner d'eux une description fiable. Ce dont Mme Schwartz était elle aussi incapable, à cause de sa cataracte. Il y avait bien un enregistrement de la caméra de surveillance placée dans l'ascenseur, mais les gorilles avaient dû y penser, car ils avaient pris soin de ne pas montrer leur visage.

Adam m'avait transmis ces maigres informations par téléphone une fois de retour chez lui. Il me précisa ensuite qu'il me rappellerait le lendemain, ce qui voulait dire que j'allais passer le reste de la nuit à me faire du mauvais sang sur l'issue de sa conversation avec Dom.

Je croyais que j'allais avoir beaucoup de mal à m'endormir ce soir-là, mais je me trompais. Parfois la douleur et la tension vous font vous retourner toute la nuit, et d'autres fois, elles vous épuisent au point que vous ne pouvez garder les yeux ouverts.

Je doute d'avoir pu profiter de plus de deux minutes d'un sommeil ininterrompu et bienheureux avant de me « réveiller » dans la salle du trône de Lugh. Assise sur une petite chaise dure au pied de l'estrade, je levai les yeux vers le roi sur son trône. J'étais probablement supposée adopter le rôle de la suppliante, mais je doutais que Lugh soit surpris de me voir rejeter cette position.

Je me levai et montai les marches de l'estrade. C'était plus facile cette fois-là que lors de mon rêve précédent, car Lugh ne s'était pas donné la peine de me vêtir en costume d'époque.

Il était de nouveau habillé en velours écarlate rehaussé d'or, même s'il ne s'agissait sans doute pas de la même tenue, juste une qui lui ressemblait. Naturellement, il était toujours aussi attirant, malgré l'aspect rebutant de la couronne et du trône. Il était assis droit comme un piquet, son beau visage ciselé figé en une expression que je ne parvins pas à déchiffrer. Il n'avait pas l'air content. Mais après tout, je ne l'étais pas non plus.

— Tu as sonné ? demandai-je alors que le silence s'installait.

— Tu es en colère après moi ?

Je haussai les épaules. Bien sûr que j'étais en colère après lui. Il m'avait obligée à accepter son « compromis » pourri.

Je n'apprécie pas trop d'être obligée de faire quoi que ce soit. Comme il savait tout cela, je ne me donnai pas la peine de le lui rappeler.

— Et tu es en colère après moi, répondis-je. Je suppose que nous sommes à égalité. (Je fronçai les sourcils.) Enfin autant qu'on peut l'être.

Il secoua la tête. Il regrettait sans doute que Raphael n'ait pas trouvé qui que ce soit d'autre sur cette planète pour lui servir d'hôte.

— Je ne vais pas encore me justifier, dit-il, d'une voix cassante.

— Idem pour moi.

Il leva la main, je crois dans l'intention de la passer dans ses cheveux dans un geste de frustration. Au dernier moment, il se rappela qu'il portait une couronne et suspendit son geste.

— Comme tu le sais certainement, continuai-je, je suis vraiment fatiguée. Y a-t-il une raison vitale pour que nous parlions ce soir ? Parce que si ce n'est pas le cas, j'aimerais bien dormir.

Il eut l'air de réfléchir un moment avant de répondre.

— En fait, ce n'est pas à toi que j'ai besoin de parler. Mais à Raphael.

Comprenant ce que cela impliquait, je laissai échapper un son qui, je le crains, ressembla à un couinement de détresse. Je m'appliquai ensuite à mobiliser le maximum de concentration afin de fermer mes portes mentales.

— Détends-toi, Morgane, dit Lugh d'une voix de crooner censée m'apaiser même si nous n'étions, ni l'un ni l'autre, d'humeur à apaiser ni à être apaisé. J'aimerais que nous travaillions ensemble. J'ai une idée de la manière dont nous pourrions te faciliter la tâche afin que tu me laisses prendre le contrôle quand c'est nécessaire.

Je n'aurais probablement pas dû le laisser me déstabiliser si facilement. Mon état d'épuisement affectait mes processus mentaux, autant dans mon sommeil que lorsque j'étais éveillée. Pourtant, pour je ne sais quelle raison, je cessai de lutter. Je ne baissai pas ma garde pour autant.

— Très bien. Je t'écoute. Voyons ton idée.

Il se leva lentement de son trône et me domina de toute sa stature. Il était toujours plus grand que moi, mais ces chaussures de velours rouge avaient de sacrés talons et j'eus la sensation de devoir me tordre le cou pour affronter son regard. Mon instinct m'ordonnait de reculer devant cette créature dangereuse, mais je résistai. Évidemment, il savait déjà qu'il m'impressionnait, mais cela ne signifiait pas que je devais lui montrer que j'avais peur.

— J'aimerais essayer de garder le contrôle pendant que tu es éveillée, dit-il. Pendant ton sommeil, tu as déjà assez diminué tes défenses pour me laisser prendre le dessus. T'amener à baisser ta garde est la clé du problème. Si tu n'essayais pas de résister, nous pourrions faire ensemble cette transition vers ton état de veille.

Je me rappelai avec un peu de surprise que, quand Lugh avait commencé à communiquer avec moi, mon inconscient était invariablement parvenu à s'en débarrasser sans effort particulier de ma part. Maintenant, à moins d'une démarche volontaire pour me libérer, il pouvait contrôler mon sommeil aussi longtemps qu'il le voulait. Voilà qui n'était pas bon, je lui accordais de plus en plus de pouvoir sur moi. Je décidai que je ne voulais pas me réveiller pour me retrouver passagère de mon propre corps.

J'essayai encore de claquer mes portes mentales.

— Ne fais pas ça ! m'ordonna fermement Lugh, et son expression était désormais froide comme l'acier. Nous devons y arriver et ce que tu veux importe peu. Si tu persistes à me résister, tu vas te retrouver dans l'oubliette.

Le choc me coupa le souffle. L'horreur et le sentiment de trahison changèrent mon ventre en un bloc de glace et perturbèrent momentanément mes efforts pour lui reprendre le contrôle.

— Tu as promis de ne plus jamais le faire ! criai-je, bien que cela ressemble plus à une plainte.

L'expression de Lugh restait sinistre.

— Et tu m'as promis que tu apprendrais à me laisser prendre le contrôle quand la situation le requerrait. Tiens ta promesse et je tiendrai la mienne. C'est aussi simple que ça.

À cette seconde, je pense que je l'ai vraiment détesté. Il n'y avait pas si longtemps, je l'avais apprécié, j'avais même commencé à le considérer comme un ami. Un ami très sexy qui m'excitait malgré moi. Qu'était-il arrivé à ce Lugh-là, gentil et doux, qui avait eu l'air de se soucier de moi ?

Je n'exprimai aucune de ces pensées à haute voix, mais Lugh me répondit malgré tout.

— Rien n'a changé, Morgane, dit-il d'une voix plus douce. Et je me soucie de toi. Plus que tu le penses. C'est juste que…

Il soupira et la salle du trône disparut autour de nous.

Je ressentis un moment de désorientation intense. Quand celui-ci fut passé, nous n'étions plus dans l'impressionnante salle du trône. Nous étions de retour dans le salon confortable où nous avions souvent discuté. Et Lugh était redevenu ce que je pensais être le Lugh normal. Fini la couronne et le velours rouge et or, il avait revêtu son pantalon moulant en cuir noir, passé ses bottes et le tee-shirt uni noir qui moulait ses pectoraux de manière si séduisante.

— Que je sois là ou dans la salle du trône, dit-il, je suis toujours un roi. En tant que roi, je dois faire des choses que je n'aimerais pas faire en tant que simple sujet.

Il s'assit près de moi sur le canapé en cuir doux comme du beurre. Il prit une de mes mains entre les siennes et il ne me vint pas tout de suite à l'esprit de protester.

— Je t'en prie, Morgane, demanda-t-il, son regard se faisant l'écho de sa requête. Je t'en prie, honore le marché que nous avons passé. Nous ne serons pas toujours d'accord et nous nous disputerons. Mais nous devons choisir avec soin nos sujets de discorde. Et ceci n'est pas un sujet à propos duquel nous devrions nous disputer.

J'avais la sensation très nette d'être manipulée. Il n'y avait aucun doute sur le fait qu'il était en train de m'user. J'étais peut-être trop fatiguée pour m'en soucier.

— Très bien, dis-je à contrecœur. Je ferai de mon mieux pour te laisser le contrôle quand je me réveillerai. (Je fronçai les sourcils.) Bien que, à dire vrai, je ne voie pas comment je peux me réveiller sans lutter contre toi. Les deux vont toujours ensemble.

— Non, pas toujours, répondit-il d'un air mystérieux.

— Morgane ? demanda une voix qui n'était pas celle de Lugh et qui semblait étrangement lointaine.

Je croisai le regard de Lugh. Cette voix ressemblait étrangement à…

— Il est temps de te réveiller, poursuivit la voix, un peu moins lointaine.

Je n'eus plus aucun doute sur son propriétaire. Quand je compris ce que Lugh avait fait, je dus faire appel à toute ma volonté pour éviter de lutter aussitôt contre lui.

— Je t'en prie, ne lutte pas, dit-il simplement. Je dois lui parler et il fallait que quelqu'un te réveille.

Malgré les quelques noms d'oiseaux qui me vinrent à l'esprit, je ne me rebiffai pas contre son contrôle. Le salon disparut, tout comme la salle du trône un peu plus tôt. Mais, cette fois, quand j'ouvris les yeux, ce fut le visage d'Andrew que je vis. Ce dernier me secouait doucement par l'épaule.

Non, pas Andrew. Raphael. Et malheureusement, ce n'était ni un mirage ni un rêve.

Chapitre 18

Je voulus lever la main pour me frotter les yeux, mais Lugh n'eut pas l'air d'éprouver ce besoin. Il s'assit puis sortit ses jambes de sous les draps. Raphael recula pour lui faire de la place.

—Je suis en train de parler à Morgane ou à Lugh? demanda-t-il.

—Lugh. Du moins pour le moment.

Un fauteuil était disposé à l'autre bout de la chambre. Il était trop lourd pour être déplacé facilement, mais cela n'empêcha pas Raphael de le traîner près du lit pour s'y asseoir. Parfois, ça doit être sympa d'avoir la force d'un démon. Bien sûr, j'en bénéficiais à ce moment-là, et je m'en serais tout aussi bien passée. Je n'étais pas habituée à laisser Lugh me contrôler ainsi et tous mes instincts de survie primaux m'intimaient de me battre, de courir, de faire quelque chose pour me libérer.

Je sentis les muscles de Lugh se raidir, puis se relâcher quand je résistai à l'urgence de lutter.

Est-ce qu'Andy vivait la même chose? Est-ce qu'il pouvait sentir tout ce que Raphael faisait avec son corps? Sentir le tissu rêche du fauteuil sous ses doigts alors même qu'il était incapable de faire bouger ces mains? Et si c'était en effet ce qu'il vivait, comment pouvait-il le supporter? Pouvais-je vraiment croire que mon frère était vivant et bien portant à l'intérieur de son corps?

— Comment ça se passe pour ton hôte ? demanda Lugh, me prenant par surprise et, vu le visage de Raphael, ce dernier du même coup.

— C'est la première fois en un siècle que nous sommes en mesure de nous parler en dehors d'une situation de crise et c'est la question que tu me poses ?

Je mis mon cerveau en marche. Je savais, bien entendu, que les démons vivaient très longtemps, s'ils n'étaient pas immortels. Et je savais à quel point les relations entre Lugh et Raphael avaient été mauvaises. Mais il ne m'était jamais venu à l'esprit qu'ils ne s'étaient pas parlé depuis si longtemps.

— Rappelle-toi, mon frère, dit Lugh, que contrairement à vous, mon hôte et moi sommes partenaires. Ce qui veut dire que ce qu'elle pense compte beaucoup pour moi. Alors dis-moi comment va Andrew.

Raphael secoua la tête.

— Pourquoi me donnerais-je la peine de répondre ? Ni Morgane ni toi ne me croirez si je vous dis qu'il va bien.

Je n'avais jamais vu le visage de mon frère paraître aussi irrité. Cette expression n'était pas flatteuse.

Je serrai les dents et compris que Lugh luttait pour se contrôler.

— *Ne te mets pas en colère en mon nom,* pensai-je à son intention. *Tu sais que j'ai déjà eu cette conversation avec lui et ses affirmations ne m'ont pas rassurée pour autant.*

— Est-ce que tu nous reproches de ne pas te faire totalement confiance ? demanda Lugh. Est-ce que tu me ferais confiance si tu te trouvais à ma place ?

Raphael, les bras croisés sur le torse, s'affala dans son fauteuil. Il avait vraiment l'air d'un ado boudeur.

— Quoi que je fasse, cela ne vous convient jamais. Peu importent les risques que j'ai pris pour toi, peu importe…

Lugh gronda.

— Arrête de pleurnicher ! Si la seule raison que tu as pour m'aider – si tu m'aides vraiment – c'est de pouvoir me faire du chantage affectif, alors ne te donne pas cette peine.

Le démon Raphael s'embrasa dans les yeux d'Andrew et, pendant un instant, je crus qu'il allait se jeter sur nous. Lugh se tendit, partageant apparemment la même crainte que moi, mais Raphael parvint à garder son cul sur son siège. Il agrippait les bras du fauteuil et les jointures de ses doigts avaient viré au blanc.

— *Euh, Lugh, je ne crois pas que le provoquer en lui disant quelle merde il est soit vraiment productif,* dis-je.

Amusant comme je pouvais être raisonnable quand ce n'était pas moi mais Lugh qui se disputait avec Raphael.

— Et qui l'a provoqué au point de se prendre un coup la dernière fois qu'elle lui a parlé ? demanda Lugh.

Si mon corps m'avait appartenu, je suis sûre que j'aurais rougi à ce petit rappel. Je n'étais définitivement pas dans la position de lui jeter la première pierre.

À ma grande surprise, Raphael gloussa et eut l'air de se détendre.

— J'ai déjà évoqué le fait que Morgane et toi formiez un duo étonnamment compatible. (Sa bonne humeur disparut sans que son expression maussade réapparaisse.) Andrew va bien. Nous ne sommes, ni l'un ni l'autre, satisfaits de notre alliance forcée, mais nous gérons au mieux.

Lugh ricana.

— Personne ne vous force, à part toi.

Raphael se pencha en avant.

— Tu oublies quelque chose, cher frère. Andrew et moi nous sommes détestés dès notre rencontre. J'ai le pouvoir de le détruire, mais je ne le fais pas par égard pour Morgane et toi. Alors oui, en effet, je subis une alliance à laquelle je préférerais mettre fin.

— *Alors mets-y fin, connard,* voulus-je lui dire, mais je n'étais pas en mesure de contrôler ma voix.

Mes lèvres se retroussèrent en un sourire qui tenait plus du rictus.

— Je serais heureux de t'aider à y mettre fin, petit frère, dit Lugh, et j'eus la sensation que tous les muscles de mon corps étaient tendus.

Raphael se raidit lui aussi.

— Tu crois que tu peux m'exorciser ? (Il arborait un rictus identique à celui de son frère.) Es-tu sûr de gagner si nous nous affrontons ?

Lugh m'avait déjà avoué qu'il n'était pas certain d'en être capable, car Raphael et lui avaient les mêmes pouvoirs. Mais il semblait avoir oublié ce détail.

— Il suffit d'essayer, répondit Lugh.

Avant d'avoir fini sa phrase, il s'était projeté du lit pour percuter le corps de Raphael.

— *Qu'est-ce que tu fais ?* criai-je dans ma tête.

S'ils se battaient et que Lugh perdait, alors tout était fini. Dougal monterait sur le trône et tout ce que j'aurais traversé – que nous aurions traversé – n'aurait strictement servi à rien.

Lugh ne me répondit pas. Le fauteuil s'écrasa sur le sol et Raphael finit sur le dos, immobilisé par Lugh. Andrew était beaucoup plus grand que moi, mais Lugh était assez fort pour compenser cette différence de taille, surtout maintenant qu'il avait le dessus. Leurs regards étaient rivés l'un à l'autre. Bien que l'effort généré pour exorciser un démon ne soit pas physique, je sentais Lugh rassembler toute son énergie afin de forcer son aura sur celle de Raphael.

Je souhaitais désespérément reprendre le contrôle de mon corps, mais c'était trop tard maintenant. Si je commençais à résister à Lugh, je pouvais rompre sa concentration et tout serait fichu.

Jamais, dans mes rêves les plus fous, je n'avais imaginé que Lugh se laisserait emporter par son tempérament. Pourtant j'avais déjà eu des aperçus de sa personnalité. Et je savais également à quel point l'animosité entre son frère et lui était profonde. Pourtant, j'aurais pensé que ce fameux sens des responsabilités que je n'avais cessé de maudire l'empêcherait d'agir de manière aussi imprudente. Je retins mentalement mon souffle, espérant et priant pour que Lugh soit le plus fort.

Raphael écarquilla les yeux quand son regard plongea dans celui de Lugh.

— Je t'en prie, ne m'expulse pas, murmura-t-il, à bout de souffle. Tu sais ce que Dougal me fera. Je t'en prie !

Mais bon sang… ?

L'aura de Lugh continuait à pousser contre celle de Raphael, mais ce dernier ne résistait pas. Davantage de pression et Raphael serait renvoyé au Royaume des démons. Et mon frère serait libre.

Raphael ne bougeait pas sous le corps de son frère… sous mon corps. Son aura ne résistait toujours pas à celle de Lugh et je compris soudain que c'était simplement parce que Raphael ne voulait pas lutter.

— Tu vas me rendre la tâche aussi facile ? demanda Lugh, d'une voix calme en dépit de la mauvaise colère qui avait provoqué son assaut.

Raphael déglutit.

— Si l'un d'entre nous doit retourner au Royaume des démons, ce doit être moi. Dougal te tuerait et nous aurions fait tout cela pour rien.

Il ferma les yeux et attendit. La sueur couvrait son visage et son souffle était court et saccadé. Pourtant il ne se défendait toujours pas.

L'aura de Lugh battit en retraite et il roula pour s'écarter du corps de Raphael. Ce dernier reposait par terre, les yeux fermés, complètement raide. Lugh redressa le fauteuil qu'il avait renversé puis saisit le bras de son frère et l'aida à se relever avant de le rasseoir. Puis il s'installa sur le bord du lit et le regarda jusqu'à ce que Raphael ouvre les yeux.

Le bras de fer visuel sembla durer une éternité. Je ne savais pas ce qui se passait, ce que Raphael ou Lugh pensait. Mais j'observais. Et je vis l'expression de peur de Raphael faire place à l'étonnement, puis à la compréhension, à la colère enfin.

— Espèce de salaud ! cracha-t-il. C'était un test, c'est ça ? Tu voulais tester ma loyauté ?

— Si tu dois faire partie de mon Conseil, si je dois te faire confiance, alors je dois être certain que tu es bien de mon côté.

À ma grande surprise, les yeux de Raphael se mirent à scintiller de larmes.

— Et il fallait que j'en arrive là pour prouver ce que je valais ?

Sa voix rauque était emplie de douleur. Par le passé, j'avais souvent décidé de ne pas faire confiance aux émotions de Raphael, ne sachant pas s'il jouait ou non la comédie. Cette fois, j'étais sûre qu'il ne faisait pas semblant.

Lugh tendit la main pour tapoter l'épaule de son frère et ce dernier tressaillit à son contact.

— Pose-toi cette question, mon frère, dit Lugh. Étant donné l'enjeu, aurais-je pris le risque de me battre contre toi si j'avais vraiment pensé que tu allais te défendre ? Tu peux penser que je suis arrogant, mais certainement pas au point de supposer que je gagnerais.

Raphael secoua la tête en clignant des yeux.

— Mais alors pourquoi… ?

— Parce que je ne suis pas le seul qui ait besoin d'être convaincu.

Eh bien, merde… Tout ce numéro m'était donc destiné ? Raphael ne m'appréciait pas particulièrement : voilà qui n'allait pas arranger les choses.

Il y réfléchit pendant un long moment sans dire un mot. Puis il acquiesça.

— Je ne peux pas dire que j'apprécie ta façon d'agir mais je comprends. Et que fait-on maintenant que j'ai passé le test ?

— As-tu vraiment dit à Morgane tout ce que tu savais concernant le projet Houston ?

Raphael, comme moi, perçut le ton sceptique de la voix de Lugh.

Il redressa les épaules mais répondit de manière assez civile.

— Oui. Il y a au moins trente-cinq ou quarante laboratoires disséminés dans le monde. Je ne sais pas grand-chose de leurs activités quotidiennes.

— Suis-je vraiment supposé te croire alors que tu étais personnellement impliqué dans le projet mené au sein du Cercle de guérison ?

Raphael se hérissa.

— Je pensais avoir justement passé un test de loyauté. Apparemment, je me suis trompé.

— Je crois en ta loyauté, répondit Lugh avec un sourire sardonique. Mais j'ai toujours quelques doutes quant à ton honnêteté.

À ma grande surprise, Raphael éclata de rire.

— Tu feras un bon roi si on arrive à te faire monter sur le trône, dit-il alors que toute animosité avait disparu de sa voix.

— Je suis ravi que tu penses ça. Maintenant, concernant le laboratoire de Houston…

Raphael poussa un soupir exagéré.

— Je dis la vérité, même si c'est difficile à croire. Le Cercle de guérison était une ébauche de projet pour moi.

— Mais tu supervisais cette campagne qui avait comme objectif de créer un meilleur hôte, protesta Lugh. Tu étais responsable de tout le projet !

Raphael secoua la tête.

— C'était Dougal qui en était responsable. J'étais tout juste son émissaire dans la Plaine des mortels.

Je ne le croyais pas et je ne pense pas que Lugh le croyait non plus. Mais cela n'aurait servi à rien d'insister. Raphael n'avouerait pas son mensonge. Pourtant j'étais certaine que Lugh était aussi curieux que moi de savoir ce que son frère cachait cette fois.

— Très bien, dit Lugh, même si Raphael perçut le ton sceptique de la voix de son frère. Tu ne savais rien de ce qui se passait au laboratoire de Houston. Mais tu devais savoir qui en était responsable. Vous deviez sûrement communiquer entre laboratoires.

— Pourquoi es-tu si intéressé par Houston ? Rien de ce qui s'y passait n'a d'importance dans le grand ordre des choses. Ce qui importe, c'est d'être plus malin que Dougal.

Mais Lugh secoua la tête.

— Savoir ce qu'il préparait dans la Plaine des mortels et quels progrès il a faits est également important pour moi. Nous nous sommes trop souvent permis d'interférer avec les humains alors que nos monarques restaient de bienheureux ignorants. Je ne permettrai pas que cela continue pendant mon règne. Alors contacte certains de tes vieux amis dans le business d'élevage et cherche à savoir ce qui se passait dans le laboratoire de Houston. Je veux comprendre pourquoi Tommy Brewster est important au point qu'un démon prendrait le risque de le posséder illégalement en des circonstances aussi douteuses.

— Tu n'oublies pas quelque chose ? Je suis hors la loi et je risque autant que toi avec Dougal et ses partisans. Je n'ai plus aucune source d'information.

— Un peu que je vais te croire ! Ou bien serais-tu en train de me dire que Dougal a les moyens et la volonté d'informer tous les démons de la Plaine des mortels que tu n'es plus son acolyte ?

D'après son expression, Raphael était sur le point de faire une crise de rage, mais il réussit à se maîtriser.

— Très bien, dit-il d'une voix neutre. Je vais voir ce que je peux apprendre et je te ferai un rapport. Avez-vous d'autres désirs, Votre Majesté ?

Avec ce ton, il était difficile de savoir si le titre honorifique était sarcastique ou respectueux. Du moins, j'avais du mal à savoir. Lugh saurait s'il était de tradition que ses frères s'adressent à lui par son titre, mais il n'éclaira pas ma lanterne.

— Sois juste gentil avec Andrew, peu importe à quel point tu le détestes.

Lugh se leva et Raphael fit de même. Ils s'adonnèrent à un nouveau bras de fer visuel sans que j'aie la moindre idée de ce à quoi ils pensaient.

— *Hmm, Lugh ? Si tu as fini, je peux récupérer mon corps ?* demandai-je.

Leur discussion avait été assez intéressante pour que j'en oublie combien il était désagréable que Lugh ait le contrôle. Mais les réflexes revenaient au galop et il me fallut beaucoup de volonté pour résister à l'envie de me libérer de lui.

Lugh ne me répondit pas, mais il tendit la main. Raphael le regarda encore pendant quelques secondes puis serra la main qui lui était offerte.

— Je suis content que nous ayons eu cette petite discussion, dit Raphael, sans que je sois capable là encore de savoir si cette déclaration tenait du sarcasme.

Lugh émit un petit ricanement qui aurait pu être un consentement, de l'amusement ou du dédain. Puis il tira sur le bras de Raphael et l'enferma dans une de ces étreintes viriles que les hommes apprécient. Raphael se raidit un moment, puis répondit à la démonstration d'affection de son frère.

Tout cela était vraiment émouvant, mais j'étais de plus en plus nerveuse. Je voulais reprendre le contrôle, le reprendre maintenant. Perdant la bataille contre mes nerfs, je pris conscience que j'étais en train d'essayer de fermer mes barrières mentales sans aucune volonté consciente.

Puis, soudain, Lugh avait disparu et mon corps me fut rendu. Je lus dans le regard glacial de Raphael qu'il avait tout de suite remarqué la différence. Lugh et lui avaient très bien pu faire la paix, mais cela ne signifiait pas que tout allait bien entre nous pour autant.

Raphael ouvrit la bouche, sur le point de parler, puis il secoua la tête comme s'il se ravisait. Sans un mot, il tourna les talons et sortit de la pièce. Quelques secondes plus tard, la porte d'entrée claqua. Il n'était plus là.

Chapitre 19

Après le départ de Raphael, je m'allongeai dans mon lit et dormis comme une souche. Quand je me réveillai, les hématomes s'étaient bien épanouis et tout mon corps me faisait mal. J'engloutis une poignée d'ibuprofènes puis pris la plus longue douche du monde. Je me sentais à peine mieux ensuite.

Tout en me demandant ce que j'allais bien pouvoir faire de ma journée, je consultai les messages de mon répondeur du bureau et découvris que finalement je n'aurais pas à chercher comment m'occuper. Je me réjouis comme une imbécile de pouvoir planifier un exorcisme de routine au milieu de l'après-midi. Un instant, je pus prétendre que ma vie était normale. Du moins, aussi normale que la vie d'une exorciste peut l'être.

Je créai un peu l'événement en débarquant au tribunal avec mes hématomes très visibles. Je racontai à qui me posa la question que j'avais été agressée. C'était beaucoup plus simple comme ça.

Le type que je devais exorciser, un certain Jordan Maguire, avait été un hôte légal pendant cinq ans. Il avait apparemment eu des ennuis après sa séparation d'avec sa compagne avec qui il avait une petite fille de deux ans. Ils s'étaient disputés… bruyamment, selon les voisins. Quand le démon avait quitté l'appartement de la jeune femme, celle-ci avait appelé la police et l'avait accusé de l'avoir agressée. Elle avait même montré des contusions.

S'il avait été humain, il y aurait eu une très longue enquête pour savoir ce qui s'était réellement passé. Mais les démons ont très peu de droits et le système judiciaire ne tolère aucun écart. J'avais un peu pitié de ce démon qui jurait qu'il n'avait pas frappé sa petite amie, qu'elle le trompait avec un autre type et que c'était l'autre type qui l'avait frappée. Mais il avait déjà été inculpé et condamné et je savais que je ne faisais que le renvoyer dans le Royaume des démons, que je ne le tuais pas. Ma culpabilité était donc atténuée.

Le démon de Maguire me donna du fil à retordre, mais je finis par l'exorciser.

La culpabilité disparut complètement quand le démon fut parti. Environ quatre-vingts pour cent des hôtes dont on exorcise le démon finissent comme des légumes mais, parfois, il arrive que ce soit pire. Ce fut une de ces fois-là. Après le départ du démon, le cerveau de l'hôte s'éteignit complètement, incapable désormais de diriger les fonctions physiques vitales telles que la respiration. Son cerveau n'était pas seulement endommagé, il était mort.

On emmena Maguire en ambulance pour qu'il soit admis à l'hôpital en attendant que sa famille soit informée. Là on débrancherait le respirateur artificiel et il mourrait. Je frémis à la pensée de ce que le démon avait dû lui faire pour que son hôte se soit éteint complètement. Et je priais pour que Raphael ne traite pas mon frère de la sorte.

Déprimée, je revins à mon bureau pour y remplir toute la paperasse. Je n'avais pas eu de nouvelles d'Adam et, étant de nature impatiente, j'essayai de l'appeler. Je basculai aussitôt sur sa messagerie et ne pris pas la peine de laisser un message.

Je souffrais encore de la raclée que j'avais prise, j'étais déprimée par l'exorcisme que je venais de pratiquer, inquiète au sujet de Dominic et en colère d'avoir été éjectée de l'affaire

Tommy Brewster. Voilà une bien mauvaise association d'émotions et je brûlais d'envie de passer à l'action.

Ce que je décidai de faire aurait pu être imprudent, surtout compte tenu des « conseils » sans équivoque qui me recommandaient de ne pas fourrer mon nez dans les affaires de Brewster. Mais je décidai qu'il était temps de retourner aux *7 Péchés Capitaux*. Shae et Tommy semblaient être devenus amis… ou du moins complices. Je pourrais peut-être gentiment convaincre Shae de me confier ce que Tommy préparait.

Je souris à la perspective de faire passer un mauvais quart d'heure à Shae. Le meilleur dans tout ça, c'était que Shae étant elle-même un démon illégal, elle ne pourrait donc pas porter plainte à la police si je devenais un peu… agressive dans ma manière de lui poser les questions. Adam était obligé d'être complaisant avec elle, sinon sa source d'informations risquait de se tarir. Je n'étais pas soumise à ce genre d'obligations.

J'arrivai au club à 21 heures, juste au moment où les portes s'ouvraient. C'était le même videur que j'avais baratiné lors de ma dernière visite. Il ne faisait aucun doute qu'il me reconnaîtrait – je n'étais pas du genre à me fondre dans la foule – et il se souviendrait également que Shae m'avait laissé entrer la dernière fois. Quand je lui demandai d'avertir Shae que je souhaitais lui parler, il passa un coup de fil *sotto voce* puis m'annonça qu'elle arrivait tout de suite. Je trouvai un coin pour ne pas rester dans le passage et attendis.

Je ne fus pas surprise de constater que la définition de « tout de suite » de Shae différait de manière significative de la mienne. Je me retins de regarder ostensiblement ma montre quand elle émergea enfin de l'entrée estampillée « Réservé au personnel ».

Visiblement, en matière de vêtements, Shae affirmait sa préférence pour le théâtral. Ce soir-là, elle portait une tunique en soie orange fluo agrémentée de brandebourgs et d'un col mandarin par-dessus un pantalon noir. Je ne sais comment, mais elle était parvenue à dégoter une paire de talons aiguilles dont la couleur s'accordait exactement à celle de sa tunique. N'importe qui d'autre aurait eu l'air ridicule dans cette tenue, pas elle.

Shae me regarda sans perdre sa contenance et son regard s'attarda sur mes hématomes. Je serrai les dents, m'attendant qu'elle me balance un commentaire, mais elle se contenta de me sourire : ce sourire prédateur de requin auquel je commençais à m'habituer.

— Quelle agréable surprise, dit-elle, les yeux étincelants. Deux fois en une semaine. Peut-être devrions-nous t'inscrire comme membre ?

Je réprimai un frisson à cette pensée.

— Ton videur a dit qu'il y avait une liste d'attente de trois mois.

— Je serais ravie de faire une exception pour toi.

Nous savions toutes les deux qu'il gèlerait en enfer avant que j'accepte de devenir membre, mais je fis semblant de marcher. J'essayais d'approcher ma proie. Ou juste de me laisser le temps de changer d'avis avant de m'en aller.

Je haussai les sourcils.

— Pourquoi ferais-tu ça ?

Je dus refréner l'envie de me recroqueviller sur moi-même quand Shae passa son bras sous le mien.

— Parce que tu es la source d'un plaisir sans limites, dit-elle en essayant de me traîner vers la porte et le cœur du club.

Je freinai des deux talons. Je ne voulais pas entrer là-dedans, et surtout pas au bras de Shae.

— Arrête tes conneries, dis-je. Je ne tiens pas à remettre les pieds dans ton club.

Elle plissa les yeux.

— Tu l'as déjà fait.

— Tu sais très bien ce que je veux dire. Y a-t-il un endroit tranquille où nous pourrions parler ?

Elle lâcha mon bras – merci mon Dieu – et m'observa d'un air curieux. J'affichai mon expression la plus neutre en espérant que j'étais plus douée pour dissimuler mes émotions. Shae m'aurait fichu la trouille même si je n'avais pas su qu'elle était un démon illégal. Il y avait quelque chose chez elle… Pas quelque chose de mauvais, mais peut-être… de chaotique.

Quoi qu'elle ait pu lire sur mon visage, Shae sembla satisfaite. Elle me sourit encore et désigna l'entrée du personnel.

— Suis-moi, dit-elle en prenant cette direction. Nous pouvons aller dans mon bureau.

Je ne fus pas surprise de voir que la porte était verrouillée. En revanche, je fus étonnée de constater que la clé était une carte. Je n'avais pas remarqué le lecteur dans l'ombre. Je me demandai si suivre Shae par cette porte n'était pas d'une stupidité monumentale. Mon Taser était dans mon sac mais, par expérience, je savais qu'il ne m'était pas d'un grand usage dans cet endroit.

Je retins la solide et lourde porte, mais je ne suivis pas Shae tout de suite. Elle se retourna en haussant un sourcil.

— Il y a un problème ? demanda-t-elle, et son sourire me disait qu'elle savait exactement quel était mon problème.

— J'attends un coup de fil d'Adam, lui répondis-je, ce qui était vrai. Je me demandais juste si je pouvais capter à l'intérieur du club. Tout cela a l'air si… impressionnant.

Ouais, d'accord, le prétexte du coup de fil était un cliché sorti tout droit de trois mille films à suspense. Habituellement utilisé en vain, quand on y réfléchissait bien. Mais c'était la première chose qui m'était venue à l'esprit et je n'avais pas le temps de trouver d'autre excuse.

Shae éclata de rire mais elle eut au moins l'obligeance de ne pas souligner mon manque d'originalité.

— Tu n'auras aucun problème pour capter, m'assura-t-elle. J'utilise mon portable tout le temps.

Il était temps que je prenne une décision. Allais-je suivre Shae dans l'enfer de son club, loin d'éventuels témoins, ou bien allais-je choisir la sécurité et lui déclarer que nous parlerions un autre jour avant de me tirer ?

Jouer la sécurité n'a jamais été mon fort alors, bien sûr, je la suivis.

Je suppose qu'à cause du lecteur de cartes, je m'étais attendue à quelque chose de mystérieux, de différent de ce couloir qui aurait pu appartenir à n'importe quel immeuble de bureaux de la ville. À ma droite, une loge de concierge. À ma gauche, une réserve. Plus loin, le bureau de Shae. Au bout du couloir, une porte sans inscription munie d'un autre lecteur de cartes.

— Qu'est-ce qu'il y a là-dedans ? demandai-je à Shae alors qu'elle poussait la porte de son bureau en me faisant signe d'entrer.

— D'autres bureaux, répondit-elle, mais elle ne s'attendait sûrement pas que je la croie.

Ce qu'il y a derrière cette porte ne me regarde pas, me rappelai-je. J'étais là pour obtenir des informations sur Tommy Brewster et pas pour fourrer mon nez dans les recoins les plus sombres des affaires de Shae.

Le bureau était aussi impressionnant que sa propriétaire. Les murs étaient peints en noir et la porte était couverte de moquette noire de type industriel. Le bureau de Shae était en laque brillante noire rehaussée d'argent et son fauteuil en maille noire et tubes argentés. Des bibliothèques argentées, remplies de livres d'économie et qui avaient l'air très ennuyeux, encadraient son bureau. La seule concession à la décoration consistait en photos noir et blanc de paysages urbains, chacune d'elles dans un cadre d'argent accroché au mur.

C'était froid et inhospitalier. Mais après tout, l'ambiance s'accordait bien avec l'occupante des lieux.

Elle m'invita à m'asseoir dans un fauteuil avant de s'installer derrière son bureau et de s'adosser en croisant les mains derrière la tête. Ses yeux étincelaient d'intérêt et de spéculations. Sous le prétexte de consulter mon téléphone, j'ouvris mon sac à main et m'assurai d'avoir un accès dégagé à mon Taser. J'en profitai pour l'armer et jeter un coup d'œil à la batterie. Il était prêt à l'emploi au cas où j'en aurais besoin.

— Alors, dit Shae, s'impatientant apparemment devant mes préparatifs. Que puis-je faire pour vous, mademoiselle Kingsley ?

J'avais bien un certain nombre de suggestions, mais je ne pensais pas que les exprimer donnerait lieu à une discussion productive.

— Je me demandais si tu pouvais m'en dire un peu plus sur Tommy Brewster. J'ai entendu dire que c'était un client régulier de ton club et j'en ai conclu que vous aviez tous les deux une sorte de relation d'affaires.

Shae cligna des yeux avant d'éclater de rire : un rire profond et riche que beaucoup d'hommes auraient qualifié de sacrément sexy. Pour ma part, je le trouvai tout simplement irritant. Après tout, tel était sûrement l'objectif.

— Je vois que tu es aussi subtile que moi, déclara Shae quand elle parvint à mettre fin à son hilarité.

Je haussai les épaules en essayant d'avoir l'air désinvolte.

— La subtilité, c'est dépassé.

Elle maîtrisa son éclat de rire, même si je voyais les commissures de ses lèvres tressauter.

— Je ne peux qu'abonder dans ton sens. Alors si nous pouvons nous dispenser de subtilité, laisse-moi te demander ceci : qu'est-ce qui te fait croire que je vais répondre à tes questions sur Tommy ?

J'envisageai de dégainer le Taser pour lui donner une raison immédiate. Puis je pris conscience du problème fondamental que poserait un tel geste. Beaucoup de démons prennent du plaisir dans la douleur et il était fort probable qu'un démon gérant un club SM soit de ceux-là. Ce qui rendait complètement vaine ma menace de lui faire du mal.

— As-tu une raison particulière d'être loyale envers Tommy ? demandai-je plutôt.

Shae m'adressa un drôle de regard.

— Ma chérie, est-ce que j'ai l'air d'une personne loyale envers qui que ce soit ?

— Je vérifie juste, marmonnai-je. Si cela ne blesse pas ta sensibilité délicate, nous pourrions peut-être arriver à un arrangement.

Elle avait déjà joué dans les deux camps. Pourquoi ne le referait-elle pas ?

À la lueur subite qui éclaira son regard, je devinai que j'avais éveillé son intérêt, même si sa voix resta neutre :

— Quel genre d'arrangement as-tu en tête ?

Je n'avais jamais été impliquée de près ou de loin dans ce genre de négociation illicite et je pris soudain conscience que je ne savais pas comment m'y prendre. Combien devais-je lui offrir ? Je n'avais même aucune idée d'une fourchette de prix. Quand elle nous avait aidés, Adam et moi, à sauver Brian de l'Enfer, elle avait demandé bien plus d'argent que je pouvais me permettre de donner, surtout maintenant que je n'étais pas encore remise de l'impact financier de l'incendie de ma maison.

Dans le doute, toujours faire un lob dans le camp de l'ennemi.

— Combien veux-tu ?

Si j'arrivais à lui faire annoncer un prix, je pourrais peut-être alors négocier à la baisse.

Shae éclata encore de rire et je regrettai d'être une telle distraction pour elle.

— Tu n'as pas les moyens de m'acheter, dit-elle. Mais je suis tout à fait prête à considérer d'autres formes de paiement.

Me rappelant quelle autre forme de paiement elle avait demandé à Adam et Dominic par le passé, je réprimai un frisson.

— Tout dépend à quel point tu veux cette information, poursuivit Shae.

Elle parcourut mon corps du regard et je ne voulais vraiment pas savoir ce qu'elle imaginait.

Je reculai ma chaise. C'était une idée stupide. Aussi stupide que d'être venue la première fois dans ce club pour chercher Tommy Brewster.

— Pas tant que ça, je suppose. Merci pour le bavardage, dis-je avant de me tourner vers la porte.

Je laissai planer ma main au-dessus de l'ouverture de mon sac, juste au cas où.

Elle me laissa m'avancer dans le couloir et fermer à moitié la porte avant de me retenir.

— Ne pars pas fâchée, dit-elle. Je suis certaine que nous pouvons arriver à un arrangement acceptable.

Je me tins sur le seuil, hésitante. J'avais l'impression d'être ferrée comme le poisson à l'hameçon. Mais j'avais également le sentiment que si je jouais correctement mes cartes, j'obtiendrais les informations que je souhaitais.

— Si l'arrangement implique que je dois mettre le pied en Enfer, alors non, ce n'est pas possible.

Son sourire était presque agréable désormais.

— Ma chérie, il se peut que je sois une mercenaire, mais je ne suis pas idiote. Ça ne sert à rien de marchander quelque chose que je ne pourrai pas obtenir. Maintenant, pourquoi ne fermerais-tu pas la porte et ne te mettrais-tu pas à l'aise ?

Me sentant comme une mouche devant l'araignée, je fermai la porte. Mais je restai debout, décidant qu'il était temps de faire preuve de mesures explicites d'autodéfense. Je sortis le Taser de mon sac sans le pointer vers elle. J'essayai, moi aussi, de lui adresser un sourire agréable, même si j'étais ravie qu'il n'y eut pas de miroir dans le coin pour voir le résultat.

— Maintenant je suis aussi à l'aise que je peux l'être en ta présence, dis-je.

Il était probable que la douleur du Taser ne lui fasse rien mais, si j'avais besoin de sortir rapidement, j'étais prête. Quelle que soit la réaction de Shae à la douleur, l'électricité bousillerait son contrôle sur le corps de son hôte et elle serait impuissante pendant dix à quinze minutes. Si je ne parvenais pas à sortir en dix minutes, alors j'étais sacrément dans la merde.

Mon arme ne sembla pas impressionner Shae.

— Comme tu veux. Tu n'as pas besoin du Taser. La violence n'est pas ma tasse de thé. Mais je ne m'attends pas que tu me croies.

— Bien, marmonnai-je, parce que je ne te crois pas. Maintenant, si mon argent ne suffit pas à payer des informations sur Brewster et si tu sais d'avance que je ne vais pas te servir de distraction, alors qu'espères-tu que je te donne ?

— L'information est une monnaie très utile. Pour chaque question à laquelle je répondrai au sujet de Brewster, je t'en poserai une en retour.

Pourquoi cette proposition fit-elle subitement se dresser tous les poils de mes bras ? Quel genre de renseignements utiles étais-je en mesure de lui fournir ? Que pouvais-je savoir qui puisse l'intéresser ? Elle serait certainement fascinée de tout savoir au sujet de Lugh et de Raphael mais je ne comptais pas cracher quoi que ce soit les concernant.

—C'est tellement Hannibal Lecter de ta part, dis-je en essayant de comprendre à quel jeu elle jouait.

Elle n'eut pas l'air de se sentir insultée, ce qui ne me surprit pas le moins du monde.

—Voilà comment on va procéder. Tu me poses une question. Puis je te pose une question. Si tu réponds à ma question, je réponds à la tienne. Si tu ne réponds pas alors je ne réponds pas mais tu peux poser une autre question. (Elle afficha un large sourire, ses dents paraissant tout d'un coup très blanches et fatales sur sa peau d'ébène.) Tu vois, je te laisse même le choix quant aux questions auxquelles tu répondras.

Cela semblait trop beau pour être vrai…

—Qu'est-ce qui se cache là-dessous ?

—Rien du tout, mis à part les questions en elles-mêmes. (Ses yeux pétillèrent d'amusement.) Tu te doutes bien que je ne vais pas te demander quelle est ta couleur favorite.

J'y réfléchis longuement sans trouver une raison valable de ne pas tenter le coup. Je pouvais répondre ou ne pas répondre à ma convenance et, même si j'étais certaine qu'elle choisirait des questions difficiles quand je lui demanderais quelque chose qu'elle ne voulait pas me dire, au moins il me serait toujours possible de lui tirer quelques renseignements de cette manière.

—Pourquoi ai-je l'impression que c'est une mauvaise idée ? demandai-je à voix haute tout en m'asseyant de nouveau en face de son bureau.

Gardant le Taser sorti et bien en vue, je reculai suffisamment ma chaise pour me ménager un temps de réaction si elle décidait de se jeter sur moi pour une raison ou une autre.

—C'est ta première question ?

—Ha ha.

Très difficile de définir quelle serait ma première question. Après tout, je ne savais pas vraiment ce que je cherchais.

—Quelle est ta relation avec Tommy Brewster? demandai-je en optant pour un sujet large et vague.

Peut-être en dévoilerait-elle plus en répondant à cette question. Eh, on peut toujours espérer.

Elle m'adressa un sourire de requin.

—Quelle est ta relation avec Adam White?

Cela semblait être une question presque inoffensive. J'obtiendrais sûrement une réponse aussi vague que l'était ma question, mais je pouvais au moins faire l'effort de jouer son jeu.

—Adam est mon ami, dis-je en m'agitant sur mon siège.

Adam était beaucoup de choses pour moi, mais « ami » n'en faisait pas partie.

Shae haussa un sourcil bien dessiné.

—Je pensais que le but de cet échange d'informations était de dire la vérité. Si nous devons échanger des mensonges, alors je vais dire que Tommy Brewster est un cousin que j'avais perdu de vue. Et est-ce que cela nous avancera à quelque chose?

Je déteste parler à des gens qui sont aussi sarcastiques que moi, même si elle n'avait bien sûr pas tort. Je me trémoussai de plus belle. Ce n'était pas une question à laquelle je pouvais répondre sans être spécifique et pas à moins de faire entrer Lugh dans le tableau, ce à quoi je ne tenais pas.

—Très bien, dis-je. Ce n'est pas vraiment un ami. C'est difficile de lui coller une étiquette précise. Je suppose qu'on peut dire que c'est un allié.

J'eus l'impression que Shae y comprit plus de choses que je l'espérais mais c'était trop tard pour revenir en arrière. Elle acquiesça, satisfaite.

—Tommy Brewster est un associé en affaires. Rien de plus, rien de moins.

Posez une question vague, vous aurez une réponse vague. Un point pour Shae.

— Quel genre d'arrangement en affaires avez-vous ?

— Pourquoi une exorciste a-t-elle besoin d'un allié démon ?

Ouais, je voyais tout à fait comment les choses pouvaient très mal tourner si je ne réfléchissais pas suffisamment avant de répondre. Je ne savais pas de quelle manière Shae pouvait utiliser les renseignements que je lui donnerais, mais je ne tenais pas à le savoir.

La meilleure stratégie à adopter, c'était de lui communiquer ce qu'elle savait déjà.

— Je me suis fait pas mal d'ennemis dans le cadre de mon boulot et la plupart d'entre eux sont des démons. J'ai besoin d'avoir un démon de mon côté si je veux atteindre un âge respectable.

C'était la vérité, bien qu'incomplète. Shae me regarda avec une expression qui flirtait avec le ressentiment.

— Tu as ce que tu mérites. Tu t'en tiens à cette réponse ?

J'affrontai son regard en essayant de projeter l'image d'une femme qui n'avait rien à cacher.

— J'ai répondu à ta question et je t'ai dit la vérité. Que veux-tu de plus ?

Shae ricana.

— Très bien. Voici en quoi consiste mon arrangement avec Tommy : il me donne de l'argent pour que je ne parle pas. (Et comme je lui jetai un regard furieux, elle ajouta :) J'ai répondu à ta question et je t'ai dit la vérité. Que veux-tu de plus ?

Ouais, j'étais bien dans la merde. J'aurais bien eu besoin des talents d'avocat de Brian. S'il avait été près de moi à me dicter mes réponses, j'aurais pu répondre à n'importe quelle question, en détail, sans jamais rien dévoiler. J'envisageai un instant de laisser tomber et de demander à Adam d'interroger Shae, mais je savais déjà que cela ne fonctionnerait pas. Shae coopérait parfois avec Adam parce qu'elle n'avait pas le choix et Adam coopérait avec elle parce qu'il avait besoin de son aide pour arrêter des démons illégaux. Cela ne voulait pas dire qu'ils coopéreraient quand ils n'y étaient pas obligés et il était difficile d'omettre la profonde animosité entre eux.

— Je suppose que te demander de dire toute la vérité serait très optimiste de ma part, n'est-ce pas ? dis-je pour gagner du temps et continuer à réfléchir.

— Dois-je te rappeler que ceci est un marché ? Tu me dis toute la vérité, je te dis toute la vérité. Tu ne me donnes que la partie visible de l'iceberg et…

Ça tombait sous le sens mais je n'étais pas en position de lui livrer toute la vérité.

— Pourquoi veux-tu savoir tout ça de toute façon ?

Je gagnais encore du temps. Elle le savait probablement, mais elle ne me le fit pas remarquer. Je ne m'attendais pas qu'elle réponde mais elle me surprit.

— J'ai réussi à rester dans la Plaine des mortels pendant plus de quatre-vingts ans, dit-elle. (Ce qui évidemment me fit m'interroger sur le nombre d'hôtes qu'elle avait occupés. Son hôte actuel n'avait de toute évidence pas quatre-vingts ans.) S'il y a une chose que j'ai apprise, c'est que l'information est la monnaie la plus estimée partout dans le monde. Et, chose amusante, on ne sait jamais quelles informations vont se révéler utiles dans le futur. Je sais que tu as des ennemis haut placés. Connaître l'histoire qui se cache derrière tout ça peut se révéler complètement inutile pour moi. (Ses yeux scintillèrent.) Ou pas.

C'était cette éventualité qui me faisait hésiter. Qu'oserais-je lui dire ? Avais-je vraiment besoin de savoir ce qu'elle pouvait me confier ? Lugh m'assena un bref coup derrière l'œil, mais qu'est-ce que cela signifiait ? Je me serais sans doute sentie mieux si j'avais pu entendre sa voix dans ma tête, après tout.

Je me concentrai aussi fort que possible sur une question à l'attention de Lugh.

— *Est-ce que je dois risquer de révéler certaines choses pour obtenir éventuellement quelques renseignements sur Tommy? Donne-moi un coup pour oui, deux coups pour non.*

Il dut entendre ma question. N'étant pas masochiste, je fus ravie que sa réponse soit « oui ».

— *Fais-moi savoir si je suis sur le point de révéler quelque chose que je ne devrais pas.*

J'inspirai profondément puis me contraignis à affronter le regard de Shae.

— Très bien, dis-je. Je vais te révéler toute la vérité. Mais les informations que tu as sur Tommy ont intérêt à valoir le coup.

— Marché conclu. (Elle se pencha en avant, avec une expression proche de celle du désir.) Alors dis-moi quelle est ta relation avec Adam White ?

— Comme je te l'ai dit, nous sommes alliés. C'est un des lieutenants de Lugh et je préférerais de beaucoup voir Lugh sur le trône plutôt que Dougal.

Shae était plus forte que moi quand il s'agissait de dissimuler ses émotions, mais elle ne put cacher complètement sa surprise. J'aurais pensé qu'elle avait été mise au courant de mon implication dans la guerre de sécession des démons quand les partisans de Dougal l'avaient payée pour garder Brian en otage. Je dus me rappeler une fois encore que c'était une mercenaire. Une mercenaire ne pose pas de questions quand le prix est assez élevé.

— Tu as l'air surprise, lui dis-je, espérant souligner que j'avais l'avantage. Tu ne vas pas me faire croire que tu n'étais pas au courant de tout ça ?

Elle se reprit plus vite que je l'aurais cru. Le sourire était de retour, cruel et froid.

—Ça ressemble à une autre question.

Je lui jetai un regard mauvais.

—Dis-moi simplement quel est ton accord avec Tommy Brewster. Il est tard, je suis fatiguée et je veux rentrer chez moi.

Elle m'adressa un long regard perçant et scrutateur avant de répondre. Elle essayait certainement de déterminer si elle pouvait me soutirer davantage et avait dû parvenir à la bonne conclusion.

—Disons que je lui sers d'entremetteuse, dit-elle avec une vilaine torsion des lèvres qui aurait pu ressembler à un sourire.

—Hein ? fis-je de manière très intelligente.

Shae se mit debout et je crispai les mains sur le Taser. Elle leva les bras, les sourcils arqués.

—Allons, allons, dit-elle. Ne me tire pas dessus avant que je te donne les renseignements que tu veux.

Je gardai le Taser pointé sur elle en me levant à mon tour.

—Tu peux tout aussi bien parler assise.

—Si tu veux la réponse à ta question, tu dois me suivre pour que je puisse te montrer. Tu peux garder ton Taser si je te rends nerveuse.

Son ton condescendant suggérait que j'étais une mauviette de vouloir garder mon arme, mais je n'en avais pas du tout honte. C'était une mesure de sécurité tout à fait pratique.

Je laissai une bonne distance entre nous quand Shae se dirigea vers la porte, les mains toujours en vue. Quand elle s'engagea dans le couloir, je la suivis.

Sans être certaine de l'endroit où nous allions, je ne fus pas surprise quand elle prit la direction de la porte au bout du couloir, celle qui menait à « d'autres bureaux » et qui s'ouvrit avec un « bip » quand Shae fit glisser sa carte sur le lecteur. Je dus me rapprocher pour attraper la porte avant que celle-ci claque derrière Shae.

Il y avait en effet d'autres pièces ressemblant à des bureaux derrière cette porte. Mais, plus important encore, il y avait là un énorme poste de sécurité futuriste que Shae me désigna d'un geste ample.

Sur au moins deux dizaines d'écrans s'affichaient différentes images du club. Et pas toutes de la salle principale. Mon estomac se retourna quand mon regard tomba sur un des écrans et que je compris ce que les deux hommes et la femme nus étaient en train de faire. Je détournai le regard pour tomber sur une image encore plus troublante : une femme, ne portant rien d'autre qu'une cagoule noire qui couvrait toute sa tête à l'exception de sa bouche, était agenouillée, les mains menottées dans son dos pendant qu'elle pratiquait une fellation sur l'homme sans cou qui avait essayé de m'accoster l'autre nuit. Je fis de mon mieux pour ne pas réagir.

Shae tapota un autre écran pour attirer mon regard. Et je vis ce bon vieux Tommy Brewster remuant du cul pendant qu'il baisait une jolie jeune femme attachée les membres écartés sur le lit. D'après l'expression de cette dernière, on devinait qu'elle n'était pas là contre son gré. Comme si cela ne me suffisait pas, deux autres jeunes femmes, toutes les deux blondes et nues, l'air apparemment pressées, regardaient le spectacle en attendant de toute évidence leur tour.

Mes talents d'actrice étant ce qu'ils étaient, je n'essayai même pas de dissimuler mon dégoût et ma gêne. Je concentrai plutôt mon regard sur le visage de Shae en essayant de faire abstraction de ma vision périphérique.

— Il n'y a pas des lois qui interdisent de filmer des gens en train de faire l'amour sans qu'ils le sachent ?

Shae sourit.

— Qu'est-ce qui te fait dire qu'ils ne le savent pas ?

La plupart des clients de ce club me trouveraient certainement prude à l'extrême. Mais je savais aussi qu'il y avait peu de chances qu'ils soient désinhibés au point de se moquer d'être filmés en plein acte. Que pouvais-je bien y faire ? Je soupirai en parvenant à l'inévitable conclusion : rien.

Je voulus croiser les bras sur ma poitrine, mon geste défensif préféré, mais cela m'aurait obligée à bloquer la main armée du Taser et je n'y tenais pas.

— Quel rapport avec ma question ? demandai-je. Je savais déjà que Tommy était un peu chaud et je m'en fiche.

— Je t'ai dit que j'étais son entremetteuse, répondit Shae. (Une fois encore, elle tapota l'écran, trois fois, une fois pour chaque fille.) J'ai choisi ces filles pour lui.

Je secouai la tête.

— Pourquoi a-t-il besoin que tu choisisses ses filles ?

— Ces filles sont des clientes régulières. De vraies groupies. Elles feraient tout ce qu'un démon leur demanderait.

Je déteste penser à la tête que j'ai pu faire.

— Je ne vois toujours pas le rapport.

— Comme tu l'as sans doute remarqué, je suis dans le business des renseignements. Entre autres choses.

Je fis un signe de tête pour l'encourager à poursuivre.

— Alors disons que je sais beaucoup de choses au sujet de mes clients réguliers. Des choses qu'ils ne partageraient pas forcément avec un coup d'un soir.

— Comme quoi ? demandai-je, ne comprenant toujours rien de ce qu'elle racontait.

— Comme, par exemple, leur histoire médicale. Tommy est tout particulièrement intéressé par des filles qui viennent d'une famille touchée par le cancer. Et il apprécie aussi celles qui ne sont pas très à cheval sur la contraception.

— Bon sang… ? marmonnai-je. Pourquoi ? demandai-je plus fort.

— Lequel de ces écrans t'excite le plus ? demanda Shae en balayant d'un geste du bras l'ensemble des moniteurs qui montraient les salles de jeu malsaines de l'Enfer. Et ne me dis pas qu'aucune d'entre elles ne t'excite, parce que je saurai que tu mens.

J'étais sur le point de protester d'un air indigné quand je pris conscience que c'était là sa question. Je compris également que je n'avais pas besoin qu'elle me dise pour quelle raison Tommy choisissait ces filles en particulier. J'étais sûre de pouvoir deviner par moi-même.

Pour des raisons que je ne saisissais pas, Tommy poursuivait le projet d'élevage de Houston. Seulement il prélevait ses gènes dans la population humaine ordinaire.

Je secouai encore la tête. Je n'avais aucune idée de ce qu'il préparait. Je n'avais aucune idée de ce qui allait arriver à ces gonzesses si elles tombaient enceintes. Ni ce qui arriverait à leurs enfants. Ce que je savais, c'est que rien de tout ça ne pouvait être bon pour l'espèce humaine.

Détournant mon regard des moniteurs, j'adressai à Shae mon plus bel air méprisant.

— Si je ne craignais pas qu'on m'ait vue entrer ici, je jure que j'aimerais te balancer une décharge pour t'exorciser si vite que…

— Tu perds ton temps, ma chérie. Je crois que notre entrevue est terminée, n'est-ce pas ?

Je ne pouvais la contredire.

Chapitre 20

Il était tard quand je rentrai chez moi. Mon corps et mon esprit souffraient du manque de sommeil. Sur pilote automatique, je consultai mon répondeur en me demandant pourquoi je n'avais pas encore eu de nouvelles d'Adam. Avait-il eu la trouille de parler à Dom ? Ou bien avait-il eu une réponse qui ne lui avait pas plu ? Je n'étais pas certaine de tenir à le savoir mais, étant donné les circonstances, il n'était pas question que j'aille me coucher avec trois messages sur mon répondeur.

La première personne avait raccroché. La deuxième était une journaliste. Elle voulait que je la rappelle pour parler de l'exorcisme de cet après-midi. Je ne comprenais pas en quoi cela pouvait l'intéresser. L'exorcisme ne faisait plus la une des journaux depuis un bon moment. Elle avait laissé un numéro mais je me contentai d'éclater de rire. Comme si j'avais besoin de la presse dans ma vie !

Je pensais que le troisième coup de fil serait d'Adam. J'aurais préféré ne pas me tromper.

L'identificateur d'appel signalait un numéro inconnu et, tout d'abord, je crus qu'il n'y aurait pas de message. Mon doigt était à mi-chemin du bouton « Effacer » quand une voix déformée par un filtre s'éleva. Un frisson parcourut mon échine dès les premières paroles.

— Tu ferais mieux de prier pour que Jordan Maguire vive, disait le message, et la voix était si brouillée que je n'aurais su dire s'il s'agissait d'un homme ou d'une femme. S'il meurt, tu meurs aussi. C'est le seul avertissement.

Je fermai les yeux et pinçai l'arête de mon nez. Autrefois, une menace de ce genre m'aurait… non pas exactement paniquée, mais tout du moins mise en état d'alerte. Ce soir… le message m'effraya un peu. Mais après ce que j'avais traversé depuis que Lugh était entré dans ma vie, ce message représentait plus un désagrément qu'une véritable inquiétude. Oh, comme je regrettais les jours où une menace de mort sur mon répondeur était le plus gros problème de ma vie !

Ce que j'avais de mieux à faire, c'était d'appeler la police. Quand je lis un livre ou que je regarde un film dans lequel l'héroïne omet d'appeler la police alors qu'elle est menacée, je la traite d'idiote. Mais il s'était passé bien trop de choses dans ma vie ces derniers temps et j'avais eu un peu trop de démêlés avec la loi. Adam m'avait extirpée des situations les plus délicates, mais j'avais dû faire retentir toutes les sonnettes d'alarme de la police. Si je leur téléphonais maintenant, cela pourrait rappeler à certains de déterrer les dossiers concernant mon arrestation pour exorcisme illégal, ou l'enlèvement de Brian, ou la mort de mon père dans un accident de voiture ou encore le cambriolage et l'agression au domicile de mes parents alors que je me trouvais comme par hasard sur place.

Si j'avais pensé que les flics pouvaient vraiment m'aider, j'aurais peut-être passé ce coup de fil. Mais je doutais sérieusement qu'une personne qui altérait sa voix ait passé un appel que la police puisse remonter. Alors que feraient les flics ? À part m'obliger à les attendre pendant des heures puis me couvrir de regards soupçonneux et de questions insidieuses ?

Je me mordis la lèvre. Quel était l'enjeu concernant ce Jordan Maguire ? Qui tenait à ce point à lui pour me menacer, et pourquoi cette journaliste avait-elle appelé ? Puisque j'avais été engagée par l'État et pas par la famille de Maguire, les seules informations dont je disposais étaient celles se rapportant à sa condamnation. J'aurais dû me renseigner sur son passé avant de prendre cette affaire, mais je ne le faisais pas habituellement.

Je voulais seulement me mettre au lit et oublier tout ça, mais je n'avais pas le choix. Je fis donc une recherche sur Internet au sujet de Maguire. Je n'appris pas grand-chose sur le type que j'avais exorcisé, mais je découvris que Jordan Maguire Senior était assez riche pour avoir doté le lycée de son fils d'un nouveau complexe d'athlétisme valant plusieurs millions, pour lancer un programme de mégabourses au profit d'artistes défavorisés au nom de sa fille et pour participer à la construction d'une nouvelle aile de l'hôpital de Pennsylvanie. Ce qui, en quelque sorte, faisait de Jordan Junior une célébrité locale – d'où l'appel du journaliste – et de Jordan Senior un ennemi puissant potentiel.

Je jurai longtemps et à voix haute. Je n'avais pas besoin d'ennemis supplémentaires ! Je n'avais eu aucune idée du caractère extraordinaire de Jordan Maguire quand j'avais accepté de pratiquer cet exorcisme. Je m'étais bien douté quand il en était ressorti avec le cerveau grillé que sa famille n'allait pas être contente et cela ne m'aurait pas choquée d'apprendre qu'ils en voulaient à l'exorciste. Une petite minorité – mais qui savaient se faire entendre – croyait que les hôtes qui sortaient d'un exorcisme dans le coma – par opposition à ceux qui s'en sortaient avec des lésions cérébrales – étaient les victimes d'exorcistes incompétents et malveillants. C'est toujours rassurant d'avoir un bouc émissaire.

Quelques procès qui avaient fait la une, mais puisqu'il n'y avait pas moyen de prouver que l'exorciste avait fait quoi que ce soit de mal, aucune charge n'avait été retenue.

Bien sûr, dans un pays où on peut attaquer McDonald parce qu'on y sert du café chaud, je suppose qu'il n'est pas surprenant que des avocats avec des signes dollar plein les mirettes espèrent trouver un moyen de tenir les exorcistes pour responsables.

Résignée, j'éteignis l'ordinateur. Maguire n'était plus mon problème. La personne qui avait laissé la menace de mort sur mon répondeur avait probablement craché sa haine et les choses se calmeraient dans les jours et semaines à venir.

Mais j'eus du mal à m'en persuader. Je dormis avec mon Taser cette nuit-là. J'avais pu constater à quel point la sécurité de mon immeuble pouvait être déficiente.

Malgré l'angoisse qui cliquetait dans mon cerveau comme une paire de maracas, je réussis à m'endormir. J'aurais certainement dormi jusqu'à midi si le téléphone n'avait pas sonné à 8 heures. C'était de nouveau la journaliste qui voulait savoir si j'avais des commentaires sur la décision qu'avait prise la famille Maguire de débrancher leur fils dans l'après-midi. J'avais en effet quelques commentaires mais certainement pas au sujet de l'exorcisme ni de Jordan Maguire.

J'essayai de me rendormir, mais le téléphone sonna de nouveau à huit heures et demie. J'étais prête à donner à la journaliste le genre de commentaires susceptibles de m'envoyer au poste de police quand, en consultant l'identificateur d'appel, je vis qu'il s'agissait de Brian.

J'envisageai sérieusement de laisser mon répondeur prendre le message. Non pas que je ne souhaitais pas parler à Brian, mais je ne souhaitais pas lui parler de l'affaire Maguire. Il avait dû lire quelque chose dans le journal à ce sujet et voudrait galamment me soutenir en cette période difficile. Je ne voulais pas avoir affaire avec lui dans son mode « chevalier en armure scintillante ». C'est vrai, je suis vraiment garce le matin tant que je n'ai pas bu mon café.

La vertu l'emporta et je décrochai le téléphone.

— Si tu mentionnes Jordan Maguire, on ne baise pas pendant au moins trois mois, dis-je.

Brian gloussa.

— Toi, tu n'as pas encore bu ton café.

Pourquoi tout le monde s'amuse-t-il tellement à mes dépens ?

— Je dormais profondément, alors non.

Cela faisait une demi-heure que je ne dormais plus profondément. Mais si on ne peut plus exagérer un peu entre amis…

— Je suis désolé de te réveiller, dit Brian. Mais ça ne peut pas attendre. Je passe te voir. Je serai là dans une demi-heure.

— Hein ? fis-je en jetant un coup d'œil vers mon réveil. Qu'est-ce qui se passe ? Tu ne devrais pas être au travail ?

En fait, s'il respectait sa routine quotidienne, il aurait dû être au bureau depuis une demi-heure. Je me sentis soudain beaucoup plus éveillée, ce qui n'était pas nécessairement une bonne chose.

— Je ne peux pas t'en parler au téléphone, dit-il. Fais-toi une perfusion de caféine et je te vois tout à l'heure.

À ma grande surprise, il raccrocha. Pas le genre de Brian de faire des mystères.

Abandonnant l'espoir de dormir plus longtemps, je sortis du lit en me frottant les yeux. Je préparai du café et, juste après ma douche, je fus accueillie par l'arôme paradisiaque. Je me brûlai la langue à la première gorgée, mais ça valait le coup.

J'étais encore en peignoir quand Brian arriva. Une fille doit avoir des priorités dans la vie et le café vient avant les vêtements pour moi et ce, tous les jours de la semaine.

Je ne m'attendais pas à une visite de courtoisie, bien sûr, mais je fus tout de même troublée par l'expression sinistre de Brian. Et c'était avant qu'il découvre mon visage contusionné et abîmé.

— Qu'est-ce qui s'est passé ? demanda-t-il, l'air horrifié.

— Rien de grave, répondis-je en espérant éviter miraculeusement une grosse scène bien dramatique. Deux potes de Tommy Brewster ont pensé que je devais lui foutre la paix et je n'étais pas d'accord. Mais vraiment, ça va. Et, oui, je l'ai signalé à la police.

Il me regarda sans rien dire pendant un moment. Le silence se prolongea, me mettant mal à l'aise, et je suis certaine que telle était l'intention de Brian. Mais je me retins tout de même de lui balancer une réplique bien sentie.

— C'est l'affaire prétendument sans danger, c'est ça ? demanda-t-il. Celle que tu m'as assuré avoir transmise à Adam ?

— Si tu es venu pour me passer un savon, alors tu peux faire demi-tour et aller voir ailleurs avant que les choses tournent mal. Je ne suis vraiment pas d'humeur.

Ses épaules s'affaissèrent et il eut l'air de se calmer.

— Je vois que les vieilles habitudes ont la vie dure. Désolé, je ne peux pas partir maintenant.

Me rappelant son air sinistre, je sus que tout cela n'augurait rien de bon. Je lui servis un café pour gagner du temps. Mais je ne pouvais retarder plus longtemps l'échéance.

— D'accord, dis-je avec un soupir résigné. Dis-moi ce qui ne va pas.

Les mains serrées autour de ma seconde tasse de café, j'essayai de rassembler tout mon courage pour affronter la vilaine bête qui allait pointer son nez.

Brian posa son mug et s'appuya contre le comptoir de la cuisine. Je crois qu'il essayait d'avoir l'air calme et normal, sans vraiment y parvenir.

— Quand je suis descendu à l'accueil ce matin pour aller chercher mon journal, dit-il, il y avait une lettre dans ma boîte. Le veilleur de nuit m'a dit qu'elle avait été déposée par une jeune femme, mais il n'avait aucune idée de qui il pouvait s'agir ni même d'où elle était allée.

Voilà qui ne sentait pas bon du tout.

— Quel était le message ? demandai-je.

Il ne répondit pas, mais plongea la main dans la poche intérieure de sa veste pour en sortir une enveloppe unie blanche. Quand il me la tendit, je vis mon nom tapé à la machine. L'enveloppe était toujours fermée.

Fermant les yeux un instant, je luttai contre une bouffée d'apitoiement sur moi-même. Je n'avais pas mon compte d'ennuis dans la vie ? Avais-je vraiment besoin qu'on m'adresse des lettres mystérieuses par le biais de Brian ?

— Si quelqu'un voulait me donner cette lettre, hésitai-je, pourquoi la déposer à ton adresse ?

— Je ne sais pas, répondit-il, l'air inquiet.

Je regardai l'enveloppe en essayant de deviner ce qui pouvait se trouver à l'intérieur. Je suppose que je dus la regarder trop longtemps parce que Brian se fit soudain pressant.

— Eh bien ? Tu ne l'ouvres pas ?

— Arrête un peu, rétorquai-je, m'en voulant aussitôt de m'en prendre au messager. Désolée. Je n'arrive pas à imaginer qu'il puisse y avoir quelque chose de bon là-dedans et je ne suis pas pressée d'ajouter à mes problèmes.

Brian eut un léger sourire.

— Les avocats sont souvent porteurs de mauvaises nouvelles. J'ai l'habitude de ne pas être apprécié.

— Ha ha, dis-je, même si je n'étais pas certaine qu'il s'agisse d'une plaisanterie. Tu me laisses une minute ?

Je ne voulais pas qu'il regarde par-dessus mon épaule pendant que je lisais, juste au cas où…

Il haussa les sourcils.

— J'ai délivré le message, maintenant je suis congédié, c'est ça ?

Je luttai de nouveau contre l'envie de le gifler.

— Je ne te congédie pas. Je veux juste avoir un moment de calme pour ouvrir cette enveloppe et lire la lettre. C'est trop demander ?

Il m'adressa un regard de reproche, mais il s'écarta du comptoir et sortit de la cuisine en tapant des pieds. Malgré son départ, j'avais encore du mal à ouvrir cette enveloppe, mais je ne pouvais repousser ce moment plus longtemps.

Essayant de m'armer contre toutes les possibilités, je glissai un doigt sous le rabat et déchirai l'enveloppe.

À l'intérieur, il y avait une photo accompagnée d'une lettre manuscrite. La photo était celle que Claudia m'avait montrée au restaurant, celle de ses deux filles adoptées.

La lettre était de Claudia.

« Mademoiselle Kingsley,

Ils ont mes filles. Je suis désolée de ne pas avoir été capable de vous dire la vérité concernant les raisons pour lesquelles je souhaitais que vous laissiez tomber l'affaire, mais on m'avait fait très clairement comprendre que je devais agir comme si tout allait bien. Pourtant, même si je ne vous connais pas très bien, je suppose que vous êtes le genre de personne qui n'acceptera pas d'abandonner cette enquête seulement parce qu'on lui a demandé. Aussi ai-je cru bon de prendre le risque de vous contacter.

Ils surveillent le moindre de mes mouvements et probablement les vôtres aussi. Je ne peux vous contacter en personne, mais j'essaierai de vous faire porter cette lettre d'une manière détournée afin que nous ne soyons pas repérées. J'espère juste qu'elle ne vous parviendra pas trop tard.

J'aime mon fils, plus que je peux l'exprimer. Je regrette désespérément de ne pas avoir su quoi faire pour le sauver. Mais je ne peux risquer la vie de mes filles. Ce sont des enfants innocentes et je ne supporte pas de faire quoi que ce soit qui puisse les mettre en danger. Les kidnappeurs ont insisté sur le fait qu'avec deux otages, ils auront la possibilité de tuer une fillette pour faire passer le message, au cas où nous ne serions « pas sages », comme ils ont dit. Je vous en prie, mademoiselle Kingsley. Laissez tomber cette affaire. Ne posez plus de questions. Ce sont des personnes très mauvaises et je crois qu'ils n'hésiteront pas à faire du mal aux filles. Ne leur donnez pas cette excuse.

Claudia »

Mon cœur manqua un battement. Juste ce dont j'avais besoin. Une prise d'otages. Et après avoir passé la nuit à interroger Shae au sujet de Tommy. *Je vous en prie, mon Dieu, ne laissez pas ces salauds se venger sur ces enfants !*

Ma gorge se noua et je déglutis pour essayer de la soulager. Je ne pouvais rien faire pour changer le passé et si les amis de Tommy avaient découvert ce que j'avais fait la veille alors il était possible qu'une des deux fillettes soit déjà condamnée. Les larmes me piquaient les yeux et je maudis Tommy Brewster et tous ses amis démons. Pendant que j'y étais, je maudis Raphael pour avoir permis tout ce fichu programme d'élevage et pour les informations qu'il détenait sûrement en ce moment.

J'entendis Brian allumer la télé dans le salon. Devais-je lui montrer la lettre ? Aurait-il une meilleure idée que moi ? Je laissai échapper un soupir douloureux avant de fermer les yeux. C'était de monsieur « Dans-les-règles » dont je parlais. Sa première réaction en voyant cette lettre serait de prévenir la police. Lui et moi nous trouvions à des extrémités opposées sur l'échelle du cynisme. Il penserait sans aucun doute que la police serait en mesure de nous aider dans une telle situation. Moi, je croyais que l'intervention de la police conduirait à la mort des fillettes. Ce qui signifiait que je ne pouvais pas lui en parler.

— *Ton monsieur Dans-les-règles m'a aidé à organiser la mort de ton père*, me murmura la voix de Lugh, et je fis mon possible pour réprimer un grognement.

De toute évidence, je devais être au bord de la crise de nerfs car le pare-feu de mon inconscient avait l'air de ne pas fonctionner.

— *Reste en dehors de ma tête, Lugh*, pensai-je furieusement à son attention.

J'eus le vague sentiment de l'entendre rire, mais il n'ajouta rien. Une défaillance momentanée, une petite faille dans mes défenses.

Il avait raison au sujet de l'armure ternie de Brian. Mais rien ne m'assurait que celui-ci n'irait pas trouver la police pour cette histoire de lettre. Il avait aidé Lugh avec mon père parce qu'il n'avait pas vu d'autre solution pour me sauver. Dans la situation présente, il était plus probable qu'il mettrait plus d'espoir dans la police qu'en moi.

La télé s'éteignit et j'entendis les pas de Brian approcher. Je suppose qu'il en avait eu assez d'attendre. Espérant pouvoir apaiser la folle allure de mon cœur, je repliai la photo dans la lettre et fourrai celle-ci dans l'enveloppe juste au moment où Brian entrait dans la cuisine.

Nous engageâmes un bras de fer visuel qui prit fin par ce qui me parut être un forfait. Le regard de Brian était obscurci par la douleur.

— Tu ne vas pas me dire de quoi ça parle, n'est-ce pas ? demanda-t-il, et la souffrance dans sa voix me fut insupportable.

— Je suis désolée, dis-je, la voix empreinte d'un regret sincère.

Je regrettais de ne pas lui faire assez confiance pour lui raconter toute l'histoire. Il semblait tout à fait injuste, même à mes yeux, que je l'aime autant et que je sois incapable de lui faire confiance. Et ce que j'aimais chez lui, c'était sa bienfaisance. J'aimais qu'il veuille toujours ce qui était bien, même si ce n'était pas dans son intérêt. J'aimais son sens de l'honneur et de la bienséance, même si parfois je le maudissais aussi pour les mêmes raisons. J'aimais sa foi dans la bonté humaine, même si je ne la partageais pas.

Brian baissa les yeux sur le sol de la cuisine et secoua la tête.

— Pourquoi est-ce que j'espère encore ? marmonna-t-il.

Ces paroles me frappèrent au cœur comme un coup de poignard.

— Brian, commençai-je en tendant la main vers lui, mais je ne trouvai rien à dire pour soulager sa peine.

Il s'écarta de ma main tendue. Je tressaillis devant son mouvement de rejet, puis de nouveau quand il arbora son masque d'avocat. Malgré tout, je soutins son regard.

— Je suppose que je te connais mieux que tu me connais, dit-il.

Je fronçai les sourcils sans comprendre.

— Bon sang, mais qu'est-ce que ça veut dire ? demandai-je, espérant avoir l'air en colère plutôt que blessée.

Je crois que j'y parvins mais, si Brian me connaissait autant qu'il le prétendait, il devait avoir tout compris. Les bras croisés sur son torse, il affrontait toujours mon regard, dissimulant ses émotions derrière son masque d'avocat.

— Est-ce parce que tu essaies encore de me protéger ou parce que tu as peur que j'aille voir la police ? Je n'arrive pas à savoir.

Je suis capable parfois d'être assez bouchée, mais là je n'eus aucun problème pour comprendre où il voulait en venir. La colère feinte se transforma en véritable rage.

—Tu as ouvert la lettre, espèce de salopard !

Brian décroisa les bras puis se couvrit les yeux d'une main en s'esclaffant avec amertume.

—Tu es vraiment incroyable, tu sais.

—Quoi ?

—C'est fou, tu peux transformer n'importe quelle situation en une occasion de te mettre en colère après quelqu'un, peu importe ce que tu as pu faire.

Je lui jetai un regard furieux.

—Si tu viens juste de le découvrir alors tu ne me connais pas autant que tu le prétends.

Il acquiesça d'un air raisonnable.

—Bien. Alors nous allons nous engueuler parce que j'ai lu la lettre et nous omettrons juste d'aborder le fait qu'encore une fois tu as décidé de m'écarter de ta vie.

J'aime Brian à mort, mais j'avais vraiment envie de le gifler.

—Ne fais pas ta reine de la tragédie, tu veux ! La vie de deux enfants est en danger et tu veux discuter du manque d'ouverture dans notre relation ? Apprends à relativiser.

Il pouffa d'un air indigné. Si je l'avais laissé placer un mot, il m'aurait sans doute remise à ma place. C'est pourquoi je ne lui laissai pas cette chance.

—Je ne voulais pas t'en parler parce qu'en effet j'avais peur que tu veuilles appeler la police et, oui, je pense que c'est une idée stupide. Si je me trompe et que tu n'as jamais envisagé d'appeler les flics, alors je t'en prie, enduis-moi de goudron et de plumes. Sinon, mets-la en veilleuse.

Ses lèvres esquissèrent un sourire qui semblait complètement déplacé compte tenu de la situation.

—Je peux utiliser ta gazinière ?

—Quoi ? dis-je en me demandant s'il n'avait pas perdu la tête.

—Pour faire chauffer le goudron.

J'ouvris la bouche mais mon cerveau se mit en grève et refusa de m'alimenter en répliques cassantes.

— Voilà ce que je te propose, dit-il. (Je suis prête à jurer qu'il savourait ma déconvenue.) Puisque tu t'entends si bien avec le directeur des Forces spéciales, tu n'as qu'à l'appeler. Je suppose que, techniquement, cela revient à appeler la police, mais il sera probablement capable de savoir s'il doit traiter cette affaire dans le cadre de ses fonctions officielles ou bien s'il doit agir de manière confidentielle.

Une fois encore, je ne sus quoi répondre… à part une onomatopée quelconque. Peut-être que le manque de sommeil avait détruit plus de cellules de mon cerveau que je le pensais. Ou peut-être que je cherchais juste la bagarre, parce que… Hé ho, faut pas me chercher, moi !

— Tu n'aurais quand même pas dû la lire, dis-je, mais il n'y avait plus aucune colère dans ma voix.

— Tu vas appeler Adam, oui ou non ?

J'aurais voulu lui demander ce qu'il ferait dans le cas contraire, mais j'étais trop pétocharde. J'étais sûre qu'il appellerait Adam lui-même et nous serions alors bons pour une autre dispute. Pour une fois, je n'avais pas envie de ça.

— Ouais, je vais l'appeler.

Chapitre 21

J'aurais dû me douter que Brian n'allait pas rentrer chez lui comme un bon petit avocat. J'espérais qu'il restait dans le coin pour les raisons qu'il avait mentionnées – à savoir, m'apporter son aide – et non parce qu'il ne me faisait pas confiance et pensait que je n'allais pas appeler Adam. Même si je n'avais pas à lui jeter la pierre en matière de manque de confiance.

Je détestais l'idée d'appeler Adam alors que Dom et lui étaient au beau milieu d'une crise conjugale... En supposant qu'Adam avait tenu parole et qu'il avait fait part à Dom de ladite crise. Mais les filles de Claudia Brewster ne pouvaient attendre que le bateau de l'amour vogue sur des flots calmes, aussi je décrochai le téléphone et composai le numéro d'Adam.

Personne ne répondit et le message que j'avais à délivrer n'était pas de ceux que je pouvais laisser sur un répondeur. Adam devait être au bureau. J'appelai son téléphone portable, mais mon appel fut directement dirigé sur sa messagerie. Je me mordis la lèvre. Je me sentais ridicule, et même peut-être un peu hypocrite, de m'inquiéter pour Adam. S'il y avait une personne capable de se débrouiller seule, c'était bien lui. Je lui laissai un message neutre en lui demandant de me rappeler rapidement avant d'essayer son numéro au bureau. Je n'aimais pas appeler son poste. Quelle que soit la personne qui répondait au téléphone, je tombais toujours sur un con – Adam inclus, maintenant que j'y réfléchissais –, mais j'appelai quand même.

— Il a pris un congé maladie, déclara l'homme qui décrocha.

Il s'exprimait avec une voix nasillarde qui transformait tout ce qu'il disait en un gémissement strident. Mais au moins il était poli.

J'écartai le combiné de mon oreille en regardant la chose comme si elle était responsable des conneries que je venais d'entendre.

— C'est un démon, dis-je avec une patience exagérée quand j'admis que le téléphone n'y était pour rien. Les démons ne sont pas malades.

Un des avantages de la possession, même s'il fallait pour cela abandonner toute sa vie… cher payé d'après moi.

— C'est vrai, geignit l'officier de police, mais ils ont des jours de congé maladie. Et le directeur White en a pris un. Je vais vous basculer sur sa messagerie.

— Non, ce n'est pas… (Mais il avait déjà effectué le transfert. Comme je le disais, des cons, tous.)… nécessaire.

Je finis par raccrocher. Ce n'était pas vraiment le moment qu'Adam disparaisse dans la nature. Il était probablement chez lui mais refusait de répondre au téléphone. Je ne tenais vraiment pas à me rendre chez Adam. Si Dom et lui se trouvaient dans la terrible chambre noire, ils n'entendraient même pas la sonnette.

Pourtant, je n'avais pas d'autre choix et le temps pressait. Rien ne nous assurait que les kidnappeurs prévoyaient de libérer les fillettes, mais, comme dans toutes les affaires de disparition, les chances de les retrouver vivantes étaient les plus élevées au cours des premières quarante-huit heures.

— On va se balader, dis-je à Brian, qui me suivit sans poser de questions.

Quand nous montâmes dans ma voiture, je découvris que j'avais un pneu à plat: un autre problème dont je n'avais pas besoin en ce moment. Je n'avais pas le temps de le changer alors nous prîmes un taxi jusque chez Adam. L'heure de pointe était passée et il ne nous fallut pas longtemps pour arrêter une voiture, puis, comme son chauffeur conduisait approximativement à la vitesse de la lumière, nous arrivâmes chez Adam en un rien de temps. En jetant un coup d'œil vers le petit parking de l'autre côté de la rue, je vis que les voitures de Dom et d'Adam y étaient garées.

En parfait gentleman, Brian paya le taxi – une bonne chose car je n'avais pas d'argent sur moi – et nous grimpâmes ensemble les marches qui menaient à la porte d'entrée. J'appuyai sur la sonnette, mais je n'entendis rien. J'appuyai plus fort. Toujours rien. Super! Une sonnette cassée réduit les chances qu'on m'entende de 20 à 0 %.

Je me saisis du heurtoir et assenai plusieurs coups contre la porte. Le bruit était fort mais, au bout d'une bonne minute d'attente, personne ne vint nous ouvrir. J'essayai encore, avec le même résultat.

— Je suppose qu'ils sont absents, dit Brian.

— Leurs voitures sont garées en face.

Il haussa les épaules.

— Tu sais, il est possible de se rendre à certains endroits dans cette ville sans prendre sa voiture.

— Rappelle-toi que c'est moi la petite maligne et que toi, tu es le type gentil.

Il sourit.

— Oh oui, désolé, j'avais oublié.

Je roulai les yeux puis descendis les marches avant de me tordre le cou pour regarder en l'air. Il ne semblait pas y avoir de lumière dans la maison, mais on était au beau milieu de la journée.

— Tu ne saurais pas forcer une serrure, par hasard ? demandai-je.

Brian me regarda comme si j'étais folle. Ce fut à mon tour de hausser les épaules.

— Ça ne mange pas de pain de demander.

D'un moment à l'autre, Brian allait décider de laisser tomber Adam et j'étais certaine qu'il suggérerait d'appeler la police. Je ne pouvais pas le permettre.

— *Si tu me laisses émerger, je pourrai enfoncer la porte*, me murmura Lugh à l'oreille.

J'hésitai. Le fait que je puisse l'entendre signifiait que mes défenses étaient déjà faibles. Assez faibles pour laisser volontairement Lugh prendre le dessus ? Un frisson dévala mon dos avant de repartir en sens inverse. Saisissant Brian par le bras, je le traînai au coin de la maison. Je ne voulais pas qu'on nous voie fouiner. La dernière chose dont j'avais besoin, c'était qu'un bon samaritain nous dénonce comme des rôdeurs suspects.

— Allons nous asseoir un moment, dis-je en désignant d'un mouvement du menton l'arrêt de bus à quelques mètres de là.

Un car le quittait justement et le banc était libre.

— D'accord, dit lentement Brian, en me regardant d'un air soupçonneux, mais il n'insista pas avant que nous soyons tous les deux assis. Qu'est-ce qu'il y a ?

J'inspirai profondément et fis mon possible pour éviter de paniquer.

— Je vais essayer de laisser Lugh prendre le contrôle pour qu'il enfonce la porte.

L'expression de surprise de Brian fut presque comique.

— C'est ridicule ! Ils ne sont certainement pas chez eux et je doute qu'Adam apprécie que tu vandalises sa maison.

— Pas moi, Lugh. Et je suis sûre qu'ils sont chez eux.

— Ils ne peuvent pas être là. Tu as frappé assez fort pour réveiller un mort.

Brian était déjà venu dans la maison d'Adam. Il était même monté à l'étage, mais je ne savais pas si la porte de la chambre noire avait été ouverte.

Je m'éclaircis la voix.

— Quand tu étais dans la maison d'Adam, est-ce que tu as vu le…

Je ne savais pas comment appeler ça. Je supposai que le terme adéquat était « donjon » mais je ne parvenais pas à le prononcer. Je m'éclaircis de nouveau la voix.

— Est-ce que tu as vu la chambre noire ?

— La « chambre noire » ? demanda Brian d'une voix qui me laissa deviner que la réponse était « non ».

Je regardai fixement le trottoir en essayant de chasser le souvenir de cette fichue chambre.

— Ouais. En haut de l'escalier. C'est là qu'Adam garde ses accessoires euh… SM.

Je n'avais jamais raconté à Brian ce qu'Adam m'avait fait dans cette chambre, ce que je l'avais laissé me faire. Je ne voulais pas que Brian se sente coupable pour l'enfer que j'avais traversé afin qu'Adam accepte de m'aider à le sauver lui.

— Et alors ? demanda doucement Brian.

— Je pense qu'ils y sont en ce moment. Et je pourrais tirer au canon dans la porte d'entrée qu'ils ne prendraient pas la peine de venir jeter un coup d'œil.

— Oh, fit Brian.

Heureusement, il en resta là.

— Souhaite-moi bonne chance, marmonnai-je avant de soupirer et d'essayer de me détendre.

Les paupières closes, je visualisai les portes de mon esprit qui s'ouvraient. Le hurlement d'une sirène brisa ma concentration et j'ouvris les yeux pour voir une voiture de police descendre en vrombissant une rue transversale.

Je fermai de nouveau les paupières et m'ordonnai de me concentrer. Ce qui dura environ dix secondes. Puis ce fut au tour d'une pimpmobile[1] de passer devant nous, la stéréo hurlant du rap au point de faire vibrer le trottoir. Après quoi je fus distraite par le grondement et la puanteur d'un bus roulant en sens inverse.

Rien que des bruits urbains typiques. Des sons que j'ignore facilement tous les jours de la semaine. Mais mon esprit se servait de chacun d'eux comme d'un prétexte pour ne pas faire ce que je lui demandais. Cette fois, je maudis la force des défenses mises en place par mon inconscient. J'essayai de me rappeler que la vie de deux fillettes était en jeu mais, bien que le stress ait auparavant érodé les barrières de mon esprit, cela ne fonctionnait plus maintenant.

Désolée, Lugh, pensai-je. *Je ne sais simplement pas comment me laisser aller.*

Il ne me répondit pas, ce qui tombait bien.

À regret, j'ouvris les yeux.

— Je n'y arrive pas, dis-je à Brian.

Il m'adressa sans doute un regard de reproche mais, comme je contemplai le vide devant moi, je ne le vis pas.

— Alors quel est le plan « C » ? demanda-t-il.

J'étais sur le point d'admettre que je n'avais pas de plan « C », quand je me rendis compte que c'était faux.

J'avais essayé de laisser Lugh prendre le contrôle parce que j'avais besoin de la force d'un démon pour enfoncer la porte d'Adam. Il n'était pas nécessaire que ce soit la force de mon démon.

— Je vais appeler la cavalerie, dis-je, même si dans ce cas précis la cavalerie portait un uniforme bien noir.

1. Voiture de luxe de marque Lincoln ou Cadillac des années 1970-1980, customisée dans un style tapageur.

M'efforçant de ne pas serrer les dents trop fort, je sortis mon téléphone de mon sac et appelai Raphael.

— Morgane ou Lugh ? demanda-t-il en décrochant.

Je fus sérieusement tentée de répondre qu'il s'agissait de Lugh, pensant que Raphael serait plus enclin à nous aider s'il croyait recevoir des ordres de son roi. Je réussis à résister à la tentation.

— C'est Morgane, dis-je. J'ai besoin de ton aide.

— Où es-tu ? Tu as des ennuis ?

L'inquiétude dans sa voix aurait pu être agréable si elle m'avait été destinée.

— Pas plus que d'habitude, lui assurai-je. Mais j'ai quand même besoin de ton aide. Dans combien de temps peux-tu être au coin de la 22e et de Walnut ?

Son immeuble était à cinq blocs de là, aussi je supposai qu'il ne lui faudrait pas longtemps.

— Je pars tout de suite, dit-il, et je pus entendre ses pas pressés. Je serai là dans dix minutes maximum.

Il raccrocha avant que j'aie le temps de le remercier. Non pas que j'avais prévu de le faire, pas avant qu'il m'ait vraiment aidée. Il serait un peu en rogne quand il découvrirait ce que j'attendais de lui. Et pour quelle raison. De toute manière, je doutais qu'il s'empresserait de jouer le chevalier blanc et de sauver ces fillettes. En fait, il péterait sûrement un plomb quand il apprendrait ce que j'avais fait.

Malgré tous ses défauts, je ne pensais pas que Raphael apprécierait l'idée qu'on fasse du mal à ces enfants. Sa moralité était sérieusement pervertie, mais sûrement pas complètement perdue. Mais il considérerait sûrement que protéger Lugh était une plus grande priorité et que tenter de sauver ces fillettes mettait de toute façon Lugh en danger. Je devais juste le convaincre de défoncer cette porte avant qu'il sache pour quelle raison.

J'étais en train de préparer ma négociation lorsque mon téléphone sonna. Quand je vis que l'appel provenait d'Adam, je ressentis un mélange de soulagement et d'agacement.

Je répondis en tremblant presque de fureur.

— N'y a-t-il pas une sorte de règle qui veut que tu restes joignable à toute heure ? demandai-je.

Dire « bonjour » est très surfait.

— Je le suis, répondit-il simplement.

— Ça fait des heures que j'essaie de te joindre !

J'exagérais, mais j'avais vraiment eu l'impression que c'était le cas. Je l'entendis presque hausser les épaules.

— Ils ont mon numéro d'urgence au bureau.

Je pris note de passer à son bureau afin de remercier le connard geignard qui avait répondu au téléphone.

— Où es-tu ? Il faut que je te parle. Maintenant.

— Je suis chez moi. Je passe te voir dans vingt minutes.

— Non. Je serai chez toi dans deux minutes. Je suppose que tu ne m'as pas entendue frapper à la porte.

— Oh, c'était toi ? (Il s'éclaircit la voix.) Désolé, j'étais occupé.

— J'en suis sûre, marmonnai-je. Comment va Dom ?

Adam hésita.

— Il va bien, dit-il finalement, mais sa voix était étrange.

Je voulus lui demander ce qui n'allait pas, mais il était inutile de poursuivre la discussion au téléphone alors que j'étais au coin de la rue.

— Peu importe, dis-je en sachant que j'allais le passer au grill de l'interrogatoire dans deux minutes. J'arrive. Et pour que tu sois au courant, Brian et Raphael seront avec moi.

— Fantastique, dit-il avec aigreur. Je suis tout à fait d'humeur pour une petite fête.

— Ne t'en prends pas à moi ! Si tu avais répondu au téléphone quand je t'ai appelé, tout aurait été beaucoup plus simple.

— Peu importe, dit-il d'une voix bizarre, et je supposai qu'il essayait d'imiter la mienne.

Son imitation était loin d'être parfaite. Comme je ne savais quoi lui dire d'autre – du moins rien qui soit susceptible de calmer le jeu –, je me contentai de couper la communication et d'attendre Raphael.

Ce dernier avait dû s'inquiéter même si je l'avais informé que je n'avais pas plus d'ennuis que d'habitude. Il arriva en moins de temps qu'il m'aurait fallu pour couvrir la moitié de la même distance. Des gens s'étaient regroupés à l'arrêt de bus et, comme de bons citadins, ils agissaient commc s'ils étaient seuls. Mais je savais fort bien que nous ne pouvions nous permettre de rester à portée de voix. Aussi, quand Raphael se dirigea à grands pas vers moi avec l'évidente intention de me cuisiner, j'agitai mon pouce en direction du coin de la rue.

— On va chez Adam, dis-je en me mettant en marche avant qu'il ait une chance de répondre.

Je sentais son regard insistant rivé sur ma nuque, mais je fis de mon mieux pour ne pas en tenir compte. Brian marchait à côté de moi et, quelques secondes plus tard, j'entendis Raphael presser le pas pour nous rejoindre.

— Tu vas me dire ce qui se passe ? me demanda-t-il en venant à ma hauteur.

Je regrettais que l'appel d'Adam ne me soit pas parvenu quelques minutes plus tôt. J'aurais ainsi pu me passer de la compagnie de Raphael mais, si ce dernier devait devenir un des conseillers de Lugh, il valait mieux qu'il soit présent. En outre, s'il avait suivi les ordres de son frère, il avait peut-être recueilli des informations supplémentaires concernant le projet Houston. Et ces informations nous permettraient d'avancer dans notre enquête.

— Quand on sera à l'intérieur, répondis-je.

J'avais toujours l'impression que Raphael forait mon

crâne avec ses yeux, mais je refusai de confirmer mes soupçons en regardant dans sa direction.

Adam nous attendait. Je n'eus même pas à frapper. Il donnait l'impression de s'être habillé à la hâte. Son tee-shirt était enfoncé n'importe comment dans son jean, il était pieds nus et ses cheveux étaient ébouriffés. Il regarda longuement Brian et Raphael, puis ouvrit la porte en grand pour nous laisser entrer.

Quand Dominic jouait la maîtresse de maison, toutes les conversations avaient lieu dans la cuisine et étaient généralement accompagnées d'un repas. Mais il n'y avait aucun signe de Dominic pour le moment et Adam nous conduisit dans le salon. J'espérais que Dom était à l'étage, plongé dans un bienheureux sommeil postcoïtal. Pourtant, Adam avait l'air assez tendu et je m'inquiétais de ce que cela pouvait signifier.

Même si je crevais d'envie de prendre des nouvelles de Dom, j'avais des questions plus urgentes à régler. Je racontai donc à Adam et Raphael ce qui s'était passé.

Je ne fus pas surprise par le long silence qui suivit mon récit. J'aurais aimé pouvoir lire leurs pensées comme Lugh lisait les miennes. Et j'aurais aimé qu'Adam soit assez flic dans l'âme pour vouloir aider les filles de Claudia, même si se mouiller pour elles pouvait desservir les intérêts de Lugh. Après tout, Lugh ne semblait pas émettre d'objections à l'idée d'élaborer un plan de sauvetage. Ou si c'était le cas, il n'était pas assez stupide pour penser qu'il pouvait passer outre et me convaincre de rester en dehors de cette affaire.

Le silence s'éternisait et, comme une imbécile, je m'empressai de le rompre.

— J'ai tout découvert ce matin, dis-je en me tortillant, sachant très bien que personne n'allait aimer entendre ce que je m'apprêtais à leur avouer. Tout ce que je savais hier soir, c'était que Claudia m'avait virée et que des hommes de main ont pensé que me passer à tabac allait me faire changer d'avis.

Adam m'adressa un de ses regards noirs.

— Qu'est-ce que tu as fait ? demanda-t-il.

J'essayai de ne pas me ratatiner à l'idée de ce qu'il me dirait quand il saurait.

— Je suis… euh… passée aux *7 Péchés Capitaux*.

Brian eut l'air vaguement malade à la mention du nom du club. Raphael semblait inquiet ; Adam était furieux, comme prévu. Je me demandai si parler vite et fort allait empêcher les garçons de me dire ce qu'ils pensaient de moi. Cela ne coûtait rien d'essayer.

— J'ai pensé que Shae en savait plus qu'elle voulait bien l'avouer. J'ai donc eu une petite discussion avec elle.

Adam avait l'air d'avoir envie de me tuer. Il était si furieux que je perçus dans ses yeux la lueur de son démon. Je continuai à parler, même si mon instinct de survie me suggérait de prendre mes jambes à mon cou. Je pense que le regard d'Adam est capable de tuer.

— J'ai découvert que Tommy la payait pour qu'elle lui procure des femmes.

Cela surprit suffisamment Adam pour ternir la lueur dans ses yeux.

— Répète ça.

On respirait mieux dans cette pièce tout d'un coup. Je poussai un soupir de soulagement.

— Elle est apparemment en mesure de rassembler pas mal d'informations sur ses clients réguliers. Tommy voulait qu'elle lui trouve des femmes issues de familles de cancéreux. Et il semblerait qu'il choisisse en particulier celles qui ne sont pas très regardantes sur leur contraception.

J'observai Raphael du coin de l'œil pour déceler une réaction. Malheureusement, contrairement à moi, il est capable de rester impassible.

— Shae ne sait pas pourquoi, mais je peux deviner. (Cette fois, je fis face à Raphael.) Ça te dirait de me donner ta théorie ? lui demandai-je.

Il haussa une épaule avec élégance.

— Je n'ai rien appris de plus depuis notre dernière discussion, si c'est la question que tu me poses. Mais il semble assez évident que Tommy essaie de semer ses gènes. Le projet Houston a mieux réussi que ce que je croyais, ajouta-t-il d'un air pensif. Tommy doit être un spécimen de grande valeur.

— Ce n'est pas un spécimen, rétorquai-je. C'est un être humain. Et ne me raconte pas de conneries comme quoi ce n'est pas un humain sous prétexte que tes démons ont bidouillé son A.D.N.

Raphael leva les mains dans un geste d'innocence.

— Ce n'est pas ce que j'allais dire. Et peu importe comment on le qualifie. Ce qui importe, c'est que le projet Houston a réussi au point que ses responsables souhaitent transmettre les gènes de Tommy dans la population humaine.

— Tu es sûr de ça ? demanda Brian, nous surprenant tous, je crois.

— Qu'est-ce que tu veux dire par là ? demandai-je en me tournant vers lui.

— Je m'interroge juste… Ils gardent leurs cobayes humains captifs quelque part dans un laboratoire. Même s'ils les détiennent dans les conditions les plus inhumaines, ils doivent avoir besoin de pas mal d'espace pour obtenir une population d'élevage viable. Peut-être que, maintenant qu'ils y sont parvenus, ils ont besoin d'introduire un peu plus de diversité génétique dans leur projet.

Raphael acquiesçait.

— Il se peut que tu aies raison. Il est certain que nous avons rencontré ce genre de problème au Cercle de guérison.

Nous avons essayé de manipuler autant que possible l'A.D.N. pour contrer les effets de la consanguinité, mais c'est devenu de plus en plus difficile à chaque nouvelle génération.

Je retroussai la lèvre, dégoûtée.

— Alors tu veux dire qu'ils envoient Tommy jouer les tombeurs et que, très probablement, si une de ces filles tombe enceinte, elle va disparaître subitement sans qu'on n'entende plus jamais parler d'elle.

C'était déjà assez atroce que les démons élèvent des humains comme des rats de laboratoire… Au moins, ces humains ne connaissaient pas d'autre vie. Mais enlever une innocente gonzesse enceinte pour la retenir dans une sorte de laboratoire d'élevage dirigé par des cinglés… Je frissonnai et adressai à Raphael un autre regard de dégoût. Il serra les lèvres, incapable de répondre à mes accusations silencieuses.

— Et à propos du cancer ? demandai-je. Pourquoi Tommy veut des filles issues de familles ayant été touchées par le cancer ?

— Je ne sais pas, répondit Raphael, mais je peux essayer de deviner. Il se peut qu'ils essaient d'exploiter et d'accélérer la division rapide des cellules provoquée par le cancer. S'ils parviennent à accélérer ce processus, alors il est possible que les cellules guérissent également plus vite. (Il haussa les épaules.) C'est un peu ce que nous faisons quand nous guérissons nos hôtes, en fait. Seulement, nous sommes limités par les capacités du corps humain.

Je secouai la tête.

— Tu te rappelles quand tu essayais de m'expliquer que les expériences pour développer des hôtes plus résistants devaient bénéficier à ces hôtes ?

Raphael se dandina en évitant mon regard.

— Je peux me tromper. J'essaie juste de comprendre ce que le cancer vient faire là-dedans.

—Peu importe! Ce ne peut être bon pour personne d'augmenter génétiquement les chances d'avoir le cancer. Nous allons exorciser ce satané démon.

Je me fichais complètement que ce soit illégal. Même si c'était la dernière chose que je devais faire, j'allais expédier cette créature au Royaume des démons. Ce serait tout aussi bien si je pouvais le tuer. Pourtant, même si je désapprouvais les choix de vie de Tommy, je n'étais pas impitoyable au point de le brûler vif pour tuer son démon.

Adam secoua la tête.

—Non, on ne l'exorcise pas.

D'un bond, je fus sur pieds, une réponse indignée aux lèvres. Brian, qui était assis à côté de moi sur le canapé, m'attrapa par le bras et m'obligea à me rasseoir. Je fus tellement surprise que je me contentai de rester assise à le regarder.

—Je doute que bondir dans tous les sens et brailler à tue-tête nous soient d'une grande aide, déclara Brian raisonnablement.

Loin de moi l'envie d'être raisonnable quand j'étais hors de moi.

Je ne savais plus contre lequel des deux j'étais le plus en rogne, Brian ou Adam. Je choisis Adam. Toujours assise, je me préparais à lui rentrer dedans, mais celui-ci me battit à plates coutures.

—Si Tommy se retrouve soudain sans démon, qui sera le suspect numéro un? demanda-t-il en ayant l'air aussi raisonnable que Brian.

Je serrai les dents. Je savais déjà tout ça et j'avais utilisé le même argument avec Claudia. Mais bon sang, je ne pouvais pas rester assise sans rien faire! Je devais empêcher ce démon de transformer les femmes en poulinières portant des enfants criblés de cancers. Et je devais empêcher ses potes de faire du mal aux filles de Claudia.

Mon cœur battait au rythme de ma colère et je plantai les ongles dans mes paumes en réfléchissant à un argument qui convaincrait Adam et compagnie qu'on pouvait pratiquer sans crainte un exorcisme illégal. Après avoir gentiment persuadé le démon de Tommy de nous dire où se trouvaient les fillettes, bien entendu.

— Alors il ne doit peut-être pas se retrouver sans démon, déclara Raphael.

Nous nous tournâmes tous vers lui. Son expression était neutre mais je décelai une étincelle d'excitation chez lui.

— Explique-toi, l'encouragea Adam.

Mais j'étais certaine de savoir ce que Raphael s'apprêtait à nous proposer et j'eus du mal à l'entendre tant mon cœur se mit à battre subitement fort.

— J'ai accepté de quitter Andrew si je me sentais assez en sécurité pour le faire et si nous pouvions trouver un autre hôte. Je pense que Lugh et moi sommes arrivés à une forme de paix et que Morgane ne tuera pas mon hôte juste pour le plaisir de me renvoyer au Royaume des démons. C'est pourquoi je pense que Tommy pourrait remplir les conditions requises pour m'héberger. Après tout, si on considère ses préjugés assez extrêmes, il ne doit pas se sentir à l'aise avec son démon actuel. De plus, il est fort probable qu'il sorte indemne d'un exorcisme.

Tout le monde se tut. Je ne sais pas pour les autres, mais mon esprit jacassait sans cesse. Je pouvais sauver mon frère et la horde de poulinières de Tommy du même coup. Tout ce que j'avais à faire, c'était d'abandonner un fanatique de Colère de Dieu qui me brûlerait avec joie sur le bûcher à la première occasion.

Brian posa une main réconfortante dans mon dos et, malgré la présence des autres, j'acceptai ce contact. Il y avait tant de problèmes que je pouvais résoudre uniquement en laissant Raphael posséder Tommy. Pourtant ma conscience regimbait. J'aurais voulu hurler de rage et de confusion. Puis ce fut au tour d'Adam de faire empirer les choses.

— Il y a un autre démon pour lequel nous cherchons à trouver un hôte, dit-il.

Je ne pus retenir un grognement.

Je pris ma tête devenue trop lourde dans mes mains. C'était injuste ! Bien sûr que j'étais une accro du contrôle, mais je ne voulais contrôler que ma vie. Hors de question d'avoir à prendre des décisions vitales pour Andrew, Tommy ou Dominic. Pourtant, même la tête entre les mains, je ressentais le poids des attentes de chacun.

Je ne sais si c'était juste parce que j'étais l'hôte de Lugh, ou parce que je jouais naturellement les chefs mais, d'une manière ou d'une autre, ces trois hommes forts, assurés, m'avaient cédé les rênes. Comment pouvais-je prendre une décision pareille ?

— *Lugh ?* implorai-je. *Un petit conseil, peut-être ?*

Bien sûr, il ne me répondit pas. Soit lui aussi considérait que cette décision me revenait, soit mon inconscient avait de nouveau consolidé ses défenses.

— J'ai dû manquer un mémo, dit Raphael, interrompant ma séance d'apitoiement. Quel est l'autre démon qui a besoin d'un hôte ?

J'avais oublié que Raphael n'était pas au courant de la décision de Lugh d'appeler Saul sur la Plaine des mortels. Heureusement, Adam me sauva de l'embarras.

— Ah, fit Raphael une fois qu'Adam eut fini. Alors mon frère aura Saul et moi-même en guise de conseillers. Eh bien, on ne va pas s'ennuyer. (Il répondit à ma question avant même que j'aie eu le temps d'ouvrir la bouche pour la poser.) Disons seulement que Saul et moi ne nous entendons pas bien et restons-en là, d'accord ? (Adam émit un son entre une toux et un étouffement et Raphael le foudroya du regard.) Et étant donné ton attachement à Dominic, tu ne souhaites pas le retour de Saul. Est-ce que j'ai résumé la situation ?

— Oui.

Sentant à sa voix qu'Adam était tendu, je me redressai pour me tenir prête à intervenir au cas où les choses tourneraient au vinaigre.

— J'aurais cru que tu aurais fait passer ton devoir avant tes désirs personnels, dit Raphael à Adam.

J'éclatai de rire. Je ne pus m'en empêcher, bien que mon rire frôle l'hystérie. Adam et Raphael me jetèrent un regard furieux. Brian, mon roc, me frotta simplement le dos dans un geste de soutien silencieux. Je me mordis la langue pour endiguer l'hystérie.

— Désolée, dis-je. Mais vous devez admettre que Raphael donnant des leçons de morale, c'est fichtrement drôle.

Adam émit un ricanement qui pouvait relever de l'approbation, du rire ou du rot. Raphael s'en tint à son regard de mort. D'accord, peut-être que ce n'était pas drôle pour lui.

— La décision ne revient pas à Adam de toute façon, dis-je en affrontant le regard de Raphael. Mais à Dominic.

— Tu préférerais appeler Saul dans le corps de Tommy, alors qu'il a déjà un hôte manifestement compatible et disponible, et me laisser dans le corps de ton frère ? Et moi qui pensais que tu te souciais de ton frère.

J'étais sur le point de rétorquer avec hargne mais Brian m'imposa le silence.

— Est-ce que nous n'allons pas trop vite ? demanda-t-il. Peut-être devrions-nous nous inquiéter de ce que nous ferons de Tommy une fois que nous aurons exorcisé son démon, et une fois que nous saurons quoi faire au sujet des fillettes.

Ouille. Je n'aurais pas dû donner de leçon d'égoïsme à Raphael après tout.

Adam se détendit visiblement et battit en retraite. Très vite, Raphael fit de même et ma poitrine fut soulagée d'un grand poids. Le problème n'était pas réglé pour autant et j'étais certaine de devoir l'affronter rapidement. Mais « rapidement », ce n'était pas « maintenant ».

Je regardai Adam.

— Est-ce que cela veut dire que tu es d'accord pour gérer cette affaire de manière non officielle ?

Il agita la main d'un air dédaigneux.

— Bien sûr.

— Et dois-je comprendre que tu ne vas pas non plus affirmer que nous devons sacrifier ces enfants pour le plus grand bien ?

— Je ne pense pas que le plus grand bien soit en jeu. Bien sûr, tu vas rester à l'écart de Tommy et de ses copains afin de ne pas mettre Lugh en danger. Je vais voir ce qu'on peut faire pour retrouver ces fillettes.

Je retins la protestation qui tenta de ramper hors de ma bouche. Si Adam croyait que j'allais rester assise sans rien faire et le laisser s'occuper de tout, alors il me connaissait mal.

Il me sourit brusquement, ses yeux brillant d'une étincelle qui n'avait rien à voir avec son démon.

— Je sais que j'ai déjà mentionné ça par le passé, mais ça vaut le coup de le répéter. Tu devrais vraiment travailler ton air impassible. Tu ne me laisses pas d'autre option que de te donner un ordre. Tu vas rester ici pendant que je vais aller discuter avec Tommy, voir si je peux découvrir où ses amis et lui retiennent les fillettes.

Bon sang de bonsoir ! Quand donc allais-je apprendre à contrôler mes expressions faciales ? Je glissai lentement ma main sur le côté, même si mes chances d'atteindre mon Taser, de l'armer, de viser et de tirer avant que quelqu'un m'arrête soient proches de zéro.

J'avais raison. Brian m'attrapa la main et la serra. Il fit passer ça pour un geste de réconfort, mais je savais qu'il avait lu en moi aussi facilement qu'Adam. Je jetai un coup d'œil à Raphael, me demandant si j'avais la moindre chance qu'il prenne ma défense, mais c'était une idée stupide. Raphael n'accepterait jamais que Lugh prenne des risques inconsidérés.

Je secouai ma main pour la libérer et je croisai les bras sur ma poitrine.

—Très bien! dis-je sur un ton obstiné, même à mes propres oreilles. Je vais rester le cul posé là pendant que tu iras jouer les héros. (Adam m'adressa un regard entendu et je serrai les dents.) Ne me regarde pas comme ça! J'ai compris. Tu vas m'enfermer.

À côté de moi, je sentis Brian se raidir. Il ignorait certaines choses au sujet de ma relation avec Adam. J'allais devoir lui en parler un jour. Mais pas maintenant.

Raphael se frotta les mains.

—Alors Adam va jouer les policiers, Morgane va se tourner les pouces et je suppose que Brian va reprendre ses activités quotidiennes routinières. Est-ce que j'ai une mission ou bien puis-je faire comme Brian?

Quelque chose clochait dans la voix de Raphael, mais je n'avais pas l'énergie d'y réfléchir pour le moment.

—Je doute que tu aies envie d'entendre mes recommandations, marmonnai-je, assez fort pour que tout le monde comprenne.

Raphael ne parut pas trouver ça aussi drôle que les autres.

Notre réunion impromptue prit fin. Brian avait été un peu étonné quand il avait découvert qu'Adam comptait m'enfermer mais, au lieu d'implorer la clémence, il proposa de me tenir compagnie. Ce qui aurait pu être amusant, mais j'étais loin d'être d'humeur.

— Tu vas la protéger ? demanda Brian à Adam, ce qui m'énerva, bien sûr.

— Je sais me débrouiller toute seule !

Adam secoua la tête.

— Je n'arrive pas à comprendre comment tu peux réellement avoir envie d'être avec elle.

Heureusement pour lui, il était assez intelligent pour m'avoir confisqué mon Taser. Brian aurait pu s'offusquer qu'Adam m'insulte de la sorte, mais il se contenta de hausser les épaules.

— Je vois ce qui se cache sous ses airs revêches, dit-il avant de tourner le dos à Adam et de me lancer un regard lourd de sous-entendus. Appelle-moi s'il se passe quoi que ce soit ou si je peux être d'une quelconque aide.

J'acquiesçai et Brian partit, visiblement à regret.

La chambre dans laquelle Adam m'enferma jouxtait la terrible chambre noire. La porte de celle-ci était fermée quand Adam m'accompagna et je me demandai si Dominic s'y trouvait. J'étais trop vexée qu'Adam lise si facilement en moi pour poser la question. Et donc, à l'heure du déjeuner, en cette journée où mon instinct me hurlait d'agir, de me battre, de me bouger, je me retrouvai prisonnière dans une confortable petite chambre d'amis avec des grilles en fer forgé aux fenêtres. Encore une superjournée dans la vie de Morgane Kingsley, exorciste.

Chapitre 22

Je tournai en rond dans la chambre d'amis pendant environ une heure. J'aurais dû probablement profiter de cette période d'inactivité forcée pour dormir un peu mais je ne pensais pas avoir de grandes chances de m'endormir. Je commençais à avoir faim et mon estomac protestait d'avoir été privé de petit déjeuner et de déjeuner, quand j'entendis des pas dans le couloir. Je sentis l'odeur de la nourriture et mon estomac produisit un gargouillement qui aurait été gênant si j'avais pensé qu'on pouvait l'entendre. Je m'attendais à voir Dominic et j'eus une envie soudaine de me précipiter sur la porte pour essayer de m'échapper, dans un moment de panique. Mais Adam pouvait très bien se trouver au rez-de-chaussée et je me ferais botter le train si je tentais quoi que ce soit.

La première chose que je vis quand la porte s'ouvrit fut le dos de Dominic. Il avait les mains occupées et avait poussé la porte avec ses fesses. Quand il se tourna vers moi, il resta la tête baissée et je crus tout d'abord qu'il gardait un œil sur le bol de soupe posé sur le plateau qu'il portait. Puis il se tourna pour déposer le plateau sur le bureau et un rayon de lumière éclaira le côté de son visage.

J'eus le souffle coupé en découvrant son œil au beurre noir. Sa pomme d'Adam fit l'ascenseur et il soupira en affrontant mon regard. Les bras croisés sur le torse, son langage corporel hurlait qu'on le laisse tranquille. Je doute qu'il ait été surpris que je n'en tienne pas compte.

—Comment tu t'es fait ce coquard? demandai-je, même si je savais en voyant son embarras qui était le coupable.

Il grimaça.

—Adam. Et, non, il ne l'a pas fait exprès, alors arrête de me regarder comme si j'étais une femme battue.

J'essayai d'imaginer Adam s'écarter pour assener un coup de poing à Dominic et je n'y parvins pas. Je pris conscience avec un peu de surprise qu'en dépit de la personnalité agressive et dominatrice d'Adam, je ne les avais jamais vus se disputer. Oh, cela leur arrivait de se ronchonner dessus de temps à autre, mais c'était sur un ton affectueux et il était évident qu'ils ne pensaient pas ce qu'ils disaient. Dominic n'avait rien d'un lâche, non plus. Il tenait tête à Adam même quand je n'aurais pas osé.

En y réfléchissant – et c'était vraiment une réflexion effrayante –, leur relation était peut-être la relation la plus romantique que je connaissais.

Les épaules de Dominic étaient tendues et, en voyant sa mâchoire, je devinai qu'il serrait les dents. Tout en lui montrait qu'il était sur la défensive. Je compris qu'il se préparait à une dispute. Je me soulageai de ma propre tension en lui adressant un sourire contrit.

—Relax, Dom. Je te crois.

Il cligna des yeux de surprise. Mon estomac me rappelant encore que j'avais faim et qu'il y avait de la nourriture tout près, je décidai de garder mes questions pour plus tard. Je m'assis donc au bureau et plongeai dans le bol de soupe. Je poussai un gémissement de plaisir sensuel dès la première cuillerée. Je n'avais jamais été une grande fan de minestrone, mais désormais je comprenais mon erreur.

Dominic prit cet air ravi qui illumine son visage quand on complimente sa cuisine, puis il s'installa sur le fauteuil et attendit en silence que je finisse de manger. Ce qui ne me prit pas longtemps.

— Serait-ce terriblement grossier de ma part de lécher le bol ? demandai-je dans l'intention de le faire encore sourire.

Mon souhait fut exaucé.

— Tu n'as pas besoin d'en arriver à de telles extrémités. Il y a du rab.

Je tapotai mon ventre plein.

— J'aimerais beaucoup passer le reste de l'après-midi à me remplir la panse, mais il faut que je fasse attention à ma silhouette.

Ce qui me valut un autre sourire.

Dominic s'approcha pour prendre le plateau. Même si j'aurais aimé le laisser partir sur cette note agréable, j'en fus incapable.

— Alors tu vas me dire ce qui s'est passé entre Adam et toi ? demandai-je.

Le sourire disparut et ses épaules s'affaissèrent. Si je lisais correctement son expression, il envisageait sérieusement de sortir sans me répondre. Je ne suis pas certaine que je lui en aurais voulu, mais il n'est pas aussi enclin que moi à fuir le conflit. Il reposa le plateau et revint s'asseoir dans le fauteuil.

— Il m'a tout dit, déclara Dominic. À propos de Saul et de ce qu'il fait aux *7 Péchés Capitaux*.

Je grimaçai. Trop d'honnêteté ne paie pas toujours. J'aurais aimé qu'Adam garde le second aveu pour lui, du moins jusqu'à ce que nous ayons trouvé un autre hôte pour Saul… quelle que soit la méthode choisie.

— Tu as pris une décision ? demandai-je en retenant mon souffle dans l'attente de la réponse de Dominic.

Il acquiesça.

— Oui, en fait, j'en suis arrivé à un certain nombre de conclusions. (Il commença à compter sur ses doigts.) Premièrement, Adam est un con.

Je ne pus retenir un ricanement. Je m'en serais voulu si le coin de la bouche de Dom ne s'était pas légèrement relevé.

— Deuxièmement, c'est un con qui n'est pas sûr de lui. Et troisièmement, je suis un misérable salopard de ne pas l'avoir aussitôt rassuré en lui avouant que je ne voulais pas redevenir l'hôte de Saul.

Pour des raisons auxquelles je ne souhaitais pas réfléchir, je me levai de ma chaise et allai étreindre Dominic rapidement et maladroitement.

— Je suis d'accord avec toi en ce qui concerne ton jugement sur Adam, mais si tu es un misérable salopard, alors je suis mademoiselle Rose-de-velours.

Il éclata de rire et se détendit de manière visible.

— Merci pour ton soutien. Mais j'ai vraiment été très méchant envers Adam. J'aurais aimé qu'il ait assez confiance en moi pour me raconter ce qu'il faisait aux *7 Péchés Capitaux* depuis le début, mais je comprends pourquoi il n'a pas osé.

— Et tu lui as déjà dit que tu n'allais pas reprendre Saul ?

Il secoua la tête.

— J'étais trop occupé à ruminer et maintenant il est parti discuter avec un démon hostile qui habite un superhôte susceptible d'avoir des pouvoirs que nous ne connaissons même pas. Je me sens comme une merde.

— Je suis sûre que tout va bien se passer, dis-je en le pensant sincèrement.

Il était difficile d'imaginer Adam se fourrer dans des ennuis qu'il ne saurait gérer. Je le surestimais sans doute, mais j'avais tendance à penser que l'alliance de la compétence et de l'assurance le rendait presque invulnérable.

— Tu as une idée de l'endroit où il est allé ?

Je secouai la tête.

— Non. Pourquoi ?

Dom pinça les lèvres, les yeux étrécis par la douleur.

— Parce que je m'inquiète pour lui. Je l'ai blessé et je crains que cela le distraie, qu'il ait des ennuis à cause de moi…

Je pensai comprendre ce que Dominic essayait de me dire, même s'il ne l'exprimait pas explicitement.

— Tu veux que j'aille le chercher ?

Son sourire illumina son visage.

— Tu le ferais ? Il a coupé son téléphone et je ne sais pas comment le joindre. Je veux être sûr qu'il sache que je reste avant d'affronter Tommy.

Je faillis le prendre au mot sans réfléchir, mais il m'arrive de penser aux conséquences de mes actes.

— Tu sais qu'il va t'en vouloir de m'avoir laissé partir.

Le sourire de Dom s'élargit.

— Tu crois que j'ai peur de lui ? Ce ne serait pas la première fois que je l'énerverais et ce ne sera pas non plus la dernière. (Il se reprit et m'adressa un regard sérieux.) Parfois il a du mal à comprendre que les gens ont le droit de prendre des décisions par eux-mêmes, même s'il n'aime pas leurs décisions.

J'eus le sentiment qu'il parlait d'autre chose que ma situation. Adam avait-il essayé de forcer Dom à ne pas reprendre Saul ? Ce qui expliquerait pourquoi Dom ne s'était pas empressé de le rassurer.

— Très bien, dis-je. Je vais voir si je peux trouver Adam et m'assurer qu'il a la tête à ce qu'il fait. Mais d'abord tu dois me parler de cet œil au beurre noir.

Je le croyais quand il me disait qu'Adam ne l'avait pas fait exprès mais, étant donné qu'ils s'étaient apparemment disputés, je devais connaître les circonstances avant de m'approcher d'Adam sans avoir envie de le tuer.

— Vous vous êtes battus ?

Dom était apparemment fasciné par ses mains.

— Nous nous battions pour de faux, même si on aurait dû savoir que ce n'était pas une bonne idée. On ne s'amuse pas à des jeux SM quand on est en colère. Du moins, on ne devrait pas. (Je dus avoir l'air horrifié parce qu'il s'empressa de me rassurer.) Nous ne nous battions pas à coups de poing, nous chahutions. Bien sûr, je n'ai aucune chance de gagner à la lutte contre un démon, alors habituellement je ne force pas trop. Mais j'étais en colère et je me suis battu plus violemment que d'habitude et je suis parvenu à me délivrer de l'étreinte d'Adam. (Un sourire ironique tordit ses lèvres.) J'ai été autant surpris que lui et j'ai perdu l'équilibre. Tu as déjà vu le lit de notre chambre ?

Oui, je l'avais vu. C'était un impressionnant lit king size en fer forgé qui semblait assez lourd pour traverser le plancher.

— J'ai foncé dedans la tête la première. Adam a réussi à me rattraper, sinon le résultat aurait été bien pire.

S'il s'était agi de quelqu'un d'autre, j'aurais pensé que cette histoire était l'équivalent du « je me suis cognée contre la porte » qui est le refrain des femmes battues du monde entier. Mais je crus Dominic. Ce qui signifiait que je pouvais partir à la recherche d'Adam sans avoir envie de le tuer.

Je ne savais pas ce qui empêcherait Adam de me ramener en me traînant dans ma petite cellule civilisée dès l'instant où je le trouverais, mais il serait bien temps de m'en inquiéter le moment venu. Je souris à Dom pour lui faire savoir que je croyais son histoire.

— Tu sais où Adam a planqué mon Taser quand il l'a confisqué ?

— Non, mais je suis sûr qu'on peut le retrouver.

Ramassant le plateau, il me précéda pour sortir de ma cellule.

Je ne peux vous dire à quel point je fus soulagée de quitter cette maison, bien que j'aie un peu eu l'impression de m'être échappée sous de faux prétextes. J'avais promis à Dominic que je chercherais Adam sans grand espoir de réussite. Philadelphie est une grande ville et je n'avais aucune idée de l'endroit où Adam était allé. Naturellement, je m'arrêtai à l'adresse de Tommy mais il n'y avait personne, pas même son colocataire visqueux. J'essayai ensuite d'appeler au bureau d'Adam, même si je doutais qu'il soit retourné officiellement au travail un jour de congé maladie. J'avais raison.

Mis à part aux *7 Péchés Capitaux*, je ne voyais pas où Tommy pouvait traîner. Il était maintenant 15 heures et le club n'ouvrirait pas avant 21 heures. J'essayai le téléphone portable d'Adam en espérant qu'il l'ait rallumé depuis le dernier appel de Dom. Pas de réponse. J'essayai même d'appeler Claudia, mais elle était en réunion – pas avec Adam, car je posai la question – et on ne pouvait pas la déranger. Je refusai de laisser un message. J'étais certaine que les kidnappeurs lui avaient ordonné de vivre sa journée comme si tout allait bien, mais j'espérais que le fait qu'elle soit en réunion signifiait que les fillettes étaient encore vivantes.

Il était presque 17 heures quand je m'admis ma défaite. Jusqu'à l'ouverture des *7 Péchés Capitaux*, je n'avais aucune idée de l'endroit où trouver Adam. J'appelai Dom pour l'informer que je retournai à mon appartement et il me confirma qu'Adam n'avait répondu à aucun de ses appels. L'inquiétude dans la voix de Dom était contagieuse, mais aucun de nous ne trouva une idée brillante. Je donnai à Dom l'ordre de me rappeler s'il avait des nouvelles d'Adam, puis je pris le chemin de la maison.

Ma journée ne s'arrangea pas quand je découvris qu'une journaliste du *Philadelphia Inquirer* campait dans le hall de mon immeuble. Pas la journaliste qui m'avait appelée mais, dès que la femme sauta hors de son fauteuil pour se diriger à grands pas vers moi, je la reconnus tout de suite comme étant une journaliste… sans doute à cause de l'odeur de soufre qui émanait d'elle.

Si je me mettais à courir vers l'ascenseur, est-ce que les portes se refermeraient avant qu'elle me rattrape ? Avec la chance que j'avais, on pouvait être sûr d'un grand « non ». Aussi je me tournai vers elle, les poings sur les hanches, mon langage corporel clamant « défense d'approcher ».

Impossible qu'elle n'ait pas compris le message, mais je suppose que les journalistes ont pour habitude de ne pas tenir compte de l'hostilité, car elle vint droit sur moi en me tendant la main.

— Vous devez être Morgane Kingsley, dit-elle avec un sourire poli. Je suis Barbara…

Mon sourire était tellement figé que mes lèvres auraient pu tailler du diamant.

— Je me fiche de qui vous êtes. Je n'ai pas de commentaire à faire et je voudrais que vous me laissiez tranquille.

Elle arqua ses sourcils bien dessinés avant de me présenter une carte de presse. Je l'ignorai et me tournai vers les ascenseurs. Barbara Je-ne-sais-quoi suivit, ses escarpins noirs cliquant sur le sol alors qu'elle essayait de me rattraper. Naturellement, les deux ascenseurs se trouvaient presque au dernier étage de l'immeuble. J'appuyai sur le bouton d'appel avec plus de force que nécessaire.

— Vous savez, dit Barbara en s'installant pour patienter à côté de moi, je suis du *Philadelphia Inquirer*, pas du *National Inquirer*. Il n'y a aucune raison d'être nerveuse.

J'essayai de faire comme si elle n'était pas là. Avec toutes les merdes qui m'arrivaient dans la vie, j'aurais pu espérer que le destin cesse de s'acharner sur moi de temps en temps ! Mais non, pourquoi une telle chose arriverait ?

— Vous n'avez aucun commentaire à faire sur la mort de Jordan Maguire Junior ?

Je regardai les loupiotes clignotantes au-dessus des ascenseurs en regrettant que ces fichues machines soient quasiment vieilles d'un siècle et lentes comme des tortues.

La journaliste Barbie ne se laissait pas démonter.

— Et concernant les menaces de Jordan Maguire Sr d'intenter un procès ?

Je clignai des yeux. C'était la première fois que j'en entendais parler et je grognai intérieurement. Juste ce dont j'avais besoin : encore plus d'ennuis. Un des ascenseurs était encore au vingtième étage, mais l'autre cheminait tranquillement vers nous. Quinze, quatorze, douze – parce que ce vieil immeuble ne comportait pas de treizième étage – onze, dix… Et là, la fichue machine s'arrêta et je faillis hurler de rage.

— Y a-t-il quelque chose que vous feriez différemment si vous aviez la possibilité de revenir en arrière ? continua Barbie comme si je répondais à ses questions depuis le début.

L'ascenseur resta bloqué au dixième étage et je décidai que c'en était assez. Je revins dans le hall et attirai l'attention du portier. Ce grand Noir, bâti comme un linebacker, est un de ces doux géants qui ne feraient pas de mal à une mouche. J'avais assez discuté avec lui pour savoir que c'était un artiste qui crevait la dalle et qui était portier pour pouvoir poursuivre sa carrière de peintre. Mais Barbie ne savait rien de tout cela.

— Hé, Mike, dis-je avec un grand sourire. Est-ce que par hasard vous pourriez m'aider à me débarrasser d'une visiteuse indésirable ?

Et je désignai Barbie du pouce. Mike me rendit mon sourire.

— Bien sûr, dit-il avant de se tourner vers Barbie. (Son sourire fit alors place à une expression de politesse neutre.) Madame, vous vous trouvez dans un immeuble privé. J'ai bien peur d'avoir à vous demander de sortir.

Prenant note de laisser un pourboire généreux à Mike plus tard, je pivotai de nouveau vers les ascenseurs. Barbie se mit à protester mais Mike resta ferme. Je soupirai de soulagement quand les portes de l'ascenseur se refermèrent derrière moi. Je fus un peu moins soulagée quand je me rappelai la menace de mort qui avait été laissée la veille sur mon répondeur. J'étais ravie de savoir que le monde entier en voulait à ma peau!

Je m'attendais à moitié à une autre menace de mort une fois de retour dans mon appartement. Le fait qu'il n'y ait pas de messages me rendit presque joyeuse. Ouais, drôle de vie que la mienne.

Je me préparai à dîner, si on peut appeler ça un dîner, un bagel surgelé toasté et des céréales. Je n'avais pas vraiment eu le temps de faire des courses ces derniers jours. Puis je passai le reste de la soirée à appeler alternativement le téléphone portable d'Adam et celui de Dom. Je décidai de ne pas téléphoner à Brian. Il pensait que j'étais en sécurité, enfermée dans la maison d'Adam, et il considérerait sûrement comme son devoir de chevalier à l'armure scintillante de venir me protéger s'il me savait seule. J'ai du mal à accepter de l'aide même quand j'en ai besoin. De toute façon, je ne pensais pas que les méchants allaient débouler dans mon immeuble. Ils pouvaient passer la sécurité s'ils le voulaient – de toute évidence, ils l'avaient déjà fait une fois – mais il faudrait encore qu'ils passent ma porte. Je gardai quand même mon Taser dans ma poche.

Je commençais vraiment à être énervée après Adam. S'il avait des ennuis, je me sentirais coupable ensuite, mais je supposais qu'il était probablement en train de bouder à propos de sa petite prise de bec avec Dom. Je ne pensais pas que des membres du Conseil puissent être autorisés à bouder. Sauf moi, bien sûr. Je pouvais bouder autant que je voulais.

Comme je n'avais toujours pas de nouvelles d'Adam à 21 heures, je décidai qu'il était temps pour moi de faire une nouvelle apparition aux *7 Péchés Capitaux*. À moins qu'il ait des ennuis, il serait là-bas à surveiller l'endroit à la recherche de Tommy. Nous n'avions pas vraiment discuté de ce qu'il ferait quand il le trouverait, mais j'étais certaine que ce dernier n'apprécierait pas cette rencontre.

Cette fois-ci, je ne pris pas vraiment soin de me fondre dans la foule. J'enfilai un jean et une chemise blanche unie. La seule concession que je fis pour m'accorder à la clientèle des *7 Péchés Capitaux* fut une boucle d'oreille en forme de crâne et d'os dont les orbites étaient décorées de véritables rubis. Brian me l'avait offerte un peu sur le mode de la plaisanterie, bien qu'elle paraisse trop coûteuse pour être reléguée dans le tiroir à breloques. Je parai les trous restants de mes oreilles de clous dorés et argentés puis je me contemplai dans le miroir de la salle de bains en essayant de me convaincre que j'étais prête.

Je n'étais pas prête et je le savais. Mais excepté me laver les mains de toute cette affaire, je n'avais pas d'autre option, ce qui signifiait donc que je devais y aller.

Ne m'étant pas encore occupée de mon pneu à plat, je dus appeler un taxi pour me rendre sur South Street. Il était 22 heures passées quand je pris le chemin du club. Il était encore assez tôt pour le monde des boîtes de nuit du vendredi soir, mais il valait mieux que j'arrive là-bas avant que l'endroit soit bondé de démons et de leurs groupies. M'assurant que le chauffeur ne pouvait pas me voir de l'autre côté de la séparation, j'ouvris mon sac à main et le rangeai afin que le Taser se retrouve isolé dans un compartiment. Il était plus facile à atteindre de cette manière. Toutes les autres poches, pleines à craquer, formaient des bosses inélégantes, mais bon.

Dès que je fermai mon sac, mon téléphone sonna. Super. Il était enterré au fond maintenant. Je plongeai la main dans mon fourbi en me rappelant qu'il faudrait que je prenne le temps de faire le tri dans mon sac un de ces jours. J'attrapai enfin mon téléphone et il ne me restait que quelques secondes avant que l'appel bascule sur ma messagerie. Je répondis juste à temps sans avoir l'occasion de vérifier le numéro.

— Allô ?

— Dominic me dit que tu n'es plus là où je t'ai laissée, dit Adam.

Je me hérissai aussitôt mais je ne peux nier que j'étais soulagée. J'étais contente qu'Adam ne me voie pas. J'avais le sentiment que je n'aurais pas fini d'en entendre parler s'il avait su que je m'étais inquiétée pour lui.

Quand on est mal à l'aise, mieux vaut se mettre en colère, c'est ma devise. Avec Adam, ça n'était jamais difficile à mettre à exécution.

— Putain, tu étais où ? demandai-je trop fort.

Le chauffeur me jeta un coup d'œil dans le rétroviseur. Comme 90 % des chauffeurs de taxi de Philadelphie, celui-ci n'était pas né dans ces bons vieux États-Unis. D'après son visage, il était né dans un pays où on coupait la langue des femmes si un mot aussi vilain sortait de leur bouche. Je parlai plus bas et me fis le serment de surveiller mon langage.

— Dom et moi n'avons pas arrêté d'essayer de te joindre depuis des heures !

— C'est ce que j'ai cru comprendre. Disons que j'avais besoin d'un peu de temps tout seul.

— Pendant que ces fillettes…

Je m'arrêtai avant de finir ma phrase. Le chauffeur écoutait apparemment. Il valait mieux que je sois un chouïa plus discrète.

— J'étais en train d'expliquer pourquoi j'ai dû éteindre mon téléphone, gronda Adam. Je ne suis pas en train de dire que je me suis contemplé le nombril. J'ai, en ce moment, un de nos amis inconscient sur la banquette arrière de ma voiture.

— Oh.

La bonne nouvelle, c'était que je n'allais pas devoir retourner aux *7 Péchés Capitaux*. La mauvaise nouvelle... Eh bien, je ne savais pas encore en quoi consistait la mauvaise nouvelle. Tout ce que je savais, c'est qu'il y en aurait de sérieuses bientôt.

— Comment c'est arrivé ? demandai-je.

Les démons ne sont pas sujets aux vapeurs.

— Il a un peu trop bu.

— Oh, fis-je de nouveau.

Quelle interlocutrice intelligente je faisais ! Les démons sont autant capables que les humains d'être saouls, bien qu'habituellement ils métabolisent l'alcool plus rapidement. Leur état d'ivresse dure alors moins longtemps. Cela me semblait pourtant très imprudent de la part de Tommy, surtout s'il avait eu des soupçons concernant l'enquête que menait Adam.

— Je l'ai un peu aidé, expliqua Adam. Nous sommes sur le chemin de la maison. J'ai pensé que tu souhaiterais nous y retrouver.

Non, je voulais dire au chauffeur de faire demi-tour et de me ramener chez moi. Mais ce serait irresponsable de ma part. Je m'intimai sévèrement de ne pas penser à ce qui arriverait à Tommy quand les gouttes que lui avait fait ingurgiter Adam ne feraient plus effet. Ça n'allait pas être beau.

— Je suppose que je n'ai pas le choix, dis-je.

Je n'avais pas voulu m'exprimer à voix haute.

— En effet. Nous pourrions avoir besoin de Lugh.

Je fermai les yeux pendant une seconde, me demandant pour quelle raison Adam pensait que nous aurions besoin de Lugh. Pour exorciser le démon de Tommy ? Il était fort possible que le démon qui avait pris Tommy soit trop puissant pour que ni Adam ni moi ne puissions l'exorciser. Mais ce n'était pas ce à quoi Adam pensait. Nous aurions besoin du Nom véritable de Saul si nous voulions l'appeler et les seules personnes à le connaître étaient sa famille proche… et son roi.

— J'arrive bientôt, lui répondis-je.

Je raccrochai brutalement parce que je ne voulais pas qu'Adam perçoive quoi que ce soit de suspect dans ma voix. Puis je donnai l'adresse de Raphael au chauffeur et je rassemblai tout mon courage pour un coup de fil très éprouvant.

Chapitre 23

Convaincre Raphael de m'accompagner chez Adam ne fut pas très difficile. Même au téléphone, je perçus son excitation retenue. Je savais que mon frère et lui ne s'entendaient pas bien et s'il traitait mieux mon frère cette fois, cela impliquait qu'il devait dialoguer avec lui plus qu'il le voulait. Peut-être était-il juste excité à l'idée de trouver un nouvel hôte, plus agréable. Je ne pensais pas que c'était là l'unique raison.

Peu importait que Raphael soit loyal envers Lugh, je devais admettre que j'étais d'accord avec le jugement de ce dernier sur son frère: c'était un menteur. Raphael en savait plus sur le projet Houston qu'il voulait bien l'avouer et, pour une raison inconnue, il était très, très pressé que Tommy devienne son hôte.

Qu'avait Tommy de si spécial pour que tous les démons se bagarrent afin de posséder son corps? Je soupçonnais que je n'en saurais pas plus à moins qu'un des alliés de Lugh prenne possession du corps de Tommy.

Voilà en quoi consistait mon dilemme. Pouvais-je supporter qu'un individu, même un fanatique comme Tommy Brewster, puisse être possédé contre son gré? La possession par un démon avait été mon pire cauchemar et même si j'avais appris, dans une certaine mesure, à vivre avec, je regrettais toujours les jours où j'étais encore seule dans mon corps. Et j'étais non seulement beaucoup plus compatible avec Lugh que Tommy le serait avec Raphael, mais j'avais encore le contrôle de mon corps. Ce ne serait pas le cas de Tommy et celui-ci en souffrirait. Si je laissais tout ça arriver.

Je n'étais pas parvenue à quoi que ce soit qui ressemble à une conclusion quand le taxi s'arrêta devant l'immeuble où vivait mon frère. Raphael, qui attendait sur le trottoir, se glissa rapidement à l'intérieur du véhicule tandis que le chauffeur du véhicule derrière nous klaxonnait d'indignation à cause de l'attente. Les conducteurs de Philadelphie, faut les aimer. Toujours si polis et compréhensifs.

Je donnai l'adresse d'Adam au taxi et nous reprîmes la route.

— Adam sait que je viens ? demanda Raphael.

Je grimaçai.

— Dans ce cas précis, j'ai décidé d'adopter ta philosophie : je demanderai pardon plutôt que la permission.

Il eut l'air d'être sur le point de répondre mais il regarda le chauffeur et il pinça les lèvres. De mon côté, j'étais ravie que nous ayons notre censeur personnel à disposition. Je ne voulais pas parler de ce qui m'attendait. Je retarderais, autant que je le pourrais, le moment de prendre une décision. Et peut-être même davantage.

Nous gardâmes le silence pendant le reste du trajet. J'aurais aimé qu'Adam habite encore plus loin, mais je suis certaine qu'il ne m'aurait servi à rien d'avoir plus de temps pour me préparer. Après avoir laissé au chauffeur un pourboire généreux que je ne pouvais me permettre, je restai debout sur le trottoir pendant un long moment à regarder la maison d'Adam sans parvenir à me décider.

Raphael n'eut pas ce genre de problème et, avant que je sois prête, il monta l'escalier et sonna. Ma gorge se serra mais je luttai autant que possible contre la panique. Ce fut Dom qui ouvrit la porte. Adam devait garder un œil sur notre prisonnier. Dominic haussa les sourcils en voyant Raphael mais il ne fit aucun commentaire.

—Entrez. La fête vient à peine de commencer.

Sa voix était un peu tendue. Il était trop gentil pour apprécier les méthodes d'interrogatoire d'Adam mais, bien qu'il les déteste, il ne semblait pas disposé à protester. Et puis, peut-être l'avait-il déjà fait.

—Adam ne va pas être content de te voir, dit Dom à Raphael dès que la porte fut fermée.

Raphael haussa les épaules.

—Peu importe. Je fais partie de votre joyeuse troupe maintenant, que vous le vouliez ou non.

Les yeux de Dom étincelèrent. Il avait l'air d'avoir envie d'assener un coup à un rival. Je suppose qu'il avait vraiment du mal avec les méthodes d'Adam. Il était toujours resté calme face à la colère d'Adam ou à la mienne.

Raphael se prépara à l'assaut, rejetant les épaules en arrière, raidissant sa posture. Je roulai les yeux et éclatai de rire, espérant désamorcer la tension.

—Si un de vous se met à frapper son torse en braillant, je me casse tout de suite.

Dominic éclata soudain de rire et Raphael abandonna son attitude agressive. Vous avez besoin d'un gardien de la paix ? Faites-moi signe.

—Est-ce qu'ils sont… ? demandai-je en relevant la tête en direction de la chambre noire, au travers du plafond.

La bonne humeur disparut rapidement des yeux de Dom.

—Ouais. Est-ce que, euh… vous avez besoin de moi là-haut ?

Je le regardai longuement. J'avais pitié de la tristesse que je lisais sur son visage. Mais pas assez pour le laisser se défiler.

—Tu ne vas pas te mettre la tête dans le sable et faire comme si rien de grave ne se passait, lui dis-je en gardant une voix douce. Je sais que tu ne tiens pas à voir Adam sous son vrai jour. Moi non plus. Mais nous allons tous devoir l'accepter.

Un nouveau feu embrasa ses yeux. Bon sang, qu'il était susceptible ce soir. Je suppose qu'il est normal de réagir ainsi quand on sait que son amant va torturer quelqu'un. Mais j'avais raison et même Dominic devait l'admettre. Ou du moins il n'y avait aucune manière d'en discuter.

L'air sinistre mais déterminé, il se dirigea vers l'escalier sans prononcer un mot, Raphael et moi sur ses talons.

Une sensation de déjà-vu me bouleversa en montant ces marches vers la chambre noire. Je me rappelai m'y être précipitée comme une folle avec le désir désespéré d'empêcher Adam de faire du mal à ma meilleure amie. Je me rappelai les cris de Val et le bruit qu'avait fait son cou en se brisant. J'avais été incapable d'arrêter Adam. Et cette fois, je n'étais même pas sûre d'en avoir envie. Cette prise de conscience torturait mon estomac.

Dominic inspira profondément avant d'ouvrir la porte.

Adam et compagnie nous attendaient. Bien que je ne sois pas certaine que Tommy nous attendait… Il semblait encore inconscient. Ou de nouveau.

Apercevant Raphael, Adam se tourna vers moi pour me jeter un regard furieux. J'essayai de prendre un air innocent qui ne sembla pas convaincre Adam puisqu'il continua à me foudroyer du regard.

Dominic entra dans la chambre et ferma la porte derrière lui, attirant l'attention d'Adam. Je relâchai le souffle que j'avais retenu sans m'en rendre compte.

— Pourquoi n'attendrais-tu pas en bas ? proposa Adam.

En cet instant, ils étaient seuls dans cette pièce.

À son honneur, Dom ne saisit pas l'occasion de me faire porter la responsabilité de sa présence, bien que tout repose bien sur mes épaules. Il regarda Adam fixement, sans ciller dans ma direction.

— Je n'irai pas me terrer au rez-de-chaussée, dit Dom. Nous avons décidé de ne plus rien nous cacher, non ?

Adam avait l'air remarquablement mal à l'aise. Ce devait être difficile pour lui de torturer quelqu'un sous les yeux de son amant. Non pas que Dom ignore à quel point Adam pouvait être cruel. Dom le savait et il aimait quand même Adam. Mais savoir quelque chose et le voir étaient deux choses différentes. Je faillis presque avouer à Adam pourquoi Dom avait décidé de rester afin de le laisser s'échapper, mais je faillis seulement. Je ne voyais pas comment on pouvait accepter le comportement d'Adam mais refuser d'en être témoin.

— Tu es sûr ? demanda Adam.

Dom, les bras croisés sur la poitrine, frissonna. Mais acquiesça.

— Très bien, fit Adam, la voix tranchante. Ne reste pas dans mes pattes.

Adam détourna son attention de Dom et je suivis son regard.

Tommy était allongé sur le sol, inerte. Une lourde ceinture paralysante enserrait sa taille.

— Comme tu es là, rends-toi utile, dit Adam à l'attention de Raphael en lui lançant quelque chose. Je risque d'avoir besoin de mes deux mains.

Je compris qu'il avait donné à Raphael la télécommande de la ceinture paralysante. Raphael acquiesça et Adam alla s'agenouiller en face de Tommy.

— Il est temps d'arrêter de jouer à l'opossum, dit-il. Je sais que tu es réveillé.

Tommy ne bougea pas et Adam soupira d'exaspération.

— Si tu commences à poser des problèmes, la nuit risque d'être longue. Quand je me suis renseigné à ton sujet au club, tout le monde s'est accordé à dire que tu préférais infliger la souffrance plutôt que la subir. Alors soit je te prouve que tu es réveillé en te cassant un doigt et en t'écoutant crier, soit tu t'assieds tout seul.

Adam avait raison, Tommy était réveillé. En dépit de ses yeux toujours clos et de son souffle régulier, ses muscles s'étaient visiblement tendus. Finalement, il déglutit et ouvrit les yeux.

— C'est bien, dit Adam d'un air méprisant.

Tommy ne sembla pas beaucoup apprécier. Il gronda en montrant les dents.

— Tiens-toi tranquille, dit Raphael en lui désignant la télécommande de la ceinture.

Tommy cessa de gronder puis se mit avec peine en position assise.

— Vous finirez tous sur le bûcher, dit-il en affichant une expression irascible qui était probablement une des préférées de Tommy. Je suis un démon légal et vous ne pouvez pas…

— N'oublie pas que c'est toi qui es prisonnier dans ma chambre avec une ceinture paralysante autour de la taille.

Tommy sembla sur le point de répondre mais il dut lui venir à l'esprit que si nous violions la loi de manière aussi flagrante, c'était que nous pensions que cela importait peu.

— Vous allez m'exorciser, dit-il, l'air abasourdi. (Il me regarda, les yeux écarquillés.) Tu vas pourrir en prison pour le restant de tes jours !

— Personne n'ira en prison, dit Adam. Toi, tu retournes au Royaume des démons. (Tommy bondit.) Oui, confirma Adam, tout le monde ici sait que l'exorcisme ne tue pas les démons.

Tommy retroussa les lèvres.

— Si vous savez que ça ne me tuera pas, alors vous savez aussi que je reviendrai un jour et que je tuerai toutes les personnes présentes dans cette pièce.

— Tu peux essayer. Tu constateras que c'est un peu plus difficile que tu le penses. Mais ce n'est pas d'actualité pour le moment. Ce qui importe, c'est que tu peux être réexpédié dans le Royaume des démons rapidement et sans douleur, ou bien tu peux y retourner après que j'ai eu le plaisir de te prouver quel amateur tu es en matière de souffrance.

Tommy plissa les yeux.

— Et que devrais-je faire pour avoir droit à cet exorcisme rapide et sans douleur ?

— Nous dire qui détient les enfants et où elles se trouvent.

Tommy en eut la mâchoire qui se décrocha et ses yeux s'écarquillèrent.

— Les enfants ? Quelles enfants ?

Puis il hurla avant de s'écrouler.

Il me fallut une seconde pour comprendre ce qui s'était passé et je me tournai vers Raphael qui souriait, le doigt sur la télécommande.

— Veux-tu une autre décharge juste pour le plaisir ? demanda-t-il. Ne mens pas à un menteur. Nous sommes très forts pour déceler les histoires des autres.

Tommy en fut réduit à lui jeter un regard furieux. L'électricité bousille tellement le contrôle du démon sur le système nerveux qu'il devient impuissant. Malheureusement, cela impliquait que sa langue ne fonctionnait pas bien, non plus. Nous dûmes donc attendre qu'il se remette avant de pouvoir lui soutirer autre chose que de la bave.

Finalement il reprit le contrôle de son corps et réussit à s'asseoir. Malgré la lueur apeurée dans son regard, son visage n'était que lignes obstinées.

— Je ne sais absolument pas de quoi vous parlez, dit-il.

Adam leva la main dans l'intention d'empêcher Raphael de zapper Tommy une seconde fois.

— Si nous devons attendre dix minutes chaque fois qu'il recouvre ses esprits, cela va nous prendre toute la nuit, dit-il. Envoie-lui une décharge uniquement s'il tente quelque chose.

— D'accord, boss, répondit sèchement Raphael.

Adam ne lui prêta pas attention, perçant Tommy d'un regard qui aurait dû faire saigner celui-ci.

— Si tu crois que la ceinture paralysante fait mal, tu n'as encore rien vu. Maintenant est-ce que tu veux bien réfléchir à ta réponse ?

Tommy affirma sa résolution en adoptant de nouveau cette expression obstinée et butée. Je me raidis et, du coin de l'œil, je vis que Dominic lui aussi était tendu. Aucun de nous deux ne souhaitait voir ce qu'Adam s'apprêtait à faire. Nous nous tenions tous les deux les bras croisés sur la poitrine. J'envisageai sérieusement de ne pas regarder mais cela ressemblait un peu à de la lâcheté, surtout après avoir fait culpabiliser Dom afin que ce dernier reste avec nous.

Je retins ma respiration alors qu'Adam tendait la main vers Tommy de façon désinvolte. Je n'avais aucune idée de ce qu'il comptait faire.

Et je ne le sus jamais parce qu'avant qu'il ait eu le temps de poser la main sur Tommy, tout le monde entendit le « pop » familier d'un Taser et Adam s'affala au sol, inerte.

Chapitre 24

C'était Raphael qui avait tiré sur Adam. Pourquoi n'étais-je pas surprise ? Raphael semblait prendre l'habitude de Taseriser ses alliés.

À force de volonté, je réussis à m'exprimer de manière relativement calme.

— J'ai une sensation de déjà-vu, dis-je à Raphael pendant que Dom se précipitait auprès d'Adam. C'est le moment où tu changes de camp, c'est ça ?

Il me sourit.

— Non. C'est le moment où on arrête les conneries et où on prend les choses en main pour que ça ne dure pas cinquante ans.

Il posa le Taser. Comme il tenait toujours la télécommande, Tommy n'irait donc nulle part, mais il devait apprécier cette preuve de discorde dans nos rangs.

Dominic, après avoir eu confirmation qu'Adam n'était pas blessé, avança d'un pas menaçant vers Raphael. Je saisis Dominic par le bras mais celui-ci était beaucoup plus grand que moi, si bien que j'aurais été bien incapable de l'arrêter s'il avait décidé de jouer les machos. C'était un comportement inhabituel chez lui, mais il était tout aussi capable qu'un autre de jouer à Tarzan si son amant était blessé.

— Crois-moi, Dominic, ricana Raphael. Ne me provoque pas.

— Allez, Dom, dis-je en tirant sur son bras. N'aggravons pas la situation.

Je remarquai soudain que Lugh n'avait fait aucun effort pour faire surface, ce qu'il aurait fait dès l'instant où il y aurait eu le moindre soupçon de danger. Cela voulait-il dire qu'il savait où Raphael voulait en venir et qu'il ne s'y opposait pas ? Je l'espérais.

Raphael se tourna une nouvelle fois vers Tommy.

— Nous n'avons pas été présentés. Je m'appelle Andrew Kingsley et j'ai été l'hôte de Raphael. (Le visage de Tommy pâlit au nom de Raphael.) Laisse-moi t'expliquer simplement la situation. Il se peut que ces personnes, dit Raphael en agitant le pouce vers nous en général, soient des méchants en matière de torture mais, comparés à moi, ce sont des chochottes. Raphael m'a appris tout ce qu'il sait, en fait. Et comme tu t'en doutes probablement, il sait beaucoup de choses. Dominic, tu as un extincteur dans ta cuisine ?

— Qu'est-ce que…

— Réponds-moi ! l'interrompit Raphael.

La peau olivâtre de Dominic pâlit plus que j'aurais cru possible.

— Oui.

Bien sûr qu'il en avait un. Sa cuisine était quasiment celle d'un professionnel, à l'exception de l'équipement prosaïque qui faisait partie de la maison.

— Va le chercher.

Dom me jeta un regard pour confirmation. J'acquiesçai et il sortit de la chambre.

— Maintenant, dit Raphael en reportant son attention sur Tommy, tu peux te demander pourquoi j'ai besoin d'un extincteur. Je vais t'expliquer tout ça en deux mots.

Tenant toujours la télécommande dans une main, il sortit une flasque de sa poche. Bon sang, il avait vraiment prévu ce moment. On pouvait voir qu'il avait travaillé dans un laboratoire, parce qu'il n'eut aucun mal à dévisser le bouchon de la flasque d'une main.

Avec un sourire diabolique, Raphael souffla sur le goulot de la flasque pour disperser l'odeur particulière de l'essence dans la pièce. Dominic était pâle mais Tommy avait l'air de passer une audition pour un rôle d'albinos.

Dom revint dans la chambre, l'extincteur à la main. Son visage vira du blanc au vert quand il renifla l'odeur.

— Tu devrais pousser Adam, dit Raphael. Nous ne tenons pas à ce qu'il soit brûlé.

S'il vous plaît, mon Dieu, faites qu'il soit en train de bluffer. Mais je connaissais trop bien Raphael. Il ne bluffait pas. Je le voyais dans ses yeux et j'aurais parié que Tommy le voyait aussi.

Dominic eut l'air de vouloir discuter mais un regard de Raphael suffit à lui clouer le bec. Dom posa l'extincteur, puis prit Adam sous les bras et l'éloigna de Tommy.

— S'ils pensaient pouvoir me maîtriser, Morgane et Dominic essaieraient de m'empêcher de te faire brûler, dit Raphael à Tommy. Adam en serait même capable mais, pour le moment, il n'est pas en état de te sauver. Alors voilà le marché : tu me dis où se trouvent les fillettes, qui les retient prisonnières et combien ils sont, et je laisserai Morgane t'exorciser. Sinon, on fait cuire des marshmallows et Morgane et Dominic entonnent une version entraînante de *Kumbaya*. Qu'est-ce que tu préfères ?

Tommy ne répondit pas tout de suite. Il était au bord de l'hyperventilation. Il ne s'était apparemment pas préparé à recevoir des menaces de mort.

Raphael répandit un peu d'essence sur les genoux de Tommy. Ce dernier jappa et essaya de s'écarter mais Raphael lui montra la télécommande de la ceinture.

— Je n'essaierais pas, à ta place. Qui sait ? La ceinture pourrait ne pas bien réagir avec l'essence. Maintenant, dis-moi où sont les fillettes. Si je dois te poser une nouvelle fois la question, je t'allume.

Tommy tremblait et je ne pense pas que son pantalon était uniquement imbibé d'essence.

— Si tu me tues, vous ne trouverez jamais les fillettes, dit-il en claquant des dents.

— Si tu préfères que je te tue plutôt que de me dire où elles se trouvent, tu ne nous serviras à rien de toute façon.

Il répandit davantage d'essence et Tommy se mit à pleurer.

— D'accord, d'accord ! dit-il, mais c'était presque un cri. Je vais vous dire. Mais ne…

— Ne perds pas de temps à me dire que tu vas parler. Dis-le.

— Elles sont dans le sous-sol de la maison de Claudia.

Raphael éclata de rire.

— Ouais, c'est ça, trouve autre chose.

— C'est là qu'elles sont ! insista Tommy, le blanc de ses yeux étonnamment visible. Nous les avons emmenées dans un endroit sûr pendant la nuit, mais aucun de nous n'avait envie de s'occuper de deux mômes braillardes et pleurnichardes. Alors nous sommes retournés avec elles à la maison des Brewster. De cette façon, Claudia peut les nourrir et s'occuper d'elles pendant que nous les… maîtrisons.

Raphael avait l'air sceptique et la voix de Tommy se fit plus forte encore.

— Je jure que c'est la vérité ! Nous avons un otage de rechange. Si Devon ou Claudia tente quoi que ce soit de stupide, ils savent tous les deux que nous pouvons tuer une fillette sans pour autant perdre notre moyen de pression. Ils n'oseraient rien faire qui puisse mettre en danger la vie de ces enfants.

— Hmm, fit Raphael, sans paraître complètement convaincu. Combien de temps avez-vous prévu de les détenir là ?

Tommy déglutit.

— Trois mois.

— Qu'est-ce qui se passe pendant ces trois mois ? demandai-je en sachant que ce ne serait pas quelque chose d'agréable.

Comme Tommy ne répondait pas, Raphael l'éclaboussa une nouvelle fois d'essence. Ce qui délia la langue de Tommy.

— Dans trois mois, je n'attirerai plus l'attention. Surtout si Claudia paraît reconnaître que je suis un hôte légal.

— Ce n'est pas ce que je voulais savoir, dis-je.

Tommy évitait tous les regards. Il éprouvait peut-être des remords.

— Nous allions définitivement les réduire au silence. Il y allait avoir un incendie dans leur maison. Puisque Claudia et Tommy auraient semblé être en bons termes à ce moment, personne ne m'aurait soupçonné, d'autant que nous nous serions arrangés pour laisser des preuves inculpant les potes de Colère de Dieu de Tommy.

Si Raphael éprouva un quelconque outrage à l'écoute de ce plan, il n'en montra rien.

— Combien y a-t-il de démons dans la maison ?

— Deux ou trois minimum avec eux à cette heure de la nuit. Si vous essayez de sauver les fillettes, vous ne feriez que provoquer leur mort.

Raphael sourit d'un air sarcastique.

— Ce n'est pas une force de dissuasion si terrible quand tu as déjà admis que tes amis et toi alliez de toute façon les tuer. Mais merci pour le conseil. Tu nous as été d'une très grande aide.

Cela sonnait exactement comme ce que dirait le méchant avant de mettre à exécution la menace qu'il avait promis de ne pas concrétiser. Apparemment Tommy pensa la même chose car il ferma les yeux et se mit à sangloter.

— Ne fais pas ça ! cria Dominic depuis l'autre bout de la pièce.

Il était assis par terre, la tête d'Adam posé sur ses genoux. Il allait devoir laisser tomber Adam par terre s'il voulait attraper l'extincteur.

Raphael gloussa.

— Ne t'en fais pas. Je ne vais pas le brûler. Il pourrait encore nous servir pour arriver jusqu'aux fillettes.

Tommy ricana, ce qui amusa davantage Raphael.

— Oh, tu ne seras plus en lui quand cela se produira. Morgane va se charger de ça. (Il fronça les sourcils.) Je suppose qu'on va t'enlever ces vêtements mouillés. Morgan utilise des bougies pour son rituel d'exorcisme et je crois que ce serait une mauvaise idée, étant donné ton état.

En fait, j'utilise des bougies parfumées à la vanille et je ne les trimballe pas avec moi tout le temps. Je me demandai quelles étaient les chances qu'Adam et Dominic en aient chez eux. Probablement minces. Je me mordis la lèvre. Serais-je capable de me mettre dans l'état de transe adéquat sans mon rituel traditionnel ?

Je détournai les yeux pendant que Tommy ôtait ses vêtements mouillés. Mes yeux se posèrent sur Adam et Dominic. Adam commençait à recouvrer le contrôle de ses membres mais Dom ne lui permettait pas encore de s'asseoir. Si Adam n'était pas en mesure de lutter contre l'emprise de Dom, c'était donc qu'il n'était pas en état de s'asseoir.

— Quelqu'un devrait aller chercher un sac-poubelle pour les affaires de Tommy, dis-je, à personne en particulier.

Raphael était occupé à menacer Tommy, Adam était encore trop faible et Dominic n'allait pas abandonner son amant. Je me glissai donc hors de la chambre.

Devinant où chercher des sacs-poubelle, je pris la direction de la cuisine. Ce n'est qu'en ouvrant le placard sous l'évier que je me rendis compte que mes mains tremblaient. Raphael nous avait certainement fait gagner pas mal de temps – et d'une manière étrange, avait épargné à Tommy beaucoup de souffrance – avec ses méthodes. Ce qui ne voulait pas dire que j'appréciais celles-ci. Je frissonnai et essayai de ne pas penser à ce qui se serait passé dans cette chambre si Raphael avait allumé le feu.

Je trouvai les sacs-poubelle mais m'accordai deux minutes pour m'éclabousser le visage d'eau froide et me ressaisir autant que possible. Ouais, j'étais une vraie imbécile, je sais.

Quand je revins dans la chambre, Adam allait mieux, au point de tenir assis. Dom l'aida à se lever et Adam rejoignit tant bien que mal l'énorme lit noir, s'y asseyant lourdement une fois qu'il l'eut atteint.

— Ça va aller ? demanda Dom, et Adam acquiesça.

Dom me prit le sac-poubelle des mains et y fourra les habits de Tommy, puis il emporta le sac. La pièce puait encore l'essence et je n'étais pas certaine qu'y allumer des bougies serait une bonne idée, même si Adam et Dom avaient les bougies à la vanille nécessaires.

— Nous avons parlé logistique pendant ton absence, dit Raphael. Dom va aller chercher les bougies.

— Je suppose que tu n'en as pas à la vanille, marmonnai-je à l'attention d'Adam.

Il avait l'air encore dans les vapes à cause de la décharge du Taser, mais il réussit à me sourire.

— En fait, nous en avons. On peut s'amuser avec les bougies et la vanille est un parfum érotique.

Cela dut se voir à ma tête que je n'avais rien compris car Adam crut bon de développer.

— Imagine plutôt un traitement érotique à la cire chaude, dit-il avant de remuer les sourcils vers moi.

Mon visage s'empourpra. J'avoue que je suis assez naïve en matière de pratiques SM et j'aurais préféré rester ainsi.

Dominic revint avec les bougies, ce qui m'évita d'avoir à réfléchir à une réponse appropriée.

— Écarte-toi du mur, ordonna Raphael à Tommy.

Tommy, semblant avoir perdu toute énergie pour se battre, s'exécuta. Sans que j'aie besoin de lui demander, Dom commença à disposer les bougies en cercle autour de Tommy. Le cercle ne fait pas nécessairement partie du rituel mais je savais que cela allait être un exorcisme particulièrement difficile et j'étais heureuse de me raccrocher à la tradition.

Je ne craignais pas de ne pas être capable d'exorciser le démon de Tommy. C'était ce qui allait se passer ensuite qui me nouait le ventre.

Allais-je vraiment donner Tommy à un autre démon ? Le temps d'un flash de lucidité, je compris que, si j'avais tellement désiré exorciser le démon de Tommy, c'était en partie parce que je ne pouvais exorciser le mien. Si je ne pouvais me libérer des démons, au moins je pouvais libérer de temps à autre une âme perdue.

Un problème après l'autre, me conseillai-je, même si je n'aime pas les conseils, y compris les miens.

Vu quelle ordure était le démon qui possédait Tommy, selon toute probabilité ce dernier ressortirait de cet exorcisme avec des séquelles cérébrales, peut-être même dans le coma. Serait-ce alors vraiment grave si je laissais Raphael ou Saul le posséder ? Puisque de toute façon, il resterait prisonnier de son propre corps…

L'odeur de vanille me tira du tumulte de mes pensées. Dom avait commencé à allumer les bougies. Éprouvant le besoin de m'occuper et de ne pas rester plantée là à réfléchir, je pris la suite de l'allumage. Et même en traînant un peu les pieds, la dernière bougie fut très vite allumée.

Tout était prêt. Mais la question était : étais-je prête ?

Bon sang, non. Mais cela ne m'arrêta pas.

M'efforçant d'apaiser les clameurs qui envahissaient mon esprit, je m'assis en tailleur devant Tommy. Il avait l'air bien plus jeune maintenant, avec ses yeux cerclés de rouge et sa peau pâle. Les genoux ramenés contre son torse, il les serrait dans ses bras, parce qu'il avait froid ou juste parce qu'il souhaitait dissimuler sa nudité, je n'aurais su dire. J'eus un pincement de pitié puis secouai la tête.

Ce n'était pas Tommy Brewster. C'était un démon qui avait pris le corps de Tommy Brewster. Et je n'allais pas faire de mal à ce démon – quel dommage – mais j'allais juste le renvoyer au Royaume des démons.

Inspirant profondément en espérant que mes nerfs allaient se calmer, je fermai les yeux. L'odeur chaude de la vanille m'enveloppa et je sentis mes muscles se détendre – un réflexe que j'appréciai en cet instant. Il me fallut plus de temps que d'ordinaire pour me mettre en état de transe et ouvrir mes yeux d'un autre monde mais j'y parvins.

Dans ma vision de cet autre monde, je ne vois que les êtres vivants. Ils apparaissent comme des taches vives de couleurs primaires dans une mer sans fin de noir. Les démons, quant à eux, brillent d'un rouge vif et j'eus un moment de terreur en parcourant la pièce des yeux et en me voyant entourée de trois auras rouges qui planaient tout près de moi. Seul Dominic apparaissait d'un bleu humain que je trouvais normal.

Je me débarrassai de ce moment de peur et me concentrai sur l'aura que je savais être celle de Tommy. Je rassemblai ma volonté, ma force, ce qui me rendait capable d'exorciser les démons, jusqu'à en accumuler la moindre parcelle.

Chaque exorciste utilise une image pour visualiser l'acte de chasser le démon. La mienne, c'est le vent. Après avoir amassé cette force dans mon corps, je la relâchai d'un coup telle une grosse rafale de vent. La tempête de mon énergie percuta l'aura rouge du démon de Tommy.

Pendant un moment, l'aura résista de manière obstinée. Puis la pression du vent devint trop importante. L'aura rouge explosa avant d'être balayée, laissant seulement derrière elle une ombre très humaine de bleu. Je soupirai de soulagement et ouvris les yeux.

Pour plonger le regard dans une paire d'yeux emplis de colère qui m'observaient.

Tommy Brewster n'était pas dans le coma, il ne souffrait même pas de séquelles. Et, bon sang, il n'était pas content.

Pour me remercier de l'avoir libéré du démon, il se jeta sur moi. Je m'étais attendue à un légume, pas à un maniaque, je fus donc totalement surprise par cette agression. Avant que j'aie pu émettre le moindre piaillement de surprise, il m'avait fait basculer sur le dos et enserrait mon cou de ses deux mains. Il commença à serrer, les yeux écarquillés et l'air hystérique, tout en récitant des versets de la Bible. Pas besoin d'avoir étudié la Bible pour se rendre compte qu'il mélangeait les versets au hasard, mais il était trop concentré sur la tâche importante de m'étrangler. Des taches de lumière envahissaient mes yeux quand il cria soudain et s'écroula, inerte, sur moi.

La télécommande à la main, Raphael vint se poster au-dessus de nous, l'air amusé à m'en rendre malade.

— Vous faites un beau couple, dit-il.

Me rappelant que Tommy était nu, je le repoussai et, bien qu'il soit conscient et qu'il essaie de garder ses mains autour de ma gorge, il était trop sonné pour y parvenir.

Je restai allongée sur le dos à chercher mon souffle. J'allais encore avoir une série d'hématomes si je ne laissais pas à Lugh l'occasion de me soigner. Tommy braillait si fort que je ne m'entendais même pas penser. Un truc qui avait à voir avec les feux de l'enfer et le soufre.

S'il ne la fermait pas, je serais ravie de le rendre aux démons juste pour ne plus l'entendre. Finalement, l'invective laissa place à des sanglots et la pitié sortit sa vilaine tête. Je ne savais pas ce que Tommy venait juste de traverser entre les griffes de ce démon mais, de toute évidence, il n'avait pas passé un bon moment. Cela relevait presque du miracle qu'il ait survécu. Le traumatisme de son enfance l'avait peut-être rendu plus fort et plus résistant que l'humain ordinaire. Ou bien c'était son fanatisme qui lui avait servi de bouclier. Après tout, il y a bien une raison pour que nous disions de ces gens-là qu'ils ont l'esprit fermé.

— Je suis impur, l'entendis-je hoqueter entre deux sanglots.

Au début, je pensai qu'il parlait de l'essence et de la pisse dont il était maculé. Puis je me rappelai ce que je savais du monde selon Colère de Dieu. Ses partisans détestaient autant les hôtes humains que les démons, parce qu'ils croyaient que seule une âme corrompue pouvait permettre à un démon de la posséder. Ce qui est un peu vrai quand on parle des démons légaux. Après tout, ils sont légaux parce qu'ils ont été invités. Mais les militants de Colère de Dieu détestaient aussi ceux qui étaient possédés de force et, malgré ses convictions, Tommy ne pourrait retourner dans le groupe.

Je m'assis en palpant ma gorge douloureuse et je regardai le fils de Claudia Brewster. Il avait affronté plus d'épreuves au cours de ses vingt et une années que la plupart des gens dans toute leur vie. Pouvais-je vraiment le condamner à une vie de possession maintenant qu'il était libre ? J'aurais aimé qu'il m'agresse une seconde fois ou qu'au moins il recommence à délirer comme un fou afin de ne pas avoir autant pitié de lui. Mais il ne le fit pas. Il restait allongé par terre en position fœtale et pleurait.

Raphael, la télécommande toujours en main, s'accroupit pour me regarder droit dans les yeux. Je fus incapable de détourner le regard.

—Laisse-moi le prendre, dit-il doucement. (Seules ses pupilles dilatées disaient combien cette perspective l'excitait.) C'est la seule personne dans cette pièce qui pourra débarquer dans la maison de Claudia Brewster sans que quiconque hausse un sourcil. Il peut nous faire entrer là-bas et nous pourrons sauver ces fillettes.

—Tu ne fais pas ça parce que tu veux sauver ces enfants, répondis-je.

Je ne savais pas ce que Raphael voulait vraiment mais il n'agissait jamais par bonté de cœur.

—Il pourrait tout autant nous aider à entrer s'il était possédé par Saul, fit remarquer Adam.

Je ne l'avais pas entendu approcher mais il se tenait presque au-dessus de moi. Comme c'était une décision qu'il ne me semblait pas devoir prendre assise, je m'efforçai de me mettre debout. Raphael et Adam essayèrent de m'aider mais je leur montrai les dents jusqu'à ce qu'ils me lâchent.

—Regardez-le bien, dit Raphael, et c'est ce que nous fîmes.

Tommy pleurait toujours.

—Tu crois vraiment que tu vas parvenir à lui faire réciter l'incantation pour appeler Saul ?

Je plissai les yeux.

—Tu as réussi à me faire appeler Lugh !

—Parce que je t'ai droguée et que je savais comment percer tes défenses. Ce ne sera pas aussi simple avec Tommy et tu le sais. Combien de temps penses-tu qu'il reste à ces fillettes ? Assez de temps pour que je brise Tommy et que je le force à réciter l'incantation ? Je ne crois pas que les démons vont les garder longtemps en vie s'ils n'ont plus de nouvelles de Tommy.

—Écrase ! On a compris.

—De plus, je suis prêt à parier qu'on peut trouver un bon hôte pour Saul. (Il leva les yeux vers Adam.) Tu peux certainement dégoter quelqu'un dans ce club que tu apprécies tellement. Quelqu'un qui est trop ordinaire pour être un hôte mais qui aimerait vraiment en devenir un. Et qui partage les goûts particuliers de Saul.

Adam ne répondit pas mais je pouvais voir qu'il y réfléchissait. Apparemment, Tommy ne serait pas l'hôte de Saul. Mais il restait encore à voir s'il serait celui de Raphael. Ce dernier n'avait pas besoin d'une invitation pour le posséder. Une fois dans la Plaine des mortels, un démon peut passer d'un hôte à l'autre par simple contact. Il suffirait de la plus légère caresse, peau contre peau, et Tommy redeviendrait un hôte. Et mon frère serait de retour.

— Il faut que tu prennes une décision, Morgane, insista Raphael. Et plus vite tu décideras, plus vite nous pourrons mettre ces enfants en sécurité.

Je détestais ça. J'allais me haïr, quelle que soit la décision que je prendrais.

— C'est ce que veut Andy ? demandai-je en affrontant le regard de Raphael, espérant que son visage soit aussi lisible que le mien.

Raphael cligna des yeux comme s'il était surpris par la question. Puis il haussa les épaules.

— Il n'admettra jamais que c'est ce qu'il veut. Il est bien trop noble pour ça. (Dans la bouche de Raphael, « noble » sonnait comme un gros mot.) Mais sous son apparence civilisée, c'est ce qu'il désire désespérément.

Je supposai que ma question avait été stupide. Quel que soit le choix d'Andy – s'il avait eu réellement le choix –, il était évident qu'au fond de lui, il aurait choisi la liberté. J'avais quand même essayé de rejeter la responsabilité de la décision sur les épaules d'Andy.

Je regardai encore une fois Tommy, en essayant d'imaginer ce que serait sa vie si nous le laissions tout bonnement rentrer chez lui maintenant. Puis je secouai la tête. Peu importait que sa vie craigne ou pas. Je pouvais passer toute mon existence à me justifier et cela ne changerait rien à la réalité. À choisir entre mon frère et un étranger, j'allais choisir mon frère – même si je pensais que mon choix était moralement mauvais. Je pris note intérieurement de m'excuser auprès de Brian de ne pas avoir compris la décision qu'il avait prise d'aider Lugh à tuer mon père.

Je ne parvenais pas à prononcer le moindre mot mais je réussis à acquiescer. Mes yeux me brûlaient et je serrais les dents si fort que j'en avais mal à la mâchoire.

Apparemment, Tommy était tellement noyé dans son malheur qu'il n'avait pas entendu notre conversation ni même compris qu'il était concerné. Quand Raphael s'accroupit près de lui, Tommy ne bougea pas.

—Attends! criai-je quand Raphael tendit la main pour le toucher.

Je le vis lutter contre l'envie de m'ignorer et je fus très impressionnée qu'il écarte sa main de la peau nue de Tommy.

—Je veux juste te rappeler une chose. Si Andy s'en sort comme un légume, je te dépècerai vif et je me fiche des conséquences.

Les épaules de Raphael s'effondrèrent de soulagement. Il avait dû croire que j'avais changé d'avis.

—Ne crains rien, dit-il, sa main se rapprochant une nouvelle fois de la peau de Tommy. Il va bien. Comme il te le dira dans quelques minutes.

Ma conscience hurla quand la main de Raphael toucha l'épaule de Tommy. Aussitôt, ce dernier cessa de pleurer. Andy leva les yeux vers moi et ce furent bien les yeux de mon frère qui rencontrèrent les miens, pas ceux de Raphael. J'étais soulagée de voir que Raphael avait pour une fois dit la vérité mais je me sentais trop coupable pour m'en réjouir. Andy, l'air pas plus heureux que moi, baissa les yeux vers le sol.

Raphael déplia le corps de Tommy et roula en position assise. Il ne semblait pas se soucier que son nouveau corps soit nu, ce qui n'empêcha pas Dom de déclarer :

— Je vais voir si je peux trouver des vêtements.

— Merci, dit Raphael.

Il plia les mains pour en tester la souplesse et se familiariser avec sa nouvelle anatomie.

Andy et lui échangèrent un regard que je ne pus interpréter puis mon frère se leva et s'éloigna de Raphael.

J'avais envie de me précipiter vers Andy, de le prendre dans mes bras et de lui souhaiter la bienvenue, mais il ne me jeta même pas un regard. Je suppose que sa conscience n'était pas non plus d'humeur folâtre. Ne sachant quoi dire, je restai là à ruminer en silence en attendant que Dom revienne avec des vêtements.

— Ça te dérange si je prends une petite douche ? demanda Raphael à Adam.

— Je t'en prie, répondit Adam.

Son expression n'était pas joyeuse mais il n'avait pas l'air aussi énervé d'avoir reçu un coup de Taser que je l'aurais été à sa place.

— La salle de bains est à gauche au bout du couloir.

— Qu'est-il advenu de ton empressement à sauver ces enfants ? demandai-je en me fichant de mon ton suspicieux.

Peu importe quel visage portait Raphael, il était toujours très fort en matière de regard à vous glacer la moelle, ce regard qui m'avait toujours fait croire qu'il y avait quelque chose de mauvais dans ses yeux.

— Je pense que ce serait un brin suspect si j'arrivais à la maison des Brewster en sentant l'essence et la pisse, tu ne crois pas ?

Il avait raison, mais il était hors de question que je l'admette.

Chapitre 25

Notre plan de sauvetage ne me plaisait pas trop mais, de toute façon, il n'y avait pas grand-chose qui me plaisait ces derniers temps. Raphael m'emmènerait à la maison de Claudia, sous le prétexte qu'il m'avait faite prisonnière parce que je posais trop de questions. Adam proposa de fournir les menottes pour que le scénario semble plus vrai mais je refusai tout net.

À notre arrivée à la maison, Raphael insisterait pour qu'on m'emmène au sous-sol avec les enfants. Et notre plan s'arrêtait à peu près là. Nous ne savions pas ce que nous trouverions en arrivant là-bas, nous ne savions pas si les fillettes allaient être attachées, nous ne savions pas combien de démons il y aurait et s'ils seraient sur leurs gardes. Si nous pouvions accéder aux fillettes avant les démons et s'il nous semblait possible de les faire sortir sans trop de risques, nous tenterions le coup. J'avais déjà vu Raphael se battre et j'étais certaine qu'il pourrait neutraliser les méchants pendant que je subtiliserais les fillettes.

Mais quelles étaient les chances que les démons nous facilitent la tâche ? De la manière dont se passait ma vie en ce moment, nous aurions déjà de la chance de ne pas tomber sur tout un régiment de démons en campement dans la maison. Si nous ne pouvions accéder aux fillettes sans les mettre en danger, il nous faudrait improviser.

Je regrettais de ne pas avoir Adam à mes côtés pour cette aventure au lieu de Raphael. C'est vrai, je n'aimais pas

Adam. Mais je lui faisais confiance et c'était bien plus que je pouvais dire concernant Raphael. Cela me semblait être une mauvaise idée d'improviser avec quelqu'un en qui je n'avais pas confiance, mais c'était ma seule option.

Je considérai avec sérieux l'idée d'appeler Brian avant de partir. J'avais déjà plus que manqué à ma promesse de l'avertir au cas où il se passerait quelque chose de nouveau. Je n'avais pas envie qu'il s'inquiète mais en vérité je n'avais pas la force émotionnelle de gérer toutes les explications que j'aurais à lui fournir – et je n'avais pas non plus le courage d'écouter ses objections qui seraient certainement nombreuses. Après tout, tout le monde en avait.

Notamment, personne n'aimait l'idée que je sois directement impliquée dans le sauvetage, même Raphael, qui avait été le premier à exposer ce plan. Tout ce qui était risqué pour moi l'était pour Lugh. Pourtant il était peu probable que Raphael puisse mener à bien ce sauvetage seul. Sans compter que je ne lui faisais pas assez confiance pour le laisser opérer en solo. L'empressement qu'il avait montré pour lancer cette opération de sauvetage me faisait soupçonner qu'il y avait autre chose derrière tout ça. J'aurais aimé savoir quoi mais il ne disait rien et supposer n'aiderait en rien.

Raphael fouilla la mémoire de Tommy pour découvrir où la voiture de celui-ci était garée. Il repêcha également, à grands renforts de grimaces, le portefeuille et les clés de Tommy dans le sac-poubelle.

Adam et Dominic nous accompagnèrent à la porte, Andy derrière eux, l'air d'une âme en peine. Je n'aimais pas cette expression. J'aurais voulu avoir le temps de lui parler. Nous pourrions peut-être nous entraider avec nos problèmes de conscience. Mais cela devrait attendre.

Adam nous conduisit à la voiture de Tommy puis nous déposa en recommandant très sérieusement à Raphael de me protéger – en fait, de protéger Lugh, mais nous ne faisions qu'un. La voiture de Tommy était une vieille Corolla noire arborant un nombre impressionnant de bosses et d'éraflures. Elle n'aurait pas juré posée sur des parpaings au milieu de la pelouse d'un bouseux et je n'étais pas pressée de rouler là-dedans. Appuyée contre la portière côté passager, j'attendais que Raphael la déverrouille. Mes soupçons à son sujet cabriolaient dans ma poitrine.

— Tu peux découvrir comment Tommy a été amené à se porter volontaire comme hôte ? demandai-je.

Il secoua la tête en faisant le tour de la voiture jusqu'au côté conducteur.

— Il était définitivement déjà possédé quand il s'est présenté au tribunal. Un type l'a frôlé un jour alors qu'il faisait la queue au Starbucks et, avant que Tommy comprenne ce qui lui arrivait, il remplissait des paperasses.

Je réprimai un frisson. C'était si simple pour un démon incorporel de prendre un nouvel hôte ! Tout le monde était vulnérable. Sauf moi, bien entendu.

J'allai monter dans la voiture quand je ressentis soudain une douleur fulgurante dans l'œil. Je grimaçai en soufflant et la douleur disparut aussitôt. Lugh essayait de me dire quelque chose, bien que je ne comprenne pas pourquoi il ne le disait pas tout simplement dans ma tête. Il semblait pourtant en être capable ces derniers temps. Bien sûr, les pensées désagréables que j'avais nourries envers les démons avaient mis mon inconscient en état d'alerte.

Raphael, déjà dans la voiture, se pencha par-dessus les sièges pour me regarder.

— Qu'est-ce qui ne va pas ?

— Je ne sais pas, répondis-je en regardant aux alentours à la recherche de quelque chose qui ait pu alerter Lugh.

Nous nous trouvions dans un petit lotissement sur Lombard Street, près des *7 Péchés Capitaux*. Il commençait à être tard et, bien que South Street soit à un bloc de là, c'était très tranquille sur Lombard Street. Ce qui me facilita la tâche pour localiser la source d'inquiétude de Lugh.

—Merde! dis-je, avant de le répéter, juste pour la forme.

—Quoi? demanda Raphael en sortant de la voiture, l'air inquiet.

D'un mouvement du menton, je désignai la journaliste Barbie qui, voyant qu'elle avait été repérée, sortit elle aussi de son véhicule.

—Nous avons de la compagnie, dis-je d'un air sinistre. C'est une journaliste.

—Tu es d'humeur pour une course-poursuite en voiture?

Je me mordis la lèvre, tentée d'accepter. Nous pouvions monter dans la Corolla et mettre les gaz avant que Barbie ait le temps de remonter dans sa voiture. Peut-être serions-nous capables de la semer tout de suite. Ou pas.

J'émis un gros soupir.

—Je ne pense pas qu'attirer l'attention sur nous soit une bonne idée, dis-je. Il faut que nous trouvions un autre moyen de nous en débarrasser.

—Je suis sûr qu'on va trouver.

Je lui lançai un regard de travers et frémis. Je n'aimais pas la façon dont il regardait la journaliste Barbie mais, avant que j'aie la chance de demander à Raphael de bien se comporter, elle était près de nous.

Barbie sourit, apparemment certaine que je serais heureuse de la revoir.

—Donnez-moi une bonne raison de ne pas appeler la police pour vous dénoncer? grondai-je.

Elle cligna des yeux.

—Nul besoin d'être aussi hostile. Je fais juste mon boulot.

Ah oui, l'excuse de tous les journalistes pourris. Je n'avais aucune raison de croire que Barbara Je-ne-sais-quoi était une journaliste pourrie. Elle n'avait rien fait de si détestable

– pas encore – et tous les journalistes ne sont pas pourris. Tout comme Brian me rappelle de temps à autre que tous les avocats ne sont pas pourris. Mais les vieux clichés ont la peau dure, particulièrement quand cela m'arrange.

— Je ne répondrai pas à vos questions alors allez faire votre boulot ailleurs.

Les yeux de Barbie se portèrent sur Raphael, qui parvenait à merveille à mimer l'attitude maussade de Tommy. Puis elle me regarda de nouveau en haussant les sourcils.

— Vous semblez être devenue l'exorciste des gens riches et célèbres. Un commentaire ?

J'avais oublié que le père de Tommy était une vieille fortune, ce qui le rangeait dans la même catégorie que ce bon vieux Jordan Maguire Sr. Merde. Ce devait être une coïncidence fascinante pour quiconque doté d'un esprit de journaliste.

— Je suis un démon légal et recensé, dit calmement Raphael. Et Mlle Kingsley ne va pas m'exorciser. Si c'était le cas, nous nous trouverions dans le sous-sol d'un palais de justice et je serais maîtrisé.

J'aurais aimé qu'il la ferme. Engager la conversation avec la journaliste Barbie était une mauvaise idée. Mais il était trop tard.

— Mais on s'est posé quelques questions sur les conditions de votre invocation. Claudia Brewster affirme que vous avez pris son fils contre son gré. Et je sais qu'elle a engagé Mlle Kingsley pour enquêter.

Voilà qui ne faisait que s'arranger. Même si je savais que nier ne servirait à rien, mes réflexes prirent le dessus.

— Elle ne m'a pas engagée pour quoi que ce soit.

Même moi, je perçus l'agacement dans ma voix, ce qui n'était pas bon. Barbie savait maintenant qu'elle me tapait sur les nerfs, ce qui la rendrait encore plus curieuse. Je m'efforçai de changer de ton.

— Elle m'a consultée pour savoir s'il était possible de prouver que Tommy avait été possédé contre son gré. Je lui ai dit que je ne pouvais lui être d'aucune aide et c'est tout.

— Alors que faites-vous avec M. Brewster ?

Une question parfaitement logique – et la preuve que j'avais eu raison en pensant que Raphael et moi devions rester calmes.

Je cherchais toujours quoi répondre quand Raphael, avançant d'un pas, envahit l'espace personnel de Barbie. Son nouvel hôte était moins grand et moins impressionnant que la plupart des hôtes de démons, mais il avait quand même sur elle un avantage de taille considérable.

— Nos affaires ne vous regardent pas, madame... ?

— Paige, répondit-elle. Barbara Paige. Je travaille pour le...

— Je me fiche pour quel journal vous travaillez. (La voix de Raphael était apparemment calme mais très intimidante quand même.) Vous m'énervez et ce n'est pas dans votre intérêt.

Il irradiait de lui une telle charge de menace que n'importe quelle personne normalement constituée aurait déguerpi la queue entre les jambes. Barbie n'était apparemment pas normalement constituée. Elle tint bon et n'eut même pas l'air particulièrement mal à l'aise.

— Je ne pense pas qu'il soit dans votre intérêt de me menacer, monsieur Brewster.

Les poings sur les hanches, elle affronta son regard furieux avec une expression vide et calme.

Raphael cligna des yeux, étonné qu'elle ait compris qu'il bluffait. Il la regarda pendant un moment puis se tourna vers moi.

— Monte dans la voiture.

Cela ressemblait à un ordre, ce qui évidemment me donna envie de refuser. Mais le bon sens l'emporta, cependant, et, tournant le dos à Barbie, j'ouvris la portière.

Raphael était déjà dans la voiture et Barbie courait vers la sienne. Heureusement, elle portait toujours ses escarpins qui n'étaient pas les meilleures chaussures de course qui soient.

Raphael appuya sur l'accélérateur avant que j'aie le temps de refermer la portière. Il sortit du parking dans un crissement de pneus, le véhicule rebondissant avec violence dans un de ces nids-de-poule qu'on trouve partout à Philadelphie. Je bataillais encore pour attacher ma ceinture de sécurité quand il grilla un feu rouge.

Son expression était sinistre et il ne ralentissait pas, même après que j'eus regardé par-dessus mon épaule et l'eus informé que la voiture de Barbie ne nous suivait pas.

— Eh, ralentis un peu, dis-je, en m'appuyant des deux mains sur le tableau de bord alors qu'un nouveau nid-de-poule menaçait de briser notre tas de boue en mille morceaux. Nous l'avons semée et je doute qu'elle ait envie d'enfreindre autant de règles du code de la route que toi.

— Ce n'est pas une journaliste, dit-il en prenant un virage en faisant crisser les pneus.

— Quoi ?

— Elle n'est pas journaliste, répéta-t-il. Je trouvais étrange qu'elle soit aussi agressive concernant une histoire de rien du tout. Et encore plus étrange qu'elle ne cille pas quand je me suis approché d'elle. (Il pinça les lèvres.) Mais quand elle a mis les poings sur les hanches, j'ai vu un holster sous sa veste.

— Oh merde.

— Ouais. Je ne sais pas qui c'est ni ce qu'elle veut mais je crois qu'il vaut mieux l'éviter.

— Je suis d'accord, répondis-je alors que mon estomac protestait du mauvais traitement qu'il subissait tandis que nous bondissions sur la route à toute blinde. Mais si tu ne ralentis pas, on va se faire arrêter pour excès de vitesse et cela pourrait lui laisser le temps de nous rattraper.

À mon grand soulagement, la voiture se rapprocha progressivement de la limite de vitesse. Mais je ne pus m'empêcher de remarquer qu'il gardait un œil sur le rétroviseur alors que nous sortions de la ville.

Chapitre 26

Devon et Claudia Brewster habitaient au-delà de la Main Line, qui marque la frontière entre la ville et la banlieue, dans un quartier chic et apparemment cher. La plupart des voitures étaient discrètement stationnées dans les garages, mises à part celles qui n'appartenaient pas à la catégorie de luxe des Mercedes et autres BMW. Je me demandais si Tommy conduisait un tas de boue parce que ses parents étaient radins ou bien si c'était juste un effet de mode. Évidemment, avec sa façon de s'habiller, au volant d'une Mercedes, il aurait ressemblé à un voleur de voitures. La tenue de Raphael, jean usé emprunté à Adam et sweat-shirt bleu marine de Dominic, tenait quasiment de la tenue de bureau comparée à ce que Tommy portait habituellement. J'espérais que cela ne semblerait pas suspect aux yeux des autres démons.

— C'est cette maison, dit Raphael en la désignant brièvement avant de se garer près du trottoir, deux maisons plus bas.

Il laissa le moteur tourner mais serra le frein à main avant de se tourner vers moi et de me surprendre en me saisissant le poignet. Si j'avais eu la moindre idée qu'il allait me toucher, je serais sortie de la voiture avant qu'il ait eu le temps de broncher.

— Lâche-moi ! dis-je en secouant la main pour accentuer mon propos mais, bien sûr, il ne me lâcha pas. Qu'est-ce que tu fiches ?

J'ai déjà dit que je n'avais pas du tout confiance en Raphael ? Il me sourit.

— Je t'empêche de bondir hors de la voiture si tu n'es pas d'accord avec ce que j'ai à te suggérer.

— C'est gagné, je ne suis pas d'accord. Maintenant ôte tes pattes de moi ou ça va mal aller.

— Laisse Lugh faire surface.

Je secouai une nouvelle fois la main mais quand un démon vous tient, vous ne vous libérez pas comme ça.

— Ça ne faisait pas partie du plan.

— Bien sûr que si, mais je ne l'ai pas mentionné plus tôt, c'est tout.

Raphael me tenait la main gauche mais je suis droitière. J'attrapai le Taser qui était fixé à mon ventre par de l'adhésif, caché sous mon sweat-shirt ample. Un autre vêtement emprunté à Adam. Raphael me saisit la main droite avant que je la mette sur le Taser.

— Et s'ils ne marchent pas, Morgane ? demanda-t-il. Et si nous descendons dans ce sous-sol et qu'ils devinent que je ne suis pas le démon original de Tommy ? Je peux imiter Tommy sans problème puisque j'ai accès à son esprit, mais il ne prêtait pas assez attention à ce que faisait son démon dans le monde réel pour être en mesure de me donner le moindre indice sur l'identité de ses alliés. Nous allons là-bas et tout le monde s'attendra que je reconnaisse mes soi-disant amis.

Mon cœur se serra et un peu de ma résistance m'abandonna. Il avait raison, bon sang. Cette tentative de sauvetage pouvait mal tourner de nombreuses manières. Et ce n'étaient pas des humains chétifs qui nous serviraient à grand-chose si nous devions nous battre contre des démons.

— Tu as eu des difficultés à le laisser émerger par le passé, dit Raphael, même dans des circonstances exceptionnelles. Tu tiens vraiment à ce que tout tourne mal et que tu découvres que tu es incapable de le laisser prendre le contrôle ? Ou bien ne préférerais-tu pas entrer dans cette maison déjà prête ?

— Tu peux me lâcher, maintenant, dis-je d'une voix que j'espérais calme. Tu as raison et je dois trouver un moyen de le laisser émerger. C'est juste… que jusqu'à maintenant cela n'a pas vraiment marché.

Raphael lâcha ma main droite mais pas la gauche. Je suppose qu'il ne me faisait pas plus confiance que moi je lui faisais confiance. J'étais certaine qu'il gardait un œil sur moi au cas où j'essaierais une nouvelle fois de prendre mon Taser.

— Tu l'as laissé prendre le contrôle l'autre nuit quand je t'ai réveillée.

Je grimaçai.

— Ouais, mais je l'avais déjà laissé prendre le contrôle alors que je dormais. Il ne me restait qu'à laisser les portes ouvertes.

— Alors essaie de faire la même chose maintenant. Essaie de faire ce que tu as fait quand tu as laissé les portes ouvertes.

— Je ne…

— Tu préfères que je t'assomme pour qu'il puisse émerger pendant que tu es inconsciente ?

Ma grimace se transforma en moue renfrognée. Il était droitier lui aussi et sa main droite était occupée à me tenir. Cependant, je ne doutais pas qu'il puisse m'assommer de la main gauche.

— Salaud, marmonnai-je.

— À toi de voir.

— Très bien ! Je vais essayer de le laisser émerger. Mais ne t'avise pas de me frapper !

Il ne dit rien et je savais qu'il ferait ce que bon lui semblerait. Ce n'était pas ce que j'appellerais une situation optimale pour atteindre l'état de relaxation dont je pensais avoir besoin pour laisser Lugh faire surface. Surtout parce que Raphael ne m'avait toujours pas lâchée et n'était pas près de le faire.

— Ferme les yeux, dit Raphael. Essaie de faire comme si tu te mettais en état de transe.

— Je suppose que tu ne te promènes pas avec des bougies parfumées à la vanille sur toi ? demandai-je.

Je fermai tout de même les yeux et me reculai dans mon siège en essayant d'ignorer le contact troublant de sa main sur mon poignet. J'inspirai profondément en me persuadant que l'odeur de la vanille flottait dans l'air et que la lueur orange qui illuminait mes paupières émanait d'une multitude de bougies et pas d'un lampadaire. Parfois, j'arrive à me mentir avec talent, comme quand Lugh m'avait possédée et que j'avais essayé de nier que je n'étais plus toute seule dans mon corps. Il semblait pourtant que j'avais perdu le coup parce que je demeurais très consciente du fait d'être assise dans une voiture au milieu de la nuit avec un homme en qui je n'avais aucune confiance, à essayer de laisser un démon prendre le contrôle de mon corps.

Je serrai les poings de frustration. Je ne voulais pas que Raphael me frappe ! Cela ne me ferait probablement pas mal puisque je ne resterais pas assez longtemps consciente pour enregistrer la douleur mais on m'avait assez tabassée ces derniers temps.

— Visualise ce que tu as fait avec Tommy ce soir, dit Raphael d'une voix qu'il voulait hypnotique.

J'ouvris un œil pour le regarder.

— Rends-moi service, tu veux, boucle-la. Ta voix ne me détend pas.

Il la ferma et je refermai mon œil. Après l'avoir rabroué, je fis réellement ce que Raphael avait suggéré. Je me regardai mentalement reproduire les actes de la soirée.

Je me visualisai en train de disposer les bougies parfumées en cercle autour de Tommy, puis je me rappelai ce que cela m'avait fait de les allumer. Adam et Dom n'ayant pas de briquet, j'avais donc été obligée d'utiliser des allumettes.

La mémoire sensorielle devint plus forte et je me souvins de l'odeur âcre de la fumée des allumettes éteintes. J'assis mon moi imaginaire en face de Tommy, je fermai mes yeux imaginaires et j'inspirai très profondément. Si je n'avais pas su que je jouais toute cette scène dans ma tête, j'aurais juré déceler le parfum de la vanille.

La lueur orange disparut derrière mes paupières et mes yeux de l'autre monde s'ouvrirent. Près de moi brillait l'aura écarlate de Raphael. J'avais réussi ! J'avais atteint l'état de transe. Il ne me restait plus qu'à laisser émerger Lugh.

La tension envahit mes muscles quand j'envisageai de libérer mes portes mentales et, avant que j'aie la chance d'essayer, mes yeux s'ouvrirent. J'essayai de jurer mais ma bouche ne s'ouvrit pas et ma gorge ne forma aucun mot.

Raphael sourit.

— C'est gentil de te joindre à nous, mon frère, dit-il.

Je ricanai. En fait, Lugh ricana. Moi, j'essayai juste de ne pas paniquer.

— *Je n'avais pas encore ouvert mes portes !* protestai-je.

— Tes défenses disparaissent presque complètement quand tu es en état de transe, répondit Lugh en utilisant mes cordes vocales pour me parler.

Est-ce que j'ai déjà dit combien je détestais qu'il fasse cela ?

— *Alors tu peux faire irruption chaque fois que je pratique un exorcisme ?*

Il ne répondit pas mais il n'en avait pas besoin.

J'aime vraiment Lugh. Je pense qu'il a bon cœur et j'admire ses idéaux. Il peut même être un bon ami quand il veut. Mais c'est un salopard manipulateur. Toujours pour la bonne cause, mais quand même…

— *Est-ce qu'il était prévu que tu me mentionnes ce détail?*

— Pas si je n'y étais pas obligé.

Au moins il était honnête, à l'inverse de son frère.

— C'est à moi que tu parles ? Parce que si c'est le cas, je ne comprends rien, dit Raphael.

— Je parlais à Morgane. Mais il est temps pour nous d'aller sauver deux enfants, vous ne croyez pas ?

Raphael acquiesça.

— Toi et moi à jouer les héros. Qui aurait cru que cela arriverait ?

— *Pas moi*, dis-je en luttant toujours contre mon inconscient qui voulait vraiment mettre Lugh dehors et reprendre le contrôle de mon corps. *Raphael prépare quelque chose. Il n'y a aucune raison qu'il soit si pressé d'avoir le beau rôle.*

— *Je sais*, admit Lugh, en gardant la conversation en sourdine pour le moment. *Il est mon frère, tu te rappelles ? Il se peut qu'il ne soit pas aussi mauvais que j'ai pu le penser mais je sais que sauver des enfants n'est pas une de ses ambitions majeures dans la vie.*

— *Est-ce que tu as une idée de ce qu'il est en train de manigancer ?*

Raphael démarra la voiture et prit la direction de l'allée menant à la maison des Brewster.

— *Je crois que tu avais raison quand tu disais qu'il en savait plus sur le projet Houston qu'il l'avouait. Il désirait vraiment que Tommy soit son hôte. Il a prétexté l'urgence de sauver ces enfants pour te faire accepter de le laisser posséder Tommy.*

La panique dégoulina dans mon système.

— *Mais il va suivre le plan, non ? Il ne va pas arrêter de faire semblant maintenant.*

— *Il va suivre le plan*, m'assura Lugh, sa voix intérieure froide comme l'acier.

Il y avait comme une menace derrière ses propos mais cela ne servait pas à grand-chose si Raphael ne l'entendait pas. Nous étions déjà garés dans l'allée et, si Raphael avait prévu de faire marche arrière, il l'aurait déjà fait. Du moins, j'espérais que cela soit le cas.

Il était presque minuit mais tout était allumé dans la maison des Brewster. Je suppose que c'est difficile de trouver le sommeil quand des démons détiennent vos enfants en otage dans le sous-sol. Raphael stationna la Corolla devant le garage. Avant de sortir de la voiture, il extirpa une paire de menottes de la poche arrière de son pantalon. J'étais sûre que c'était celles qu'Adam avait proposées plus tôt. Mon refus n'avait pas servi à grand-chose.

— *On ne descend pas là-dedans avec des menottes!* protestai-je.

— *Je peux les briser facilement*, me rappela Lugh.

— *Ouais, mais qu'est-ce qui se passera si je perds les pédales et que je finis par reprendre le contrôle? Moi, je ne peux pas les briser.*

— *Alors ne perds pas les pédales.*

J'aurais voulu l'étrangler mais mon corps ne me répondait pas. Lugh permit à son frère de lui menotter les mains dans le dos. Raphael m'attrapa ensuite le bras dans une prise serrée et brutale, m'enfonça un pistolet dans le flanc – est-ce qu'il le portait depuis le début? – et me traîna vers la porte moins éclairée sur le côté de la maison.

Mon cœur battait régulièrement, mon pouls sans affolement. Pourtant j'avais la sensation d'avoir le cœur dans la gorge et la respiration courte.

Raphael déplaça l'arme de mon flanc à ma tête puis lâcha mon bras pour prendre dans sa poche un jeu de clés avant d'ouvrir la porte. Au lieu de m'escorter à l'intérieur, il me saisit de nouveau par le bras et me jeta à l'intérieur si violemment que je percutai le coffre d'une des deux

Mercedes des Brewster. Lugh bloqua considérablement la douleur. Avec sa force et son agilité de démon, il aurait pu probablement rester debout mais comme il prétendait être ma petite personne, il bascula sur le côté.

— *Pour qui joues-tu la comédie, bon sang?* me plaignis-je, espérant que Lugh tournerait la tête afin que je puisse adresser à Raphael le regard mauvais qu'il méritait. *Il n'y a personne ici!*

— *Peut-être qu'il rentre dans le personnage,* me répondit la voix mentale de Lugh avec un brin d'humour. *Ou peut-être était-ce juste un coup bas parce qu'il reste des histoires à régler entre nous. Peu importe. Je ne lui permettrai pas de te faire du mal et je peux tolérer la douleur.*

— *Tu n'es pas un de ces démons qui aiment la douleur?* demandai-je avant de me donner une tape mentale sur la tête.

Comme si nous avions besoin de ce genre de distraction en ce moment! Et comme si j'avais besoin de connaître les préférences sexuelles de Lugh!

— *Pas particulièrement,* répondit-il, bien que j'eusse préféré qu'il se contente d'ignorer ma question. *Mais comme je te l'ai dit, je peux la tolérer. Même si les choses deviennent plus brutales.*

Ô joie! Je ne voulais pas imaginer que les choses puissent devenir plus brutales.

Raphael me remit debout. Lugh vacilla comme s'il était encore dans les vapes après l'impact contre la voiture. Raphael ne nous laissa pas beaucoup de temps pour reprendre nos esprits. Il m'attrapa le bras et me traîna dans une lingerie avant de pénétrer dans la maison. Il dut marquer une pause pour composer le code de l'alarme mais, avec les souvenirs de Tommy au bout des doigts, ce fut du gâteau.

La lingerie donnait dans la cuisine menant elle-même à un salon énorme sur deux niveaux, avec un plafond cathédral et un lustre accroché si haut qu'il devait falloir un masque à oxygène pour aller changer les ampoules.

Claudia Brewster était assise sur un canapé ancien qui n'avait pas l'air très confortable. Elle avait troqué son tailleur contre un survêtement en velours, ses cheveux étaient détachés sur ses épaules et elle n'était pas maquillée. Cela aurait pu passer pour une tenue détendue de week-end si ses épaules n'avaient pas été aussi tendues, ses yeux injectés de sang et cernés d'une ombre gris bleu.

Près d'elle, lui tenant la main, était assis un homme plus âgé aux cheveux poivre et sel et avec des pattes d'oie autour des yeux. En dépit de ces ridules, il n'avait pas l'air plus heureux que Claudia. Il devait s'agir de son époux, Devon Brewster III.

L'homme qui était assis en face d'eux était beaucoup plus jeune, probablement pas plus de vingt-cinq ans. C'était de la chair à démon classique, la stature athlétique et l'apparence que la Société de l'esprit favorisait pour héberger les Pouvoirs supérieurs. Il lisait apparemment un magazine à notre arrivée, mais nous captâmes aussitôt toute son attention. Un autre démon entra dans la pièce, venant du couloir de l'autre côté du salon.

Le démon de Tommy nous avait dit qu'il devrait y avoir deux ou trois démons de service ce soir. Ils étaient au moins trois, puisque je n'imaginais pas qu'ils puissent laisser les fillettes sans surveillance.

À moins que les fillettes soient déjà mortes.

Pour une fois, j'étais contente que Lugh ait le contrôle et pas moi, car je suis certaine que mon visage aurait viré au blanc et j'aurais même pu être malade.

— *S'ils avaient tué les enfants,* dit Lugh, *ils ne seraient plus là. Et je doute que les Brewster seraient encore en vie.*

C'était juste et cela me rassura. Je me détendis un peu.

Le démon de l'autre côté de la pièce me scruta de la tête aux pieds avant de lancer un regard mauvais à Tommy.

— Pourquoi l'as-tu ramenée ici ?

— Elle fourrait son nez partout. J'ai pensé qu'il était temps d'y mettre un terme.

Les yeux noirs du démon se tournèrent vers Claudia, qui se flétrit sous le regard furieux et effrayant.

— J'avais été très clair sur ce qui se passerait si vous ne demandiez pas à cette garce de tout arrêter.

Oh merde ! Si nous finissions par faire tuer une des fillettes rien qu'en arrivant dans la maison, je ne me le pardonnerais jamais !

— Je vous en prie ! dit Lugh en utilisant ma bonne inflexion de voix. (Il parvint même à faire croire que le fait de supplier lui était douloureux, ce qui correspond probablement à ma manière de m'exprimer.) Ce n'est pas la faute de Claudia. Elle m'a demandé de laisser tomber et je lui ai promis que je le ferais. Mais je ne pouvais pas abandonner. Elle ne savait pas que j'avais recommencé à mener mon enquête.

Le démon traversa la pièce, s'approchant si près de moi qu'il envahit mon espace personnel. J'essayai de reculer d'un pas mais Raphael était dans mon dos et me tenait fermement.

J'eus presque le sentiment que c'était moi qui dirigeais mon corps, parce que Lugh faisait exactement ce que j'aurais fait dans cette situation. Il résista momentanément à Raphael, comme paniqué, puis se retint et afficha mon habituelle expression de défi. Il affronta le regard du démon.

— Quand l'État m'appellera pour vous exorciser, je vais faire semblant de ne pas y arriver et vous irez droit dans les fours crématoires.

— Tu me fiches les jetons, Lugh ! C'est exactement ce que j'aurais dit !

— Je sais et c'est pour ça que je l'ai dit. Maintenant tais-toi. Je ne peux pas mener deux discussions en même temps.

Le démon me gifla du revers de la main et seule la poigne d'acier de Raphael m'empêcha de tomber. Ouf, j'étais vraiment contente de ne pas avoir à sentir ça. Ça aurait craint grave !

Lugh laissa mon corps devenir inerte dans les bras de Raphael, qui me jeta ensuite sur son épaule à la manière d'un pompier transportant une victime.

— Je vais aller la mettre au sous-sol. Qui est de garde ?

— Alex, répondit le démon. Mais donne-moi une bonne raison de ne pas la tuer. Elle nous a déjà prouvé qu'elle continuera à fouiller peu importe ce qui arrive.

— Nous devons découvrir ce qu'elle sait et à qui elle a parlé avant de la tuer, répondit Raphael avec une patience exagérée.

Le deuxième démon ne sembla pas beaucoup apprécier. Tout ce que je pouvais voir, depuis ma position ignominieuse sur l'épaule de Raphael, c'étaient ses fesses et, pour vous dire la vérité, ce n'était pas un beau spectacle. Cependant je ne pouvais me tromper sur la colère dans la voix du deuxième démon.

— Tu ferais mieux de changer de ton quand tu me parles, *Tommy*, gronda-t-il.

C'était ce grondement profond, ce son presque animal dont les démons semblent être capables, bien que les humains ne soient pas équipés vocalement pour.

— Désolé, dit Raphael. La journée a été longue.

— Oh, est-ce que la grande méchante exorciste t'a fait manquer ta petite séance de baise nocturne ?

Raphael avait l'habitude de commander, d'être supérieur aux autres – excepté Lugh. Il était apparemment supposé obéir à cet autre démon mais cela pourrait être difficile pour lui de jouer ce rôle longtemps, surtout si on le cherchait.

Lugh semblait être d'accord et choisit ce moment pour faire semblant de se réveiller et recommencer à se débattre.

— Tiens-toi tranquille ou je vais te faire regretter d'être née ! lâcha Raphael.

Je cessai aussitôt. C'était la première fois que Lugh agissait différemment de ce que j'aurais fait. Jamais je n'aurais été intimidée par ce genre de menace bidon.

— Il y a une autre raison pour ne pas la tuer, poursuivit Raphael comme si l'échange houleux n'avait pas eu lieu, c'est qu'il y a eu des cas de cancer du colon dans sa famille. (Il gloussa.) Ce doit être pour ça que c'est une vraie chieuse.

Grognement. C'était déjà bien assez pénible d'être passagère en mon corps, est-ce que je devais aussi écouter des clichés et de mauvais jeux de mots ? Quand on parle de punition cruelle.

M. le chef des démons sembla trouver ça plus drôle que moi et Raphael et lui s'en tapèrent une bonne tranche à mes dépens.

— Il y a une chambre d'amis en haut, si tu veux pratiquer un test, dit M. le chef quand il eut cessé de rire.

Apparemment je serais autorisée à vivre si j'avais le potentiel d'une bonne poulinière. Quelle chance.

— Nan, dit Raphael. Elle prend la pilule. Il faut que les hormones cessent d'agir sur son système avant qu'elle puisse prendre.

— Ça ne veut pas dire pour autant que tu ne peux pas t'amuser un peu.

Bon sang, je déteste les démons. Ouais, ouais, je sais qu'il y a aussi des humains qui sont tout aussi mauvais, je n'ai seulement pas à les fréquenter tous les jours.

Raphael ricana.

— Essaie donc de le faire autant de fois que moi toutes les nuits, et tu verras si tu t'amuseras encore. (Il me repositionna sur son épaule comme si j'étais lourde, ce que je n'étais pas pour un démon.) Je peux la descendre au sous-sol, maintenant ? J'en ai plus que ma claque de m'occuper d'elle aujourd'hui.

Grand Chef hésita un moment en réfléchissant. Je retins mentalement mon souffle, priant pour qu'il accepte. Et pour une fois, cela se passa comme je le voulais.

— Ouais, bien sûr, dit-il enfin. Il est tard et je ne me sens pas de m'occuper d'elle non plus.

Je l'entendis tourner les talons car je ne voyais toujours rien d'autre que les fesses de Raphael.

— J'ai quelque chose pour vous occuper l'esprit, les tourtereaux, dit-il en s'adressant aux Brewster d'une voix méchante. Quelqu'un va devoir payer pour votre incapacité à empêcher l'exorciste de fourrer son nez où elle ne devait pas. Demain matin, vous me direz quelle enfant vous préférez et on vous laissera la garder. Si vous faites ça, je m'occuperai rapidement de l'autre. Mais si vous m'obligez à choisir à votre place, je prendrai vraiment mon temps et vous n'en louperez pas une miette.

Même Raphael eut du mal à avaler cette menace. Je le sentis se raidir sous moi.

Je commençai de nouveau à me débattre quand Claudia éclata en sanglots et que Raphael me transporta hors de la pièce.

Chapitre 27

Raphael m'emmena le long d'un couloir puis ouvrit une porte avant de descendre dans une cage d'escalier mal éclairée. Dans ma vision périphérique, je constatai que Grand Chef et l'autre démon suivaient. Aucune chance que nous puissions accéder au sous-sol sans escorte.

Mon corps rebondissait contre l'épaule de Raphael pendant que ce dernier descendait l'escalier. Puis, au lieu de me déposer en me mettant debout, il me balança de son épaule et me laissa tomber sur le sol. Sur le sol dur de ciment, devrais-je ajouter. Une fois encore, je fus contente que Lugh bloque la douleur.

Lugh se tortilla par terre afin que nous puissions voir la pièce dans laquelle nous avions été amenés.

Je m'étais douté que nous avions très peu de chances de pouvoir simplement prendre les fillettes et nous enfuir avec un minimum de risques. Mais même ce minuscule espoir s'évapora quand je regardai autour de moi.

Un démon inconnu – Alex, je supposai –, assis sur une chaise près de l'escalier, tenait la fillette la plus jeune sur les genoux. Cette dernière était endormie et, bien qu'échevelée elle ne soit pas aussi mignonne que sur la photo, sa fragilité éveilla en moi un instinct maternel que je ne pensais pas avoir. Je voulais l'arracher des bras de ce démon et lui faire payer de l'avoir touchée.

L'autre fillette était enveloppée dans une couverture à même le sol. Elle aussi dormait, le pouce dans la bouche, les genoux repliés sur la poitrine. Je suppose que quand on est jeune et fatigué, on peut dormir n'importe où, même sur un sol de ciment froid pendant que des démons vous retiennent en otage.

Nous ne pouvions rien tenter d'agressif tant que le démon tenait la petite fille. Elle serait morte ou possédée dès que nous bougerions un doigt.

La situation me parut pire encore quand je remarquai le matelas gonflable et le lit de camp juste à droite de l'escalier. Grand Chef et son copain se dirigeaient vers ces lits improvisés et je compris qu'ils dormaient tous là avec les fillettes. Comme si aucun d'eux n'était capable de se charger seul d'enfants de trois et cinq ans ! On peut dire que c'était assez excessif.

Raphael resta debout pendant un moment à estimer la situation. Pas grand-chose ne transparaissait sur son visage mais il devait être arrivé à la même conclusion sinistre que moi : cela n'allait pas être du gâteau et nous allions maintenant passer à la partie « improvisation » de notre plan.

— Je suppose que vous n'avez plus besoin de moi ? demanda Raphael au Grand Chef qui s'était assis sur le matelas gonflable et se débarrassait de ses chaussures et de ses chaussettes.

Grand Chef eut un petit rire méprisant sans prendre la peine de lever les yeux.

— Je n'ai jamais eu besoin de toi.

Raphael haussa les épaules.

— Bon, eh bien, bonne nuit.

Et il commença à gravir les marches d'un pas lourd. Que manigançait-il ? Mon intuition me disait qu'il allait faire demi-tour au dernier moment et essayer de tirer sur le démon qui tenait la petite fille. Ce dernier était notre plus grande et plus immédiate menace. Mais cela laissait deux démons et deux fillettes dont il faudrait s'occuper. Les enfants se réveilleraient probablement et paniqueraient en entendant le coup de feu. Si les démons étaient intelligents, ce que j'étais prête à parier, ils se jetteraient tout de suite sur les enfants pour les utiliser comme boucliers. Que ferions-nous alors ?

Mais Raphael ne fit pas demi-tour, il partit sans même un regard derrière lui. Il monta l'escalier, ouvrit la porte et sortit du sous-sol. Je retenais mon souffle, m'attendant toujours qu'il tente une attaque surprise. Mais il ne le fit pas.

Grand Chef vint s'agenouiller près de moi.

— Si j'entends ne serait-ce que le moindre piaulement de ta part, les fillettes vont payer. Tu as pigé ?

Je ne répondis pas et Grand Chef ponctua son propos d'un méchant coup de pied dans les côtes. J'entendis quelque chose claquer et Lugh réprima un cri.

— Ça devrait t'aider à comprendre que tu dois rester tranquille, dit Grand Chef.

Puis, m'abandonnant par terre, il se laissa tomber sur le matelas pneumatique. Son copain s'était déjà étendu sur le dos, les mains derrière la tête. À l'aise.

Et toujours pas de Raphael. Mon moral s'effondra et je nous maudis, Lugh et moi, pour avoir été aussi stupides.

— *Nous n'aurions jamais dû lui faire confiance*, dis-je avec amertume. *Nous aurions dû savoir qu'il ne risquerait pas sa peau pour deux gamines. Il les a juste utilisées comme excuse pour posséder Tommy et maintenant qu'il a ce qu'il veut, qu'on aille se faire voir.*

Peut-être aurait-il tenu sa promesse si le sauvetage avait paru plus facile. Mais quand il avait compris qu'il y avait peu de chances que cela soit le cas, il avait décidé de sauver les meubles et de nous abandonner ici. Après tout, il avait ce qu'il voulait, non ?

— *Ne perds pas espoir*, dit Lugh. *Il pourrait avoir un autre tour dans son sac.*

— Ouais, le couteau qu'il utilise pour nous poignarder dans le dos !

Je restai là à ruminer, me demandant, pendant environ cinq minutes, comment Lugh et moi allions pouvoir nous sortir de là sans que les fillettes soient tuées, ma rage augmentant à chaque seconde. Puis j'entendis des voix en colère provenant du rez-de-chaussée. Je reconnus l'une d'entre elles comme étant celle de Claudia. L'autre était celle de Tommy, ce qui me fit espérer que Raphael ne nous avait peut-être pas abandonnés tout compte fait.

Les voix furieuses se rapprochaient et je me rendis compte que ce n'était pas de la colère que j'avais perçue dans la voix de Claudia mais de l'hystérie. Tommy brailla quelque chose mais le sous-sol était trop en profondeur pour que je puisse distinguer ses paroles. La voix de Claudia se transforma en cri.

Grand Chef et son copain s'étaient tous les deux assis et observaient le plafond. Copain semblait amusé mais Grand Chef avait l'air énervé. Tout ce bruit polluait son sommeil de Belle au bois dormant. Alex était toujours assis telle une statue, la fillette endormie sur les genoux.

La porte en haut de l'escalier s'ouvrit d'un coup. Grand Chef et Copain bondirent aussitôt. Alex resserra son étreinte sur la fillette qui se réveilla et se mit immédiatement à pleurer. Ses pleurs réveillèrent sa sœur qui se mit à sangloter de concert, se recroquevillant le plus possible et tirant la couverture sur sa tête.

Tommy, le visage rouge de colère, les yeux embrasés d'une fureur démoniaque, descendit les marches. Claudia le suivait, s'accrochant vainement à son bras en criant.

— Non ! Je t'en prie ! suppliait-elle, mais elle ne pouvait pas plus l'arrêter qu'elle l'aurait fait d'un train lancé à toute allure.

Il la traîna jusqu'au bas des escaliers.

— Qu'est-ce qui se passe ? demanda Grand Chef.

— Garce ! cria Tommy en repoussant violemment Claudia.

Elle percuta avec un cri de douleur le mur près de l'escalier avant de s'effondrer par terre.

— Qu'est-ce que… ? commença à répéter Grand Chef avant que Raphael l'interrompe.

— On ne va pas attendre demain matin pour régler tout ça ! lâcha-t-il en avançant à grandes enjambées vers la petite fille hurlant sur les genoux d'Alex.

Une partie de moi savait que c'était juste de la comédie. Si Raphael nous avait trahis, il se serait contenté de nous abandonner ici et nous n'aurions plus jamais entendu parler de lui. Il n'aurait certainement eu aucune raison d'engager une dispute avec Claudia, qu'il ne connaissait même pas. Mais la méfiance a la peau dure et le voir s'avancer vers cette pauvre enfant, une lueur assassine dans les yeux, m'inspira une sorte de terreur horrifiée que j'espère ne plus jamais éprouver.

Lugh roula sur le côté pour observer ce qui se passait. En se déplaçant ainsi, il s'arrangea pour que ses mains menottées ne soient plus visibles. Je le sentis utiliser mes doigts pour forcer un des bracelets qui ne résista pas à sa force de démon.

Raphael arracha la fillette hurlante des bras d'Alex. Les petits bras et les petites jambes de l'enfant s'agitaient en tous sens et mon cœur se serra même si je comprenais ce que Raphael était en train de faire.

— Calme-toi, Tommy ! lui ordonna Grand Chef. Nous avons mieux à faire avec cette otage.

Depuis l'autre bout de la pièce, Raphael croisa mon regard en désignant d'un coup d'œil l'autre fillette qui tremblait sous sa couverture. Lugh et moi captâmes clairement le message.

Lugh bondit sur ses pieds et se lança au travers de la pièce pour se placer entre la fillette et les démons. À cet instant, Grand Chef et compagnie comprirent qu'il ne se passait pas ce qu'ils avaient cru de premier abord. Mais c'était trop tard.

Gardant son corps entre l'enfant qu'il portait et les deux démons, Raphael percuta du poing droit le menton d'Alex. L'impact produisit un craquement horrible et Alex devint aussitôt inerte, probablement mort.

Lugh passa la main sous mon sweat-shirt et arracha le Taser collé à mon ventre. Il se battrait comme un humain ordinaire à moins d'être obligé de faire usage de sa force de démon. Il ne valait mieux pas qu'un de ces démons retourne dans leur Royaume pour répandre la nouvelle que j'étais possédée. Trop de gens devineraient que j'hébergeais encore Lugh.

Ce dernier se servit de son corps pour garder l'enfant collé contre le mur, hors de danger, pendant qu'il tirait au Taser sur Copain. Lugh visait bien et Copain s'effondra en hurlant.

Je n'étais pas certaine de ce que nous allions faire de Grand Chef. Difficile pour Raphael de l'attaquer alors qu'il protégeait toujours la fillette et je doutais que Lugh aurait eu le temps de recharger le Taser, même si j'avais eu une autre cartouche sur moi, ce qui n'était pas le cas.

Avant que j'aie le temps d'y réfléchir, l'explosion assourdissante d'un coup de feu résonna contre les murs du sous-sol. Le sang gicla de la poitrine de Grand Chef et celui-ci était mort avant même de toucher le sol.

Pivotant sur moi-même, je vis Claudia, debout, dos à l'escalier, les deux bras tendus devant elle, les mains pressées l'une contre l'autre. Le canon de l'arme, qui avait suivi la chute du corps de Grand Chef, pointait toujours vers le sol. Elle avait les yeux écarquillés et cernés mais ses mains ne tremblaient pas. Sa mâchoire était raide de colère et de détermination.

Bien que Lugh contrôle mon corps, mes oreilles vibraient toujours de la détonation. Par-dessus le bourdonnement, j'entendis la voix de Tommy quand il se tourna vers Claudia tout en tenant la fillette qui se débattait et hurlait toujours.

— Joli coup, dit-il avec un haussement sardonique du sourcil. Mais vous pouvez poser l'arme maintenant.

Claudia déglutit sans abandonner sa position de tir.

— Posez d'abord ma fille !

— Croyez-moi, Claudia, dit-il en s'exécutant, je ne vous aurais pas donné mon arme si j'avais eu l'intention de faire du mal à vos filles.

Il se releva lentement, les mains écartées.

Toute cette dispute avait donc été une comédie de leur part. Je n'étais pas surprise que Raphael puisse être aussi convaincant, étant donné qu'il passait la moitié de sa vie à mentir et à tromper tout le monde, mais la performance de Claudia avait été très impressionnante.

Dès que ses pieds touchèrent le sol, la fillette courut vers sa mère, jetant ses bras autour des jambes de celle-ci pour brailler contre sa cuisse. Claudia, abaissant l'arme avec un soupir de soulagement, caressa les cheveux de sa fille de sa main libre.

Derrière moi, la deuxième fillette cessa enfin de se cacher sous sa couverture. Elle en sortit en gigotant avant de rejoindre sa sœur dans les bras de leur mère. Se déplaçant toujours lentement et précautionneusement, Raphael s'approcha du trio en larmes.

— Vous pouvez me rendre mon arme ? demanda-t-il. Ainsi vous pourrez vous servir de vos deux bras pour les serrer contre vous.

Claudia lui adressa un sourire qui disait combien elle ne lui faisait pas confiance. Mais il était difficile de serrer deux petites filles dans ses bras tout en tenant une arme. Après un moment d'hésitation, elle tendit le pistolet à Raphael.

— *Merci, Morgane*, me murmura Lugh.

— *Pourquoi ?*

— *Pour ne pas avoir paniqué. Pour m'avoir laissé prendre le contrôle. Pour m'avoir laissé garder le contrôle. Pour m'avoir fait confiance.*

Bizarrement émue par ces paroles, je ne répondis pas tout de suite. Et quand je le fis, j'avais repris les commandes de mon corps.

— Je t'en prie, dis-je, si doucement que personne d'autre que Lugh ne put entendre.

Chapitre 28

Lugh n'avait jamais eu le contrôle de mon corps aussi longtemps pendant que j'étais éveillée et consciente et cela me parut bizarre de me déplacer de nouveau par moi-même. Ma poitrine me faisait mal, là où Grand Chef m'avait donné un coup de pied. J'étais sûre d'avoir une côte cassée bien que Lugh l'ait en partie soignée. La nausée bouillonnait dans mon estomac, probablement à cause de la surcharge de stress, et je chancelai en traversant la pièce pour me diriger vers Raphael. En fait, j'avais l'impression de reposer les pieds sur la terre ferme après six mois passés en mer. Je m'immobilisai en titubant.

—Raconte-moi ? demandai-je à Raphael du bout des lèvres.

Claudia serrait toujours ses filles dans ses bras en les consolant et elle ne nous prêta pas attention.

—Je lui ai dit que j'étais un de tes amis, répondit Raphael. Tu as exorcisé Tommy et tu m'as transféré de mon hôte habituel dans le corps de son fils pour ce sauvetage. Tout cela de manière illégale, bien sûr, mais je doute qu'elle s'en plaigne puisque nous avons sauvé ses enfants.

—Et Tommy ?

Il se mit à murmurer.

—Je lui ai dit que je me transférerai de nouveau dans mon hôte initial et que je lui renverrai Tommy, bien que je l'aie prévenue que sa psyché n'était pas dans un bel état.

J'avais encore pas mal de questions – comme savoir ce que Raphael allait réellement faire – mais le démon qui avait reçu le coup de Taser reprenait le contrôle de ses membres. Raphael me poussa doucement vers Claudia.

— Pourquoi ne remonteriez-vous pas tous au rez-de-chaussée ? suggéra-t-il. Sortez les gamines de là. (Il désigna le champ de bataille ensanglanté d'un mouvement du bras.) Elles auront déjà bien assez de cauchemars après ça.

— Oui, bien sûr, admit Claudia.

Elle prit la fillette de trois ans dans ses bras et tendit la main à la plus âgée avant de monter l'escalier. Mais les fillettes voulaient toutes les deux être portées et ni Claudia ni moi n'eurent le cœur de leur refuser.

Je me retrouvai donc à porter une petite fille de cinq ans toujours reniflante et nous laissâmes Raphael seul dans le sous-sol. Ce qui ne réjouissait pas ma conscience. Je savais que Raphael allait tuer Copain. Le démon le méritait mais ce ne serait pas ce dernier qui mourrait, mais son hôte. C'était terrible pour cet humain qui pouvait très bien ne pas s'être porté volontaire pour participer à ce complot. Mais il était impossible de le laisser en vie. Nous ne pouvions le laisser témoigner de ce qu'il avait vu dans ce sous-sol. Bon sang, je n'avais aucune idée des conséquences légales qu'aurait cette opération nocturne. Une chose était sûre, je risquais de ne pas aimer.

— Où est votre mari ? demandai-je à Claudia quand nous émergeâmes du sous-sol.

Oui, il me fallut tout ce temps pour me demander pour quelle raison Devon Brewster III ne s'était pas précipité au vacarme de la dispute ni même au coup de feu.

— Il est allé se coucher, répondit-elle.

Je dus faire une drôle de tête parce qu'elle s'empressa de m'expliquer.

— Cela fait deux jours qu'il n'a pas dormi. (Un léger sourire épuisé releva les commissures de sa bouche.) Moi non plus, mais je l'ai convaincu de prendre un somnifère ce soir, alors je suppose qu'il fallait plus que des cris et une détonation dans le sous-sol pour le réveiller.

— Vous devriez en prendre un vous aussi, dis-je en la suivant dans le salon puis dans un autre escalier.

Les reniflements des fillettes se calmaient même si elles restaient agrippées à nous de toutes leurs forces.

— Je le ferai, m'assura-t-elle. Après avoir mis les filles au lit.

Je suivis Claudia dans la chambre la plus « bonbon » que j'aie jamais vue. Tout y était de cette couleur. On avait l'impression qu'une fabrique de dentelles y avait explosé. Je suppose que pour des fillettes de trois et cinq ans, cette chambre était le summum de la féminité et du romantisme. Pour ma part, je me sentais comme une barbare envahissant un palais royal.

J'étais très heureuse d'avoir joué les héroïnes et d'avoir sauvé ces fillettes mais j'étais très pressée de rentrer chez moi. Claudia déposa sa charge sur un lit en forme de nuage rose à volants, puis elle me prit son autre fille des bras.

— Je vais m'occuper d'elles, dit-elle avec un sourire.

Oups, mon visage impassible fonctionnait toujours aussi bien.

— Nous reparlerons demain, poursuivit Claudia, ses yeux se brouillant de larmes. Je ne saurai jamais comment vous remercier, comment puis-je…

Je levai la main pour l'interrompre, encore moins à l'aise qu'avant.

— Je vous en prie. J'ai juste fait ce qui me semblait juste. Il n'est pas nécessaire de me remercier.

Elle avait l'air de vouloir en discuter mais une des fillettes tira sur la jambe de son survêtement pour demander son attention.

— Nous reparlerons demain, répéta Claudia avant de s'asseoir sur le lit et de reprendre ses deux filles dans les bras.

Pas si je pouvais éviter, bien que je ne sois pas sûre que ce soit possible. Il était évident que nous allions devoir accorder nos violons ! Je plissai le front.

— Hmm, et les corps dans le sous-sol ? demandai-je.

— Votre ami a dit qu'il se chargerait de tout, répondit-elle sans même me regarder, son attention rivée sur les fillettes.

Je n'avais aucune idée de la manière dont Raphael comptait se charger de tout mais il était évident que Claudia n'était pas disposée à en parler maintenant. Je sortis donc de la chambre et fermai la porte doucement derrière moi.

Je descendais l'escalier quand Raphael émergea du sous-sol. Il me montra ses clés de voiture.

— Je vais rentrer la voiture dans le garage. Nous allons voir si le coffre peut contenir tous les corps.

Je lui adressai un regard sceptique. Nous étions en train de parler d'hôtes de démons, ce qui voulait dire qu'aucun d'eux n'était vraiment de petite taille.

— Je ne suis pas sûre qu'on puisse caser deux corps, encore moins trois.

Raphael haussa les épaules.

— Nous prendrons deux voitures s'il le faut. J'ai la clé de la Mercedes de Claudia.

Son regard se fixa derrière moi et il écarquilla les yeux.

Parce que je ne faisais toujours pas confiance à Raphael, j'eus le sentiment de me faire avoir par le plus vieux coup du monde en jetant un œil par-dessus mon épaule. Mais ce n'était pas le cas. Devon Brewster III descendait l'escalier, entièrement habillé, ses cheveux ne montrant aucun signe d'avoir rencontré un oreiller, ses yeux trop clairs pour être ceux d'un homme sous l'influence d'un somnifère.

— Monsieur Brewster ? demandai-je. Claudia a dit que vous dormiez.

Et si vous ne dormiez pas, pourquoi descendez-vous au lieu d'aller serrer vos enfants dans vos bras et d'aider votre épouse à les mettre au lit ?

Brewster sourit mais ce n'était pas une jolie expression.

— Ma femme se trompe. En bien des domaines.

Je vis trop tard le Taser qu'il cachait en le tenant légèrement derrière sa jambe.

— Couche-toi ! hurla Raphael et, exceptionnellement, j'obéis à ses ordres sans moufter.

Tapie sur le sol à mi-chemin entre Brewster et Raphael, j'avais un bon point de vue sur l'épreuve de force.

Raphael dégaina son arme au moment où Brewster leva son Taser. Raphael fut un poil plus rapide et, pour la seconde fois ce soir, une détonation déchira l'air. La balle frappa Brewster en pleine tête. Quelques gouttes de sang giclèrent et un petit trou circulaire apparut au centre de son front. Brewster grogna de douleur mais ne s'effondra pas au sol comme il aurait dû.

Il cligna des yeux. En haut, j'entendis de nouveau les cris des enfants et j'espérai que Claudia allait rester avec ses filles pour les protéger. Elle n'était sûrement pas le genre d'idiote héroïque qui se précipiterait vers des coups de feu !

J'attendais que Brewster s'effondre mais il restait là à battre des paupières. Raphael, qui le visait toujours, s'approcha de moi et me releva. Aucun de nous deux ne quittait Brewster des yeux et nous eûmes tous les deux le souffle coupé quand les bords du trou sur le front de Brewster se rapprochèrent avant de se souder.

— Oh merde, dit Raphael, ce qui je pense était la litote du siècle.

Il fit un second tir parfait mais cette fois, Brewster ne se laissa pas distraire par une blessure à la tête. Le Taser émit un « pop » et les sondes s'enfoncèrent dans le torse de Raphael qui s'effondra avec un cri étouffé de douleur.

Brewster et moi nous faisions face. Il éjecta la cartouche du Taser mais ne semblait pas en avoir d'autre à portée de main. Bien que cela ne le dérangerait pas. Je suis certaine qu'il avait taserisé Raphael parce qu'il voulait préserver le précieux corps de Tommy. Il n'avait aucune raison de le faire avec moi. Il n'avait pas non plus besoin d'une arme pour me briser en deux. Je ne pouvais donc être rassurée par le fait que le Taser soit vide.

La douleur me poignarda derrière l'œil. Lugh essayait de nouveau de prendre le contrôle.

—*Attends*, lui ordonnai-je.

Imaginez, je donnais des ordres au roi des démons!

—*Mais…*

—*Attends*, répétai-je. *Je te laisserai prendre le contrôle si j'en ai besoin, mais je préfère que tu restes caché en attendant.*

Il aurait pu avancer le même argument que Raphael avait utilisé dans la voiture. Il aurait pu me convaincre qu'il serait peut-être trop tard si j'attendais d'avoir besoin de lui. Mais cet argument ne tenait pas le coup et il devait le savoir. Si je pouvais volontairement le laisser prendre le contrôle maintenant, alors j'en serais également capable quand je déterminerais une bonne fois pour toutes avoir besoin de lui.

Brewster descendit deux marches. J'entendais toujours les fillettes pleurer et je compris que quoi qu'il arrive, je devais faire sortir Brewster de cette maison avant que Claudia n'en puisse plus et vienne s'enquérir de ce qui se passait. Ou avant que Brewster comprenne qu'il pouvait utiliser ses enfants comme otages contre moi, tout comme ses « amis » l'avaient fait.

Aussi je fis ce que beaucoup considéreraient comme la chose la plus sensée à faire : je déguerpis à toutes jambes.

Les démons ont une force et une agilité surhumaines et ils sont capables de contrôler suffisamment le corps de leur hôte pour courir assez vite. Cependant, le corps humain a ses limites et un coureur confirmé peut réellement courir plus vite qu'un démon possédant un corps qui ne serait pas entraîné pendant, au moins, un certain temps.

Je n'étais pas une coureuse confirmée mais j'étais naturellement athlétique et j'avais de longues jambes, si bien que je passai la porte avec un peu d'avance. Mon avance augmenta quand Brewster fit une tentative inconsidérée de tacle. J'esquivai et courus de plus belle tandis qu'il s'écrasait à plat ventre dans l'allée.

Comme Raphael avait les clés de la voiture, j'allais devoir échapper à Brewster à pied. Je me demandai brièvement si j'avais plus de chances de m'en sortir en attirant l'attention sur la rue principale et en arrêtant des voitures ou si je devais au contraire éviter qu'on me remarque et filer par les jardins obscurs.

Je ne savais rien de l'histoire de Brewster, ni de quelle manière il avait été possédé, je ne savais pas comment il était capable de guérir une blessure par balle à la tête comme s'il s'agissait d'une broutille, mais je ne tenais pas à ce que des témoins innocents soient blessés au cours d'une éventuelle bagarre. C'est pourquoi je choisis l'option des arrière-cours obscures.

Ayant dépassé la Main Line, nous ne nous trouvions plus dans la ville à proprement parler mais nous n'étions pas encore dans la campagne. Le quartier était assez éclairé pour qu'on puisse me remarquer, même dans les jardins semi-boisés des riches résidences.

Je sprintai au travers d'une pelouse superbement entretenue qui aurait pu venir tout droit du fairway d'un green de golf et était tout juste assez éclairée pour que j'évite de justesse le guichet de cricket qui surgissait du gazon. Derrière moi, j'entendais les pas lourds de Brewster toujours à ma poursuite.

Devant moi, le champ avait l'air assez libre pour que je détourne un peu mon attention de ma course afin d'attraper et de charger mon Taser. Malheureusement je n'avais pas de cartouche de rechange sur moi. Malgré tout, le Taser pouvait toujours servir de fusil paralysant si on en venait à un combat rapproché. Je ne voulais pas que Brewster soit assez proche de moi pour que je puisse utiliser le Taser mais, bien que je puisse courir plus vite que lui sur une courte distance, son démon lui donnerait plus d'endurance que j'en avais.

— *Laisse-moi prendre le contrôle*, insista Lugh.

— *Pas encore*, répondis-je de nouveau. *Je t'ai fait assez confiance pour te laisser le contrôle. Maintenant c'est ton tour de me faire confiance.*

Je ne pense pas qu'il ait apprécié mais il n'essaya pas de prendre les commandes de force.

Jetant un coup d'œil par-dessus mon épaule, je vis que Brewster me rattrapait. Je devais commencer à ralentir, bien que je coure encore aussi vite que je le pouvais. Mon souffle me brûlait la gorge et les poumons, et mon cœur tapait contre ma cage thoracique.

Le second jardin que je tentai de traverser était équipé de spots à détecteurs de mouvements qui s'illuminèrent dès que je posai un pied sur la pelouse. Pire, les lumières étaient allumées dans la maison. Quelqu'un pouvait regarder à l'extérieur pour voir ce qui avait activé les détecteurs. Comme je m'inquiétais pour d'éventuels témoins innocents – ou des propriétaires protecteurs à l'excès –, je virai vers le bosquet envahi de mauvaises herbes qui bordait la propriété au lieu de traverser la pelouse.

Les spots avaient fichu en l'air ma vision nocturne. Dès l'instant où je plongeai dans les taillis, j'eus l'impression d'être devenue aveugle. Ce qui craignait, parce que je ne plaisantais pas en disant que le bosquet était envahi de mauvaises herbes. Je n'avais pas fait deux pas que je me pris les pieds dans des broussailles particulièrement agressives et m'étalai de tout mon long.

Je ne sais comment je parvins à ne pas lâcher le Taser. Sans même y penser, je roulai violemment sur le côté droit afin d'éviter le prochain assaut de Brewster. J'espérais que sa vision nocturne était aussi diminuée que la mienne. S'il ne pouvait pas voir le Taser, que je dissimulai du mieux que possible, alors je pourrais bénéficier de l'effet de surprise.

Je m'arrêtai douloureusement contre un arbre abattu dont l'écorce était douce et friable de pourriture. J'étais probablement en train de prendre à mon bord tout un charter de petites bestioles nocturnes.

Je plissai des yeux dans le noir. Ma vue commençait à s'adapter et je distinguai la silhouette de Brewster se relevant à environ cinq mètres de moi.

J'inspirai le plus d'air possible et, pour la première fois, j'entendis autre chose que les battements de mon cœur et les pas de mon poursuivant : des aboiements de chiens. De forts aboiements de chiens. Des chiens qui venaient sûrement de sortir de la maison du propriétaire et qui s'apprêtaient à s'occuper des intrus.

Brewster ne semblait pas se soucier des chiens. Il avançait vers moi, lentement, en guettant, s'attendant que je me lève d'un coup et m'enfuie en courant.

S'il te saute dessus, il peut te casser le cou avant que tu aies le temps d'appuyer sur la détente du Taser, m'avertit Lugh, sa voix pressant dans ma tête.

Je savais qu'il avait raison. Mais si je me déplaçais à une vitesse surhumaine pour éviter le coup, alors nous finirions par renvoyer en enfer – d'accord, au Royaume des démons, mais pour l'instant l'enfer semblait une meilleure option – un démon qui saurait que je n'étais pas seule dans mon corps. C'était inacceptable.

À l'évidence, je ne pouvais donc lui laisser le loisir de me sauter dessus. Je pouvais toujours essayer de l'esquiver mais, si cela durait trop longtemps, les chiens finiraient par surgir et je n'avais pas besoin de ce genre de complications.

Aussi je fis ce à quoi Brewster ne pouvait s'attendre de la part d'une femme terrorisée qui le fuyait. Je l'attaquai.

Poussant un cri de guerre pour me donner du courage, je bondis sur lui, brandissant le Taser devant moi, le doigt sur la détente avant même d'entrer en contact. Il réagit presque à temps et faillit m'attraper le bras avant que je lui assène une décharge d'électricité dans le ventre. Mais vous savez ce qu'on dit, il y a un moment où il faut savoir se jeter à l'eau…

Brewster s'effondra dans un tas que j'espérais être de sumacs vénéneux – bien que je n'y voie que dalle – juste au moment où deux énormes masses grognantes de fourrure et de dents surgissaient des taillis.

J'étais à bout de souffle, surchargée d'adrénaline, et la batterie de mon Taser était faible. De plus, je n'étais pas vraiment d'humeur à me faire déchiqueter. Aussi, sans le moindre effort, je laissai Lugh prendre le contrôle.

— *Ne fais pas de mal à ces chiens*, l'avertis-je. *Ils font juste leur boulot.*

Apparemment leur boulot consistait en beaucoup d'intimidation et pas grand-chose d'autre. Au lieu de me bondir à la jugulaire, ils restèrent plantés là, le poil hérissé, entre leur maison et moi, en montrant les dents et en produisant des grognements très impressionnants.

Se déplaçant lentement, l'œil rivé aux chiens – qui étaient des bergers allemands, comme je le constatais maintenant que mes yeux s'étaient habitués à l'obscurité –, Lugh se baissa pour ramasser le corps inerte de Brewster. Les chiens grognèrent un peu plus fort mais n'attaquèrent pas. Au loin, j'entendis la voix d'un homme qui les appelait, leur demandant ce qu'ils avaient trouvé. Je pouffai. Le type s'attendait-il vraiment qu'ils lui répondent ?

Reculant avec précaution et dans le calme, Lugh transporta Brewster plus profondément dans le bosquet envahi par les herbes. Les chiens ne le suivirent pas.

Chapitre 29

Je voulus reprendre immédiatement le contrôle mais Lugh me fit remarquer que je n'étais pas assez forte pour traîner Brewster jusqu'à la maison et il avait raison. À notre grande surprise, nous rencontrâmes Raphael à mi-chemin.

Alors que la poursuite et la confrontation finale avec Brewster semblaient avoir duré une éternité, je doutais que plus de cinq ou dix minutes aient passé depuis que j'avais fui de la maison. C'était donc surprenant de tomber sur Raphael dans les bois alors qu'il aurait dû être encore réduit à une boule frissonnante sur le plancher de la maison des Brewster.

Lugh arriva apparemment à la même conclusion. Lâchant le corps de Brewster, il mit les mains sur ses hanches. Ce geste m'était tellement familier que je ne pus m'empêcher de rire. Bien sûr, je ne ris pas pour de vrai, parce que je n'avais pas les commandes de mon corps.

— Tu me dois une explication, mon frère, dit Lugh.

— Pas maintenant, répondit Raphael avec un geste désinvolte de la main. Nous avons d'autres préoccupations pour le moment. (Il se laissa tomber à genoux à côté de Brewster.) Je suppose que tu l'as assommé au Taser ? Cela ne fera pas effet très longtemps et, comme tu as pu le remarquer, il est très difficile à tuer.

Il attrapa Brewster et le fit rouler sur le ventre, lui coinçant les mains dans le dos, bien que pour le moment le démon ne soit pas en état de résister.

— Morgane, il faut que tu l'exorcises, et vite.

Il m'adressa un regard lourd de sous-entendus que j'interprétai ainsi : « Ne fais pas savoir que tu n'es pas Morgane pour l'instant, même si tu viens de m'appeler "mon frère" ».

Je voulais autant que Lugh qu'on réponde à mes questions, mais Raphael avait raison. Il restait peut-être encore assez de batterie dans mon Taser pour une décharge mais cela ne retiendrait pas Brewster longtemps.

Lugh se glissa sans heurt au second plan. J'avais de nouveau le contrôle sans que ça m'excite plus que ça. Peut-être était-ce le fait d'avoir tant couru, peut-être était-ce l'adrénaline qui retombait... Je ne savais pas ce qui n'allait pas mais mes genoux vacillaient, mon estomac se tordait misérablement et ma tête me faisait mal. Rien à voir avec la douleur comme un pic à glace dans l'œil que Lugh m'assenait chaque fois qu'il essayait de prendre le contrôle. Non, c'était plutôt un battement sur toute la surface du crâne, un peu comme une gueule de bois.

Ce n'était pourtant pas le moment de geindre. Nous devions nous débarrasser du démon qui avait possédé Devon Brewster III avant qu'il redevienne un danger. Je m'assis par terre en face de Brewster – une décision dont mes genoux me remercièrent – et je fermai les yeux.

Difficile de se concentrer sur autre chose que la nausée et le lancinement dans ma tête. J'essayai pourtant de reproduire l'état de transe tranquille et calme auquel j'étais parvenue dans la voiture de Tommy, en dépit de toute ma nervosité. Ma gorge se souleva et je fis de mon mieux pour résister à la nausée.

— Dépêche-toi ! insista Raphael.

J'eus envie de lui envoyer un coup de pied au cul. Me mettre la pression n'allait pas m'aider à me détendre.

Je faillis lui balancer qu'il pouvait le faire lui-même s'il était si pressé mais je me rappelai juste à temps que les humains n'étaient pas censés savoir que les démons pouvaient pratiquer des exorcismes. Que conclurait le démon de Brewster ? Je ne tenais pas à le savoir.

Brewster commençait à se débattre. Faiblement, bien sûr, mais il ne resterait pas faible longtemps. Je devais dépasser mon malaise et en finir.

Quand je réussis à invoquer le parfum de la vanille dans mon esprit, je faillis gerber. Les odeurs de parfum et les estomacs retournés ne font pas bon ménage. J'étais sur le point de paniquer quand Lugh me dit :

—*Attends, laisse-moi faire.*

Il prit le contrôle pour la troisième fois de la soirée. Immédiatement, mon corps s'apaisa et la force me revint. Lugh imita sans problème mon rituel. Il fut même bien plus puissant pour chasser le démon du corps de Brewster. Il me redonna le contrôle dès qu'il eut fini.

Je me sentis encore moins bien qu'avant et, cette fois, je ne pus m'empêcher de vomir dans les buissons.

—Qu'est-ce qui ne va pas ? demanda Raphael, qui maintenait toujours au sol Brewster redevenu humain.

Mes mains tremblaient et ma peau était moite. Et je n'avais aucune idée de ce qui n'allait pas chez moi. Et pourquoi Lugh n'avait-il pas soigné tout ça après avoir pratiqué l'exorcisme ?

—*Je pense que ton corps est en train de subir une réaction négative aux changements de contrôle successifs*, me dit Lugh dans ma tête. *J'ai essayé d'y remédier mais je crois que je n'ai fait qu'empirer les choses. Désolé.*

Super ! Juste au moment où je me sentais à l'aise avec l'idée que je pouvais laisser Lugh prendre le contrôle quand cela était nécessaire, voilà qu'une raison de ne pas l'être se manifestait.

—Je peux me lever maintenant ? demanda Devon Brewster, la voix étrangement calme après tout ce qu'il avait dû traverser.

Raphael le fit rouler sur le côté et Brewster se mit en position assise. Malgré mon état misérable, je trouvais presque drôle de nous voir tous les trois assis par terre dans un bosquet miteux, aucun d'entre nous ne semblant être pressé de se lever.

— Comment vous sentez-vous, monsieur Brewster ? demandai-je en essayant de détourner mon attention de ce que je ressentais, moi.

Brewster cligna des yeux en me regardant.

— Je m'appelle Dick.

Je fus agréablement surprise de découvrir que son esprit était intact. Rarement deux exorcismes successifs se révèlent aussi favorables pour l'hôte. Il avait tout de même l'air d'être en état de choc.

— Dick est le diminutif de Devon ? demandai-je en m'exprimant avec lenteur et précaution.

Il plissa le front sous l'effet de la concentration.

— Je ne sais pas.

Qu'est-ce qui n'allait pas chez lui ? Son cerveau avait peut-être été endommagé. Le démon n'avait peut-être pas bien soigné les blessures par balle qu'il avait subies. J'essayai de me rappeler quelques-unes des questions simples qu'on est censé poser aux gens victimes de commotion cérébrale, mais Dick/Devon parla de nouveau.

— Je suis censé le savoir ? demanda-t-il, une pointe d'angoisse dans la voix. Je suis désolé. (Il avait l'air encore plus nerveux.) Je ferai mieux la prochaine fois !

— Chut, fit Raphael calmement. Personne n'est en colère contre vous.

Dick/Devon, paraissant considérablement soulagé, afficha un sourire niais.

— Je m'appelle Dick, dit-il avec une assurance renouvelée.

Je me rappelai ces blessures par balle à la tête en pensant à quel point ce que j'avais vu était impossible. De telles blessures auraient tué n'importe quel hôte normal. Ensuite me revinrent à l'esprit les informations que Raphael avait livrées avec réticence à propos des objectifs du projet Houston. Des objectifs qui visaient à accélérer la guérison.

Mon estomac fit une embardée mais heureusement il était vide, sinon j'aurais vomi une nouvelle fois dans les buissons.

Dick était un des superhôtes de Houston et, si c'était sa véritable personnalité que nous voyions maintenant, il avait dû être possédé pendant très longtemps. Certainement toute la durée de son mariage. Mais c'était impossible! Ce ne pouvait être une coïncidence que deux superhôtes de Houston finissent par vivre sous le même toit. Et si Dick/ Devon était un superhôte, pourquoi vivait-il l'existence d'un riche oisif?

Je jetai un regard furieux à Raphael. Ce dernier essayait d'avoir l'air aussi abasourdi que moi mais était trop nerveux pour donner le change.

—Qu'est-ce qui se passe? lui demandai-je.

—Je veux rentrer à la maison, dit Dick d'un air plaintif.

Mais comment pouvions-nous le ramener à Claudia et aux filles dans cet état?

—Nous allons vous ramener à la maison, promit Raphael, mais il y a certaines choses dont nous devons nous occuper auparavant.

—Ouais, tu vas d'abord m'expliquer..., commençai-je.

—J'expliquerai plus tard, me coupa-t-il. Pour l'instant, voyons ce que nous allons dire à Claudia et barrons-nous d'ici.

—Nous ne pouvons pas le ramener à Claudia dans cet état! insistai-je.

Raphael grimaça.

—Ce n'est pas ce qu'il entend quand il parle de « maison », répondit-il d'un air mystérieux. Je te promets de tout t'expliquer mais, pour l'instant, il faut que nous y retournions.

Je voulais toute l'explication maintenant. Mais Claudia avait encore probablement peur que les démons reviennent prendre ses enfants. Je ne pouvais la laisser ainsi sous prétexte de satisfaire mon besoin de réponses.

— Très bien, dis-je à contrecœur. Mais qu'allons-nous lui dire ?

Je dus me mordre la langue en attendant d'avoir un moment seul à seul avec Raphael et ce fut une des choses les plus difficiles que j'aie jamais faites. Surtout en ayant l'impression de développer trois cas de grippe en même temps.

De retour dans la maison des Brewster, je laissai Raphael parler. C'était après tout un menteur invétéré. Il raconta à Claudia que son mari avait été possédé et qu'il m'avait attaquée avant de s'enfuir quand Raphael était venu à mon secours. Naturellement, Claudia était dévastée et j'aurais été désolée pour elle si je n'avais pas été si occupée à être désolée pour moi. Dick – qui n'avait montré aucun signe de reconnaissance devant la maison de Claudia – était allongé sur la banquette arrière de la voiture de Tommy, hors de vue, pendant que nous réglions les détails. J'aurais craint qu'il s'enfuie s'il n'avait exprimé cette foi puérile – et culpabilisante – que Raphael et moi allions le ramener chez lui.

Décidant de faire porter le chapeau des trois cadavres sur le dos du démon de Brewster, Raphael appela Adam et lui demanda de prendre en charge l'enquête. Raphael, moi et le mystérieux Dick quittâmes les lieux avant l'arrivée d'Adam. Parfois, c'est utile d'avoir le directeur des Forces spéciales dans la poche, surtout quand vous vous retrouvez systématiquement sur des scènes de crime.

Au bout de quelques kilomètres, Dick se redressa sur la banquette arrière.

— Vous me ramenez à la maison maintenant ? demanda-t-il d'une voix perdue et malheureuse.

C'était évident que l'ascenseur ne montait pas jusqu'au dernier étage, rayon cerveau. Je me demandais ce que nous allions bien pouvoir faire de lui.

— Pas encore, répondit Raphael. Il est tard. Nous irons demain matin. (J'étais sur le point de m'indigner mais Raphael me coupa la parole avant que je puisse dire quoi que ce soit.) Nous parlerons plus tard, dit-il en mettant l'accent sur les mots « plus tard ».

Il m'adressa un regard lourd de sens et je compris le message : « Pas devant notre passager. »

Je n'aimais pas ça mais encore une fois, je tins ma langue.

— Alors où allons-nous ? demandai-je plutôt en m'avachissant sur mon siège.

J'espérais que je n'allais pas être de nouveau malade car mon estomac faisait encore la cabriole. Je transpirais et tremblais en même temps.

— Chez Adam, répondit Raphael. Dominic nous attend. Ils ont une chambre d'amis dans laquelle ils peuvent loger notre passager pour la nuit.

Je me retournai sur mon siège pour observer Dick puis regrettai aussitôt ce mouvement quand ma tête se mit à battre plus fort. Il avait les yeux fixés droit devant lui, le regard vide. Je me demandai s'il avait des frères prénommés Joe, Bill et Bob. J'imagine que certains démons auraient trouvé ça drôle.

Dick était un produit du programme eugénique de Raphael et de Dougal, et apparemment ils avaient fait bien plus de progrès que Raphael avait voulu admettre. Et puisqu'ils considéraient que l'intelligence était un inconvénient chez un hôte potentiel, je suppose qu'ils avaient dû se réjouir du résultat incarné par Dick. J'étais prête à parier que ce dernier n'avait jamais mis les pieds hors du laboratoire avant qu'un démon décide de se servir de lui.

J'espérais que le fait d'avoir laissé Lugh reprendre le contrôle n'avait pas aggravé mon état. Parce que, quand je me retrouverais seule avec Raphael, j'aimerais avoir assez de forces pour lui mettre une raclée.

Chez Adam et Dom, nous installâmes Dick dans la chambre d'amis. Celle dans laquelle j'avais passé quelque temps – vous savez, celle avec les verrous ? Je ne pensais pas que Dick essaierait d'aller où que ce soit mais j'admettais que le garder enfermé était une précaution nécessaire.

Nous nous retrouvâmes tous ensuite au rez-de-chaussée et Dominic prépara du café italien extrafort. Le breuvage sentait divinement bon mais mon estomac était encore tellement barbouillé que je n'osais pas en boire.

Dominic aurait voulu que nous attendions Adam avant que je commence à interroger Raphael mais je n'en avais pas la patience. De plus, j'avais attendu assez longtemps.

— C'est le moment de déballer tous tes secrets, dis-je à Raphael. Maintenant !

Mal à l'aise, il se tortillait sur place et ma paranoïa monta d'un cran.

— Qui est Dick ? Comment peut-il guérir d'une blessure par balle en dix secondes ? Et Tommy est-il pareil ?

Raphael gigota davantage puis but une longue gorgée de son café avant de se redresser sur son siège et de lever la tête pour affronter mon regard.

— Je crois qu'une démonstration vaudra toutes les explications, déclara-t-il.

Il inspira profondément avant d'expirer. Soudain il y eut un fort craquement et Raphael laissa échapper un cri de douleur.

J'étais debout avant même de m'en rendre compte, la main sur le Taser, les yeux parcourant la cuisine à la recherche d'ennemis. Mais il n'y avait que moi, Dominic et Raphael.

J'ouvris la bouche pour demander à Raphael ce qui n'allait pas mais les mots moururent dans ma gorge quand je le scrutai avec soin. Mes genoux flanchèrent et je m'affalai le cul sur ma chaise.

Tommy Brewster était d'une beauté un peu fade, si l'on faisait abstraction de son expression sévère qui semblait être naturelle, qu'il soit possédé ou non. Son nez un peu trop large pour son visage et un peu crochu était ce qu'il y avait de moins attirant chez lui.

En le regardant, j'entendis davantage de « pop » et de craquements et constatai que ce bec crochu commençait à s'aplatir. Raphael se tenait à la table des deux mains, la peau maculée de sueur, les yeux fermés, les dents serrées.

Cela prit environ trente secondes. Quand Raphael soupira enfin de soulagement et se détendit, le nez de Tommy était droit et parfaitement proportionné.

— Merde, dit Raphael en s'essuyant la sueur du visage. Cela fait un mal de chien.

Dominic et moi échangeâmes un regard et je suis certaine que mon visage avait l'air aussi confus que le sien. Personne ne parla. Pour la première fois de ma vie, je ne savais quoi dire.

Raphael, haletant toujours sous le coup de la douleur et de l'effort, regardait droit devant lui.

— Je vous ai dit que le projet Houston cherchait à créer des hôtes à la chair plus malléable, dit-il. Vous venez de voir la preuve des progrès qu'ils ont faits. Je dirais que notre ami Dick, là-haut, est de la même génération que Tommy.

Je ravalai une envie stupide de rire. Ma réflexion au

sujet d'éventuels Joe, Bill et Bob n'était pas si déplacée, tout compte fait.

—Mais Dick est le père de Tommy, alors comment peuvent-ils être de la même génération ?

—Il n'est pas le père de Tommy. Je pense que Devon Brewster est mort et que Dick – en fait, le démon de Dick – s'est servi de la capacité que vous venez juste d'observer pour imiter son apparence.

Je secouai la tête. J'étais toujours incapable de faire coïncider toutes les pièces du puzzle.

—Alors Claudia a vécu avec un imposteur et ne s'en est pas rendu compte ? Je veux dire, je sais que Dick est le portrait tout craché de Devon en ce moment mais…

—Je ne sais pas comment cela s'est passé. Tommy ne savait même pas que Devon était un imposteur alors il ne peut pas non plus nous aider.

Je devinai à sa voix qu'il y avait plus.

—Mais… ?

Raphael fut soudain fasciné par sa tasse de café.

—Mais je peux vous dire comment moi j'aurais organisé cette comédie.

—Non pas que ce genre d'idées puisse te venir à l'esprit, marmonnai-je.

Les lèvres de Raphael tressaillirent, parce qu'il réprimait soit une réponse, soit un sourire.

—Si je voulais qu'un superhôte imite quelqu'un, je m'arrangerais pour que le démon possède la personne à remplacer pendant un certain temps. Juste assez longtemps pour fouiller son esprit, en apprendre suffisamment sur lui – et sur ses souvenirs – pour être capable d'une bonne imitation.

—Mais alors pourquoi prendre la peine de le remplacer ? Le démon aurait pu rester dans Devon s'il voulait jouer les infiltrés.

Raphael me regarda comme si j'étais une idiote.

— Voyons, que ferais-je si j'avais le choix entre être fourré dans le corps d'un humain normal d'âge moyen ou posséder un superhôte ?

Il se tapota le menton comme s'il y réfléchissait profondément.

— Je suis ravie que cela t'amuse, grondai-je.

Raphael se contenta de hausser les épaules. J'aurais aimé que mon estomac se calme afin de boire du café.

— Que savais-tu de tout ça depuis le début ?

— Pas grand-chose, même encore maintenant. Ce ne sont que des suppositions.

J'ouvris la bouche pour lâcher un commentaire cinglant puis je la bouclai. Ça ne valait pas le coup de faire une leçon de morale à Raphael. Bizarrement, il avait l'air sur la défensive. Peut-être existait-il une petite conscience rabougrie quelque part dans ce cœur froid et noir.

— Si j'avais pensé que ces informations pouvaient nous aider à remettre Lugh sur le trône, j'aurais dit la vérité.

Son regard passa de Dominic à moi en quête d'un peu de sympathie. Il n'eut pas beaucoup de chance.

— Comment peut-on encore avoir confiance en toi alors que tu nous as encore menti ? demandai-je, surprise d'être aussi calme.

Je me sentais plutôt d'humeur à sauter dans tous les sens et à jeter des objets. Mais j'étais trop épuisée, trop usée. Et trop malade. Mon estomac exprimait de nouveau son mécontentement et j'allais probablement devoir me précipiter aux toilettes dans quelques minutes.

Raphael prit sa tasse et en sonda les profondeurs des yeux.

— Je n'ai donc pas gagné votre confiance en sauvant ces enfants ? Je n'étais pas obligé de le faire, vous savez. J'avais déjà ce que je voulais. J'avais déjà Tommy.

Raphael est un sacré numéro ! C'était exactement pour cette raison qu'il nous avait aidés à sauver les fillettes – afin de nous montrer quel bon citoyen il était au moment où il était obligé de nous dévoiler tous ses secrets. Je pouffai un peu en comprenant tout ça, bien que Raphael et Dominic aient l'air tous les deux intrigués. Personne ne voyait l'absurde de la situation.

Oui, on pouvait remettre en question la moralité de Raphael et je ne pourrais jamais être sûre qu'il nous dise la vérité. Mais c'était un puissant démon de lignée royale, il était maintenant en possession d'un superhôte de laboratoire doté de capacités qui pouvaient clairement nous être utiles et il était loyal envers Lugh. Malgré tous ses défauts, nous étions coincés avec lui.

Parfois la vie n'est qu'un ramassis de conneries.

Chapitre 30

Le jour suivant, j'étais encore malade comme un chien et j'aurais aimé pouvoir rester recroquevillée sur moi-même dans mon lit. Malheureusement, je fus assez stupide pour répondre au téléphone quand Claudia appela – j'avais oublié qu'elle avait insisté pour que nous parlions. Je finis par accepter de la retrouver pour le déjeuner bien que je doute être en état de manger.

Je me rendrais au rendez-vous avec Raphael – et son nez redevenu normal – parce que je ne serais jamais capable de déballer à Claudia le monceau de mensonges que nous avions concoctés. Je dis « nous » mais naturellement c'était Raphael qui avait élaboré toute l'histoire. Même si nous supposions que Devon était mort, nous n'avions aucune idée de l'endroit où les démons avaient caché son corps. Nous allions donc devoir laisser Claudia penser qu'il était en cavale, possédé par un démon hostile. J'aurais préféré lui permettre de faire le deuil de son époux mais, franchement, je ne voyais pas d'autre option.

J'aimais encore moins l'histoire concernant Tommy. Nous racontâmes à Claudia que lorsque Raphael avait tenté de quitter son fils pour se transférer dans son hôte original, le cerveau de Tommy s'était éteint, tout comme celui de Jordan Maguire. Raphael – ce héros ! – avait aussitôt possédé Tommy pour lui sauver la vie. Et donc, bien que j'aie exorcisé le démon qui avait possédé Tommy à l'origine, Tommy était destiné à héberger un démon pour le restant de ses jours.

— Je suis vraiment désolée, dis-je à Claudia quand Raphael eut fini de parler.

Les yeux cernés de rouge de Claudia brillaient de larmes mais elle parvint à m'adresser un sourire fragile.

— Ne le soyez pas, dit-elle. Vous avez fait tout ce qui était en votre pouvoir et je suis certaine que Tommy est entre de bien meilleures mains maintenant avec votre ami.

Ma nausée de la veille ne s'était pas apaisée et je suffoquai presque à l'idée que les mains de Raphael puissent être meilleures que celles de n'importe qui d'autre.

— Si vous n'aviez pas été là, poursuivit Claudia, cet horrible démon serait toujours dans le corps de Tommy, et les filles et moi serions probablement mortes. Je ne vous remercierai jamais assez pour tout ce que vous avez fait pour nous !

J'aurais aimé disparaître sous terre. Voilà qu'elle me remerciait, alors que j'avais volontairement sacrifié son fils pour sauver mon frère. Je restai assise là, à étouffer de culpabilité, incapable du moindre mot ni même d'affronter son regard.

— Eh, vas-y mollo sur l'autoflagellation, me dit Raphael quand nous retournâmes au tas de boue de Tommy. Je ne te l'ai pas dit plus tôt, parce que j'ai pensé que tu ne me croirais pas et je suppose que tu ne me croiras toujours pas. Mais cette lignée est truffée de gènes cancéreux et ce serait une pagaille monstre dans le corps de Tommy s'il n'hébergeait pas un démon qui puisse maîtriser le cancer. Il avait déjà quelques tumeurs. Trop petites pour être dangereuses mais encore quelques mois…

Je regardai droit devant moi au travers du pare-brise.

— Tu as raison. Je ne te crois pas.

Une semaine plus tard, le Conseil de Lugh sur la Plaine des mortels se rassembla dans le sous-sol de la maison d'Adam et Dominic. Ce Conseil était composé de moi, d'Adam, de Dominic, de Raphael, d'Andy… et de Brian.

Nous avions eu une petite dispute au sujet du fait que je ne l'avais pas tenu informé quand Raphael et moi étions partis en mission dangereuse de sauvetage. Étant encore malade des effets secondaires dus aux prises de contrôle de Lugh, j'étais dans un tel état de faiblesse que j'admis que j'aurais dû tout lui dire. Dans un accès d'imprudence, je l'avais ensuite convié à rejoindre le Conseil royal.

Si nous comptions rester ensemble, il était inévitable qu'il fasse partie de ce Conseil. Et en dépit d'un tas d'obstacles et d'ennuis qui n'étaient pas près de disparaître, nous n'étions pas près de nous quitter.

Il se passa beaucoup de choses dans la semaine qui suivit le sauvetage des fillettes Brewster. Le Comité d'exorcisme des États-Unis m'avait suspendue en attendant le résultat d'une enquête sur d'éventuelles fautes commises lors de l'exorcisme de Jordan Maguire. C'étaient des conneries, ils le savaient, mais Jordan Maguire Sr était assez riche pour les faire valser sur sa petite chansonnette tordue. De plus, mon nom avait déjà été associé à un exorcisme illégal par le passé et, bien que les charges aient été abandonnées, je suis certaine que cela avait dû faire frétiller quelques sourcils. Ils agissaient selon la méthode du « mieux vaut prévenir que guérir ».

J'avais reçu trois autres menaces de mort sur mon répondeur bien que jusqu'à présent personne n'ait tenté de les mettre à exécution.

Et j'avais eu confirmation que personne du nom de Barbara Paige ne travaillait pour le *Philadelphia Inquirer*. J'espérais que cela signifiait qu'elle appartenait à un quelconque service de police – ce qui n'était pas bon pour moi, mais je pouvais au moins gérer cette situation. Après quelques recherches, Adam n'avait trouvé aucune preuve qu'elle travaillait pour la police ou le FBI.

J'avais la mauvaise intuition que je n'en avais pas fini avec la journaliste Barbie, qui qu'elle puisse être. Et je ne pensais pas qu'elle était de mon côté. Je ne pouvais m'empêcher de me demander s'il existait un lien entre la mort de Jordan Maguire, les menaces de mort sur mon répondeur et la soudaine apparition de la journaliste Barbie dans le tableau. Je n'aimais pas ce que cela pouvait impliquer.

Mais tous ces problèmes étaient dérisoires comparés à cette réunion plutôt déplaisante du Conseil de Lugh. Parce que, vous voyez, nous étions sur le point de faire quelque chose qui n'était pas moral, j'en étais convaincue. Brian était totalement d'accord avec moi, mais nous étions les seuls à avoir un avis différent. Je ne pense pas que cette idée ravissait Andy mais il ne discuta pas vraiment. Depuis son retour, il était effacé et anormalement tranquille et je n'étais pas encore parvenue à le tirer hors de chez lui. Quand je lui demandais ce qui n'allait pas, il me répondait invariablement de cette façon typiquement masculine : « Rien. Tout va bien. »

Brian et moi aurions pu rester en dehors de tout ça en boycottant cette réunion. Mais comme nous ne pourrions rien empêcher, mieux valait être au moins témoins de cette réalité. Nous nous retrouvâmes donc dans ce sous-sol, complices des autres membres du Conseil de Lugh sans être d'accord avec eux.

Nous avions chacun une bougie rouge sang et c'était là la seule source de lumière de la pièce. Nous étions assis en cercle mais nous ne nous tenions pas la main ou autre chose dans le genre.

Au centre du cercle, Dick reposait sur le dos, les mains rassemblées à mi-corps. Son visage affichait une expression de joie presque béate. L'espoir semblait s'échapper de son corps par vagues.

Je clignai des yeux pour retenir la naissance de larmes. L'espoir de Dick rendait la situation encore plus difficile. Il n'avait pas fallu plus de dix minutes de discussion avec lui pour comprendre que, selon les critères légaux, il n'était pas capable de prendre une telle décision. Aucun de nous n'était psychologue mais on n'avait pas besoin d'être un génie pour comprendre que Dick avait la maturité émotionnelle et intellectuelle d'un enfant.

Il n'avait pas été éduqué. On ne lui avait appris aucune compétence sociale. Il n'avait pas été en contact avec d'autres êtres humains non possédés. Et on lui avait répété depuis sa naissance qu'il n'était qu'un vaisseau vide destiné à être rempli par un démon, une fois son corps arrivé à maturité. Évidemment, si on lui demandait s'il acceptait de devenir l'hôte du démon Saul, il dirait « oui ».

J'avais essayé de faire valoir des arguments calmes et rationnels. Il ne m'avait pas fallu longtemps avant de passer aux cris et aux invectives. Mais d'après Adam, Dom et Lugh, il semblait qu'ils avaient trouvé un hôte idéal pour Saul. Quand j'avais questionné Dominic sur la façon dont son ancien démon malsain et masochiste allait traiter le pauvre Dick mentalement déficient, il avait repoussé mes inquiétudes.

— Saul prendra bien soin de lui, avait insisté Dom.

J'avais eu envie de le gifler.

— Si Saul est un saint, alors pourquoi Lugh s'inquiétait-il de pouvoir lui trouver un hôte compatible ? demandai-je.

Dominic me lança un regard dur.

— Parce qu'il y a pas mal de gens qui portent un jugement catégorique sur les pratiques SM et Saul ne se serait pas entendu avec ce genre de personnes tout comme ce genre de personnes n'aurait pas apprécié lui servir d'hôte.

— Et tu penses que Dick est porté sur le SM ? criai-je.

— Non. Je crois qu'on n'a jamais appris à Dick à considérer ça comme des pratiques malsaines ou déviantes, alors cela ne le dérangera pas comme cela pourrait déranger certains individus. (Pas besoin de demander de qui il parlait.) Et tout comme Saul me protégeait de la douleur quand les choses devenaient trop violentes pour moi, il protégera Dick. Il est vraiment capable de compassion.

J'étais parvenue à mettre un terme à la dispute, parce qu'il était clair, même pour une mule obstinée telle que moi, que je n'allais pas faire changer Dom d'avis.

J'avais supposé que pour lancer le rituel, on allait me demander de laisser Lugh prendre le contrôle afin qu'il puisse livrer à Dick le Nom véritable de Saul pour l'incantation. Bien sûr, j'étais tentée de refuser mais ni Raphael ni Adam n'aurait hésité à m'assommer afin que Lugh puisse prendre les commandes sans ma permission.

Pourtant, quand le rituel commença, mes suppositions se révélèrent fausses. Raphael posa sa bougie et brisa le cercle pour s'agenouiller par terre près de Dick. Puis il se pencha pour lui murmurer à l'oreille avant de se redresser et de hausser les sourcils en le regardant.

— Tu as compris ? demanda-t-il.

Souriant toujours comme si c'était le plus beau jour de sa vie, Dick acquiesça. Raphael retourna à sa place et reprit sa bougie. Je n'avais aucune idée de ce qui allait se produire ensuite. Habituellement, les incantations ne sont pratiquées que par le cercle restreint de la Société de l'esprit, si bien que je n'ai jamais rien eu à y faire.

Je m'attendais qu'il y ait des chants et d'autres salamalecs dans le même genre. Après tout, la Société de l'esprit adore les rituels et les cérémonies. Encore une fois, nous n'étions pas la Société de l'esprit.

Au centre du cercle, Dick se mit à chuchoter si bas que je ne distinguai rien de plus qu'un sifflement. Bien que je ne puisse comprendre les mots qu'il prononçait, il y avait indéniablement un rythme à ses paroles et je compris qu'il répétait sa litanie trois fois de suite.

Pas de tintements de clochettes. Pas d'éclairs de lumière. Il n'y eut pas de baragouinage en une langue inconnue ni la sensation d'une quelconque présence malveillante. C'était presque décevant.

Après la troisième répétition du chant, Dick resta silencieux. Quelques secondes plus tard, il cligna des yeux et je vis aussitôt qu'il ne s'agissait plus de Dick. L'expression vide et ahurie avait disparu. Bien que cela puisse relever totalement de mon imagination, j'eus le sentiment de déceler une vive intelligence dans ces yeux autrefois ternes.

Le démon Saul se redressa en position assise et regarda autour de lui. Il eut un large sourire en voyant Adam puis parut étonné quand ses yeux se posèrent sur Dominic.

— Beaucoup de choses ont changé depuis que tu as quitté la Plaine des mortels, mon ami, dit Adam. Et, oui, Dom sait que c'est toi.

Il passa le bras autour des épaules de Dominic dans un geste possessif.

Je suppose que Saul l'interpréta de la même façon. Il haussa un sourcil puis décida de laisser cette interrogation en suspens pour le moment. Il continua à scruter le reste du cercle, prenant une mine renfrognée quand il me vit, mais il ne sembla reconnaître personne d'autre.

— Bon retour sur la Plaine des mortels, dit Raphael avec un sourire étrangement ironique.

Saul tourna son attention vers lui, le détaillant de la tête aux pieds avant de hausser les épaules.

— Je suis censé te connaître ?

— J'ai l'air un peu différent que la dernière fois où l'on s'est croisés.

Saul plissa les yeux.

— Qui es-tu ? demanda-t-il.

Raphael soupira.

— Cela t'aiderait si je te disais que c'est moi qui ai donné ton Nom véritable à ton hôte ?

Saul se leva aussitôt et nous fîmes instinctivement de même.

— *Tu peux m'expliquer ce qui se passe ?* demandai-je à Lugh.

— *Je crois que tu vas comprendre*, répondit-il d'une voix lugubre.

Saul, raide au centre du cercle, les poings serrés de part et d'autre de son corps, observait Raphael. Je pense qu'il avait oublié notre présence.

— Je t'en prie, dis-moi que tu es Lugh ! dit Saul.

Raphael eut un sourire tendu. Quoi qu'il se passe, il n'avait pas l'air d'apprécier.

— Tu voudrais que je te mente ?

— Pourquoi pas ? ricana Saul. Le mensonge est une de tes grandes compétences ! (Il se tourna subitement vers Adam, qui se tenait presque derrière lui.) Et tu t'es allié à lui ? demanda-t-il avec colère. Je n'aurais jamais cru…

— Oui, je suis son allié, l'interrompit Adam. Mais crois-le ou pas, il est aussi allié à Lugh. Il semblerait que son allégeance à Dougal était un autre de ses mensonges.

Raphael éclata de rire.

— Je ne l'ai jamais envisagé comme ça mais je suppose que tu as raison, dit-il. (Saul n'avait pas l'air plus ravi pour autant.) Mais vas-y ! lança Raphael sur un ton de fausse joie. Pourquoi ne dis-tu pas à tout le monde pourquoi tu as si peu d'estime pour moi ? Dis-leur qui je suis pour connaître ton Nom véritable.

Une drôle de prémonition fourmilla à l'orée de mon esprit. Je n'étais jamais parvenu à savoir pourquoi Saul avait un Nom véritable. Lugh m'avait dit que les Noms véritables étaient donnés aux démons extraordinaires. Et apparemment, un des synonymes de « extraordinaire » était « royal ».

Les lèvres de Saul se tordirent en un rictus découvrant ses dents.

— Tu n'es rien pour moi !

Raphael prit l'air blessé mais c'était pour camoufler une véritable douleur.

— J'aurais dû te prénommer Luke, dit-il avant de se racler bruyamment la gorge et de poursuivre avec une voix de Dark Vador terrifiante : Saul, je suis ton père.

Parfois je déteste avoir raison.

— Une minute, dis-je, comprenant qu'en dépit de ma prémonition, cette révélation ne tenait pas debout.

Je pointai un doigt accusateur vers Saul.

— Je t'ai exorcisé. Tout le monde ne cesse de me dire que je ne suis pas assez puissante pour exorciser un démon royal.

Saul commença à répondre mais Raphael l'interrompit.

— Ne lui donne pas l'occasion de parler de mes défauts de père, dit-il. Cela va nous prendre la journée et il peut être très fatigant.

— *La mère de Saul n'était pas royale*, me dit Lugh. *Raphael aurait pu léguer à son fils une partie de son pouvoir à sa conception mais il en a décidé autrement. Quand même, je doute que tu aurais pu exorciser Saul s'il s'était défendu. Et je doute qu'un autre exorciste aurait pu y arriver tout simplement.*

J'allais avoir besoin que Lugh me donne un cours sur la reproduction des démons. Mais ce n'était pas le moment. Saul s'était rapproché de Raphael et ce n'était certainement pas dans la perspective d'une étreinte filiale.

— Laissez-moi bien comprendre, dis-je avant que la situation tourne au carnage. (Je désignai Saul.) Tu détestes Raphael parce que c'est un mauvais père. Je déteste Raphael parce que… eh bien, parce que c'est Raphael. Brian et moi sommes en colère que vous ayez pu laisser un simple d'esprit se faire posséder. Adam est en colère contre moi pour pas mal de raisons et c'est réciproque. Andy fait partie du club

« Nous détestons Raphael », et il m'en veut soit pour avoir laissé Raphael le posséder une seconde fois, soit pour avoir sacrifié Tommy Brewster afin de le sauver lui, ou peut-être pour ces deux raisons. Et nous sommes supposés mettre tous ces différends de côté et travailler ensemble en tant qu'équipe pour faire accéder Lugh au trône ?

Je sentis qu'une de ces crises de rire hystérique était en train de monter mais je réussis à l'étouffer. Je secouai la tête.

— Nous aurons déjà beaucoup de chance de sortir de ce sous-sol sans répandre un bain de sang.

Le destin de toute la race humaine repose sur la capacité de ce Conseil d'inadaptés en colère et en désaccord à travailler ensemble, à être honnêtes les uns envers les autres et à se protéger mutuellement. Soyons clairs.

Nous sommes fichus.

Achevé d'imprimer en février 2010
Par CPI Brodard & Taupin - La Flèche (France)
N° d'impression : 56650
Dépôt légal : mars 2010
Imprimé en France
81120289-1